VIVIR
ARREPENTIDA

VIVIR ARREPENTIDA

-LISA DE JONG-

TITANIA
Argentina • Chile • Colombia • España
Estados Unidos • México • Perú • Uruguay

Título original: *Living with regret*
Traducción: Rosa Arruti Illarramendi

1.ª edición Julio 2018

Reservados todos los derechos. Queda rigurosamente prohibida, sin la autorización escrita de los titulares del *copyright*, bajo las sanciones establecidas en las leyes, la reproducción parcial o total de esta obra por cualquier medio o procedimiento, incluidos la reprografía y el tratamiento informático, así como la distribución de ejemplares mediante alquiler o préstamo público.

Todos los nombres, personajes, lugares y acontecimientos de esta novela son producto de la imaginación de la autora, o son empleados como entes de ficción. Cualquier semejanza con personas vivas o fallecidas es mera coincidencia.

Copyright © 2014 *by* Lisa De Jong
Translation rights arranged by Taryn Fagerness Agency and Sandra Bruna Agencia Literaria, SL
All rights reserved
Copyright © 2018 de la traducción *by* Rosa Arruti Illarramendi
Copyright © 2018 *by* Ediciones Urano, S.A.U.
Plaza de los Reyes Magos 8, piso 1.º C y D – 28007 Madrid
www.titania.org
atencion@titania.org

ISBN: 978-84-16327-56-0
E-ISBN: 978-84-17312-34-3
Depósito legal: B-16.326-2018

Fotocomposición: Ediciones Urano, S.A.U.

Impreso por Romanyà Valls, S.A. – Verdaguer, 1 – 08786 Capellades (Barcelona)

Impreso en España – *Printed in Spain*

1

3 de junio de 2013

Trato de abrir los ojos sin conseguirlo. Es como ese momento en que comprendes que estás atrapada en una pesadilla y no logras despertar. Mis brazos y piernas no responden..., su peso es excesivo. Por más que lo intento, no hay manera. Y solo oigo ese ruido. Cada dos segundos, el mismo tono se repite y me hace anhelar aún más escapar de esta locura solitaria.

Pi.

Pi.

Me pregunto dónde demonios estoy y por qué no cesa ese estúpido ruido. Solo quiero que lo cambien por silencio o voces..., algo normal. ¿Dónde está Cory? Daría cualquier cosa por oír ahora su voz, o incluso la de mis padres. Y esta cama, o donde sea que esté tumbada, no es nada cómoda. La cabeza me va a estallar, parece que me la haya golpeado repetidamente contra el cemento. No aguanto este dolor, pero es lo único que me hace confiar todavía en que sigo aquí, en que no estoy viviendo en algún horrible estado posterior a la muerte.

Pi.

Pi.

Qué frustrante. El control es importante en mi vida; siempre he necesitado controlar la situación. Y esto no funciona. Me despierto así una y otra vez. Incapaz de moverme. Incapaz de ver. Incapaz de recordar.

—Rachel. Todo va bien, cielo.

Mamá. ¿Ha estado aquí todo el tiempo?

Asiento, o al menos pienso que lo hago. Cuesta determinarlo en este extraño estado en que me encuentro, medio despierta medio dormida. Mi mente funciona, pero mi cuerpo..., eso es otra historia.

—Llevas durmiendo bastante rato. Ten cuidado, cielo.

¿Por qué no consigo verla? ¿Por qué me dice que tenga cuidado? Nada tiene sentido. ¿Dónde cuernos estoy? Daría cualquier cosa solo por poder hacer una pregunta.

Pasa el rato, y la habitación recupera la tranquilidad. ¿A dónde ha ido mamá? ¿Dónde está Cory? Antes de quedarme dormida, o lo que sea esto, estaba estudiando con él en el sofá. Eso sí lo recuerdo..., al menos creo que lo recuerdo. Ya no estoy segura de lo que es real.

—Cory.

Aunque muevo los labios, no surge ningún sonido. Oigo pasos. Unas ruidosas y pesadas suelas de goma resuenan sobre el suelo duro, cada vez más cerca. Mi corazón se acelera..., lo noto directamente en los oídos.

Los pasos se detienen justo al lado de donde me encuentro echada y una mano fría me rodea la muñeca. No tengo ni idea de qué está pasando, y si pudiera apartaría la mano. Me escaparía de aquí y correría directamente hacia lo normal. Confío en que lo normal sea un lugar que todavía existe.

—Descansa un poco —dice por encima de mí una voz femenina, sosegadora y poco familiar.

La mano fría deja de rodear mi muñeca. Intento cerrar la mano, suplicar en voz baja que no me deje, pero como todo lo demás, es imposible. A cada segundo que pasa oigo menos, siento menos.

—Ya está, pronto te encontrarás mejor.

Cuando vuelvo a despertar mi cuerpo sigue inmóvil, pero todo duele un poco menos. Tal vez sea porque acabo de despertar, o tenga que ver con lo que me da la dama del calzado ruidoso cuando entra en la habitación.

El molesto pitido sigue sonando con fuerza, pero aparte de eso, el cuarto parece una iglesia durante la oración. Tal vez necesite rezar para poder salir de este estado, para despertar por completo. Tal vez Dios no me haya oído porque no se lo he pedido de forma adecuada. Tal vez me falta rezar una oración.

Quiero rogar a Dios que me permita despertar y volver a ver el mundo. Le quiero explicar cuánto lamento haber hecho lo que me ha traído hasta aquí, sea lo que sea, y prometo no repetirlo jamás. Haría cualquier cosa que me pidiera con tal de salir de aquí, con tal de ver a Cory y a mamá. Quiero oír sus voces, ver sus rostros familiares.

Lo que más deseo es abrir los ojos... que acabe todo esto. Hasta que llegue ese momento, me permito perderme en el último recuerdo previo a acabar aquí. Eso hace que me ilusione con algo, con un tiempo al que quiero regresar. Una vida a la que quiero volver.

—¿Cuál es tu último examen final? —pregunta Cory, siguiendo con el dedo mi muslo desnudo.

Después de cuatro años, debería saber que estudiar cerca de él con un short *tan corto no es la mejor idea, ni con cualquier* short *en realidad. Supongo que sigo poniéndomelos porque me gusta la atención que me dedica. Me encanta que después de tanto tiempo me siga tocando como si nunca tuviera suficiente.*

—Estadística —respondo dándole en la mano.

No me molesto en alzar la vista; no hace falta, porque tengo memorizado cada centímetro de él. Todo en él es de típico chico californiano —pelo castaño claro con reflejos naturales y algún mechón rubio—, pero nació justo aquí en Iowa. Sus ojos azules claros me hipnotizan hasta cuando no los miro. Hoy brillan incluso más de lo habitual por la camisa verde que lleva..., y no es que me haya estado fijando ni nada de eso.

El dedo vuelve al muslo, avanzando despacio hacia arriba, tan arriba que lo único que puedo hacer es cerrar los ojos. Al cuerno la estadística. Total, no es que vaya a servirme de mucho en el futuro.

—Haz una pausa unos minutos —susurra, sus labios no están muy lejos de mi oído—. Llevas semanas con la nariz metida siempre en algún libro.

Lo que propone suena bien, pero no debería. No, la verdad.

—No puedo.

Mi respiración se vuelve irregular mientras él sigue la línea de mis braguitas. Es un maestro de la manipulación, pero en el mejor sentido. Asciende un poquito más, deslizando un dedo bajo el fino algodón.

—¿Estás segura?

—El examen, Cory. Necesito aprobar.

Refunfuña, pero continúa friccionando mi delicada piel con la mano.

—Parece no importarte nada más. Dame solo cinco minutos. Por favor.

Quiero ceder. Dios sabe que tenerle dentro de mí liberaría la tensión por los exámenes finales.

Al mirar el reloj del reproductor de DVD, me percato de que solo faltan cuarenta y cinco minutos para el último examen final. Cory es mi mayor tentación, pero deberá esperar a que acaben las clases. Luego dispondré de todo el verano para estar con él así o de cualquier manera que me quiera tener.
—Después de clase. Prometido.
Su cálido dedo roza mi centro. Me está poniendo a cien.
—¿Estás segura? Porque tus braguitas mojadas dicen lo contrario.
—En cuanto acabe este último examen soy tuya. De la manera que quieras —digo, consciente del deseo que transmite mi voz.
Nunca se me ha dado bien disimularlo. No en lo referente a Cory.
—Te tomo la palabra —contesta, sacando la mano de mis shorts.
Me mira, con ojos ardientes como el fuego, y después me besa de un modo resuelto y posesivo. Suave. Luego firme. Después con fuerza. No tengo ninguna duda de que voy a acabar el examen a toda prisa para poder regresar aquí corriendo. A juzgar por la sonrisa en su rostro, él también lo sabe.

Ahí acaba el recuerdo... es lo último que me viene a la memoria. ¿Cómo vine desde allí hasta aquí?

Mis párpados se agitan lo justo para abrirse a la luz que me envuelve. Unos enormes y brillantes fluorescentes rectangulares alumbran en el techo. Me cuesta asimilar tanto de golpe, así que decido volver a la oscuridad mientras intento mover los dedos. Esta vez funciona... un poco.

Aún me duele todo el cuerpo. El dolor, como una ola poderosa y persistente golpeándolo, no deja que se libre ninguna parte de mí. Es peor que cuando me caí de la bici y me di aquel trompazo sobre la acera. Y que la vez que me caí del árbol en el patio trasero mientras intentaba soltar la cometa de las ramas. Es peor que cualquier cosa que haya experimentado antes.

A cada segundo que pasa, la oscuridad resulta más solitaria. Tengo un embrollo de cuidado en la mente, como un puzle de quinientas piezas esparcido por el suelo. Ojalá pudiera regresar en el tiempo, a cuando todo era normal. Es fácil olvidar lo milagrosa que es la normalidad porque estamos muy acostumbrados a vivir en ella. Nunca volveré a dar nada por sentado.

Voy a regresar ahí. Voy a ver a Cory otra vez y pasaré el resto del verano nadando en el lago. Esto tiene que ser temporal. Necesito que todo esté bien.

Tras unos minutos, vuelvo a abrir los ojos a la luz. Las paredes pintadas de blanco y azul celeste confirman mi peor miedo. La roca incómoda sobre la que he estado tumbada no es otra cosa que una cama de hospital. Hace frío en la habitación, que huele a antiséptico; y estoy rodeada de unas extrañas máquinas de plástico, una de ellas es la responsable de ese sonido que ha tenido mi cordura secuestrada durante Dios sabe cuánto.

Inspeccionando aún más la habitación veo a mamá, no lejos de mi cama, sentada en una silla de sala de espera color malva. Su rubia melena corta, normalmente impecable, está hecha un desastre, y es la primera vez que la veo sin maquillaje fuera de casa. Y en ropa deportiva. Viste unos pantalones de chándal y una camiseta gris.

Con la cabeza apoyada en un brazo, tiene los ojos cerrados. Incluso durmiendo parece cansada.

—Mamá —susurro, y la garganta me arde con un dolor atroz, como si alguien me raspara con el filo de un cuchillo.

Pero al ver que mi madre no se mueve tengo que intentarlo de nuevo por mucho que duela.

—¡Mamá!

Levanta los párpados lo justo para echarme una ojeada. Se endereza deprisa, apoyando una mano en mi brazo y la otra en mi mejilla. Están muy frías, pero me gusta la sensación. Otra señal de que aún sigo aquí. De que esto es algo real, no parte de un sueño.

—¿Cómo te encuentras? —me mira con ojos tristísimos.

—Agua —contesto—. Por favor.

Asintiendo, me pasa el dorso de los dedos por la frente.

—Déjame que busque a la enfermera.

Mientras la espero, echo un vistazo a la habitación. Hay arreglos florales en la repisa y en la mesilla junto a la cama. La mayoría incluye mi flor favorita: la gerbera. Normalmente me levanta el ánimo, aporta alegría incluso en los peores días, pero estoy demasiado atrapada en este estado de confusión como para percibir la luminosidad que irradiaría en mi interior en circunstancias normales.

Tal vez debiera ponerme a gritar y pedir respuestas. El motivo de encontrarme aquí, el motivo del dolor atroz que recorre todo mi cuerpo... Pero estoy bastante segura —por todo lo que veo ante mí— de que no quiero saber.

No obstante, la ignorancia no es siempre una bendición, y de algún modo necesito que todo esto tenga algún sentido.

La puerta se abre de par en par y entra una enfermera con la bata verde de hospital, seguida de cerca por mi madre.

—Te has despertado —dice la enfermera comprobando el líquido en el intravenoso.

Sigo con la mirada el tubo que desciende hasta el dorso de mi mano magullada.

—No puedo darte agua hasta que venga el doctor —añade—, pero ¿te apetecen unos pedacitos de hielo?

Asiento levemente, deseosa de tomar lo que sea que ella quiera darme. Este es el peor dolor de garganta que haya tenido en los últimos veinte años.

—De acuerdo, vuelvo enseguida.

Se va andando hacia la puerta, pero yo aún no he acabado con ella.

—Espere.

He perdido la voz, como la mañana posterior a haber animado en un partido de fútbol. Estoy convencida de que en algún momento me he tragado esquirlas de vidrio.

—¿Puede apagar esa máquina? La que no para de pitar.

Una triste sonrisa curva sus labios.

—Ojalá pudiera, pero tenemos que mantener las máquinas en marcha al menos unos pocos días más —responde en tono tranquilizador.

No es exactamente lo que quería oír, pero al menos solo son unos pocos días más.

Una vez se cierra la puerta tras ella, me vuelvo hacia mamá. Es mucho lo que necesito saber, pero desconozco si estoy necesariamente preparada para oírlo. Despertar en un hospital sin ningún recuerdo de cómo has llegado ahí no es algo que suceda cada día.

—¿Por qué estoy aquí?

Casi no consigo decir esas cuatro palabritas, pero la respuesta es importantísima.

—Descansa un poco. Podemos hablar cuando te encuentres mejor —contesta con una voz que suena como una suave nana.

Desliza el dorso de los dedos por mi mejilla y me aparta unos pocos mechones de la cara. Es reconfortante, pero no alivia mi curiosidad. De ninguna manera voy a volver a dormirme sin algunas respuestas.

—No. Cuéntame ahora.

Cierra los ojos y sacude la cabeza poco a poco antes de volver a mirarme, frustrada.

—Hubo un accidente.

La última palabra me deja hundida, y el hecho de que le cueste mirarme a los ojos dice mucho.

—¿Qué clase de accidente?

Traga saliva visiblemente y desplaza los ojos hasta encontrar los míos. Vacila, estirando los dedos para volver a tocarme la mejilla. Mamá nunca es así —nunca me muestra tanto afecto—, y eso me espanta a más no poder.

—De coche.

De tan baja como suena su voz parece que pretenda que yo no la oiga.

—¿Qué? ¿Qué ha sucedido?

Me saltan las lágrimas. Hay algo que no me está contando; lo lleva escrito en la cara, con letras grandes.

—Ibas en coche y caíste por un terraplén. Te diste de frente contra un árbol.

Se detiene, ahora con lágrimas surcando su rostro. Me acaricia el pelo con los dedos, metiéndomelo con cuidado tras la oreja.

—Tenemos suerte de haberte recuperado, cielo.

Cerrando los ojos con fuerza, intento recordar. ¿Cómo es que no me acuerdo de chocar contra un árbol? ¿Cómo es posible pasar por algo así y no recordar nada? Entonces me golpea como un millar de ladrillos... Cory. Rara vez hago algo sin Cory. A veces salgo con las amigas o me quedo por casa cuando él tiene planes, pero es raro que estemos separados. Durante casi cinco años ha sido mi pulso..., lo que me mantiene en marcha.

—Mamá, ¿dónde está Cory?

La voz se me quiebra mientras me domina el desaliento. Si él supiera que me encuentro aquí, estaría a mi lado. Sé que no me dejaría sola. No es perfecto, pero me quiere.

—Rachel, tal vez te convenga descansar un poco. Tu cuerpo ha soportado mucho.

Su tono pondría mustia a cualquier flor. Dice tanto sin pronunciar, de hecho, palabra alguna.

Niego con la cabeza, intentando como puedo dominar los sentimientos en mi interior, pero duele una barbaridad. Es como si alguien cogiera mi cráneo y repetidamente lo golpeara contra la pared. Entre eso y no saber por qué demonios me encuentro aquí, casi preferiría volver a quedarme dormida. Estar aquí tumbada, previendo lo peor, no ayuda. ¿Por qué no me dice dónde está Cory sin más? Necesito que me cuente la verdad, aunque me suma en un mundo de sufrimiento inaguantable.

—¿Dónde está Cory? —Hago una pausa en un intento de recuperar el aliento—. Dímelo..., por favor.

Se inclina hacia delante sobre la cama, apoyando los codos en el extremo y agarrando mi mano entre las suyas. Sus labios cálidos tocan mis nudillos antes de volver a mirarme. La pena aparece como una nube oscura en sus ojos mientras abre la boca y luego la cierra.

—Él no ha tenido la misma suerte —solloza, rozando mi piel con sus labios de nuevo—. Lo lamento, lo lamento tanto, mi pequeña.

Todo se detiene. Incluido mi corazón.

—¿Qué?

Me atraganto, ni siquiera estoy segura de que la palabra haya salido de mis labios.

Mamá cierra los ojos con fuerza, negando despacio con la cabeza.

—Cory no sobrevivió al accidente..., lo siento.

Ha desaparecido la parte de mi futuro que tenía clara. Con las palabras *«Él no ha tenido la misma suerte»*, la película de mi vida ha entrado en modo pausa... y no veo motivos para acabarla.

No sin él.

Perdida, alzo la vista hacia los azulejos blancos del techo intentando meter aire en mi pecho lastrado. Todo mi cuerpo tiembla, y la garganta ya no es el motivo de mi padecimiento. El dolor atroz en mi corazón lo supera todo. Es como si alguien con un tridente lo perforara una y otra vez, hasta dejarlo lleno de heridas abiertas. Luego, como si eso no fuera suficiente, vierte sal por encima. Implacable, es el peor dolor que he sentido en la vida. El peor dolor que creo que alguien pueda sentir.

Un hormigueo recorre mis manos y mi barbilla, y la habitación da vueltas. Ya nada parece ir bien en el mundo.

Esto no puede estar sucediendo.

¿Por qué él y no yo?

Quiero recordar algo —cualquier cosa— de lo sucedido, pero no lo consigo. Se supone que estas cosas no les pasan a personas como yo. Es como si estuviera viendo una de esas películas donde sucede algo tan horrible que parece imposible que pase en la vida real. Esta es mi vida, y ahora mismo es tan real que, joder, ojalá pudiera no vivirla.

Lágrimas calientes surcan mi rostro, pero no me molesto en secarlas. Mi mente gira muy deprisa, pero en realidad nada importa ya.

¿Cómo he acabado aquí? Lo único que recuerdo es estudiar con él en el sofá para mi examen de estadística de la universidad. No recuerdo ir luego a clase, y mucho menos subirme a un coche. Sería más fácil creer todo esto si al menos le encontrara un mínimo sentido.

—No lo entiendo —sollozo—, me iba a clase.

Ella sacude la cabeza, con sus ojos comprensivos centrados en mí.

—No, volviste de clase aquella tarde. La policía mencionó que volvías a casa de una fiesta cuando sucedió.

Se me escapan demasiadas cosas. Demasiado que no recuerdo. Cierro los ojos y lo intento, pero no hay nada.

—¿Cuánto hace? —susurro tragando con fuerza.

—¿De qué?

—¿Cuánto llevo aquí?

—Diecisiete Días.

La oscuridad era mucho mejor lugar. A veces es mejor no saber... Quiero regresar al candor, pero es demasiado tarde. Lo que está hecho no puede deshacerse.

2

Desde que mi madre se ha marchado hace unos minutos para ducharse, he mantenido los ojos clavados en la puerta. Pensaba que despertaría al cabo de un rato y descubriría que todo esto ha sido una pesadilla..., el peor tipo de sueño que cala hondo a través de tu piel hasta borrar la línea entre realidad e imaginación.

Estoy encerrada dentro de una habitación vacía y estéril, un espacio desprovisto de alma por completo. Este hospital cuenta con plantas y plantas de habitaciones exactamente iguales a esta. En este lugar ingresan las personas para sanar sus cuerpos heridos o debilitados, pero esta atmósfera poco ayuda a mi corazón roto, destrozado. Las máquinas a las que estoy conectada para garantizar que siga latiendo no detectan el gran agujero hueco que ahora ocupa el centro.

Esta no es mi vida, no la que había planeado. Cory y yo llevábamos juntos desde el primer año de instituto. Teníamos que casarnos una vez acabáramos la universidad y regresáramos a nuestra pequeña ciudad para ser felices y comer perdices. Él era mi futuro..., todo lo que veía al abrir los ojos cada mañana, todo en lo que pensaba al cerrarlos cada noche.

Solo me quedan recuerdos ahora. Él ya nunca estará aquí para sonreírme. Yo nunca podré volver a abrazarle y besar sus labios. Nunca más cogerá mi mano entre sus dedos ni susurrará cosas que no debería decir en voz alta a mi oído.

Por más que la deteste, esta es mi nueva vida. Una versión enferma y retorcida del infierno, que nadie se merece en realidad.

Pienso en el día en que Cory me invitó a salir por primera vez. Él era esa clase de tío: el que tienen en cuenta las chicas cuando se visten para ir a clase por la mañana, al que no puedes evitar sonreír cuando pasas a su lado, por más que intentes disimular metiéndote el pelo tras la oreja con indiferencia, confiando en que no advierta que estás mirando.

Acudí a la primera fiesta del instituto con mi amiga Madison. Fue una noche que nunca iba a olvidar.

—¿Vas a dejar de bajarte la falda? Se supone que es así de cortita —dice Madison apartando mi mano del dobladillo que no he parado de estirar desde que hemos entrado en la abarrotada casa.

—No puedo creer que me hayas convencido para ponerme esto.

Entorna los ojos.

—No deberías ocultar tu cuerpo..., sobre todo estas piernas.

Sacudiendo la cabeza, sigo tras ella mientras nos abrimos paso a través del gentío. Lo bueno de crecer en una ciudad pequeña es que conoces a casi todo el mundo presente aquí, pero de todos modos es una representación destacada de nuestro instituto. No creo que debiéramos estar aquí siquiera.

Detecto al otro lado de la habitación a Sam, mi vecino, y me dirijo hacia él.

—¿A dónde vas? —pregunta Madison sujetándome por el antebrazo.

—Voy a hablar con Sam.

—En serio, Rachel, no deberías andar con él.

—¿Por qué? —pregunto mientras le hago un saludo.

—No eres el tipo de chica que quiere ser vista con él. La gente murmurará, imaginará cosas.

Sam es callado y tiene un aura de oscuridad que le sigue allí donde va. Tal vez sea la chaqueta de cuero negro que viste o el coche clásico que conduce, tanto da, el caso es que la mayoría de chicas en nuestro instituto le encuentra irresistible. Aunque algunas hayan tenido algún devaneo con él, nunca pasa de una noche en el asiento trasero de su Camaro. En una ocasión le pregunté al respecto, y me respondió que la vida resulta más sencilla sin cogerle demasiado apego a nadie. Sonaba sincero, porque yo soy la única persona con la que en realidad ha tenido cierto vínculo.

La gente del lugar habla de él como si fuera a acabar siendo un delincuente solo porque su padre siguió el mal camino de joven. No importa que hayan pasado veinte años desde la condena que cumplió su papá por un robo de menor cuantía, un suceso acaecido mucho antes de que se trasladaran aquí. Supongo que, según la mentalidad de esas personas, el delito es una enfermedad genética, crónica. Pero no conocen a Sam como yo. Durante los últimos siete años he pasado más tiempo con él que con nadie de los presentes en esta abarrotada fiesta, incluida Madison.

Antes de poder responderle, noto una mano en el hombro y me giro en redondo. Cory Connors se alza detrás de mí con una sonrisa de gallito dibujada en su agraciado rostro. Sus ojos son aún más azules de lo que pensaba, y su pelo castaño claro reluce con reflejos dorados por las horas pasadas al sol este verano. Es la definición de la perfección.

—Ey, te llamas Rachel, ¿verdad? —dice con voz profunda, masculina.

Flota a través de mi mente como azúcar, cubriendo de felicidad cada parte de mí.

—Sí —digo mientras intento apartar mis ojos de sus labios carnosos.

Cuesta mirarlos y no imaginar cómo sería tenerlos pegados a los míos. No porque en realidad lo sepa, ya que nunca me han besado. Pero pienso mucho en ello, de todos modos. Pienso un montón.

Su sonrisa se amplía al seguir la dirección de mis ojos.

—¿Qué miras?

Me trago el nudo en la garganta y enfoco la vista hacia arriba.

—Mmm..., nada. Quiero decir, estaba...

Se ríe.

—Eh, solo era una broma —dice levantando la mano en dirección a mi rostro, pero la retira deprisa—. ¿Acabas de llegar?

Asiento, aún asombrada por el hecho de que Cory esté dirigiéndome la palabra. Me da miedo estropear las cosas si hablo mucho, y que esta sea probablemente la primera y última vez que charle conmigo. No quiero fastidiarla.

—Justo salía afuera, igual te apetece venir conmigo —dice interrumpiendo mis pensamientos.

Me tiene paralizada con el azul cristalino de sus ojos. Es mi ocasión, pero no estoy segura de estar preparada.

—No sé.

Madison me empuja por la espalda, enviándome prácticamente contra su pecho.

—Esperaré aquí, Rachel.

Sin tiempo para discutir, Cory me rodea la mano con los dedos y tira de mí hacia la parte posterior de la antigua granja. Siguiéndole de cerca, vuelvo la vista a la sala abarrotada y advierto todas las miradas fijas en nosotros. Sobre todo los ojos de Sam, con sus párpados caídos, siguiéndome hacia el exterior. Cuando veo que se aparta de la pared para moverse, niego con la cabeza. Siempre ha sido mi protector, pero ya va al último curso y el año que viene no estará por aquí. Necesito aprender a ir por la vida yo solita. Sam se detiene y me observa con los ojos entrecerrados, pero me apresuro a apartar la vista antes de que me haga cambiar de idea.

—¡Rachel! —*aúlla a mi espalda antes de que me aleje demasiado.*

Vuelvo la cabeza y advierto su boca abierta y sus ojos afligidos. Por un segundo, pienso en plantar a Cory y desaparecer con Sam, pero no lo hago. Me he repetido a mí misma que el instituto significaría asumir riesgos. Sam no es un riesgo..., siempre ha sido la persona que me comprende.

Atrapando el labio inferior entre mis dientes, sonrío, y entierro un poco más los nervios que afloran en la profundidad del estómago. Sam entiende al instante lo que intento decirle. Abatido, baja la vista y se pasa la mano por el fuerte mentón.

Incapaz de mirar, me concentro en Cory, permitiendo que siga llevándome a través de la multitud. Una voz en mi cabeza no para de decirme que Sam va a pedirme que me quede, y si pronuncia esas palabras me quedaré. Al final, no lo hace.

Cuando Cory y yo salimos al exterior, sigue sin soltar mi mano. Y yo tampoco lo hago, porque me gusta la sensación.

—¿Te estás divirtiendo? —*pregunta, tan cerca que percibo su cálido aliento contra mi mejilla.*

Abro la boca, pero la vuelvo a cerrar enseguida, intentando mantener la serenidad en la medida de lo posible. Lo último que quiero es sonar como una completa idiota en el instante en que me quede a solas con el dios de nuestra clase de primer curso.

—Acabo de llegar —*respondo por fin, alzando la vista para mirarle.*

Le ilumina solo la luz de la luna, y Cory bajo la luna es digno de ver.

—Bueno, vas a quedarte un rato, ¿verdad?

Sonríe, y juro que nunca he visto hoyuelos como los suyos.

Asiento y noto su cálido dedo rozando la piel bajo mi oreja.

—*Qué bien.*

Su voz suave suena sosegadora, como mantequilla fundida. Un cosquilleo recorre mi cuerpo de arriba abajo. De pronto, todo esto parece perfecto.

Llevamos juntos desde aquella noche. Fue mi primera cita, mi primer beso, mi primer amor. Se lo ofrecí todo porque yo pensaba que no habría otro para mí. Las cosas han cambiado ahora, ya nada será igual. Todo cuanto pensaba, sentía y quería ha desaparecido; haría lo que fuera por recuperar a Cory.

Debería haber sido yo quien no saliera con vida de ese coche. Vivir sin él va a ser peor que no vivir en absoluto.

Oigo el chasquido de la puerta, y otra enfermera entra con mi cuadro médico en la mano. Su expresión muestra comprensión al ver mis mejillas surcadas de lágrimas.

—¿Cómo te encuentras, Rachel?

Sacudo la cabeza, incapaz de poner palabras a lo que cruza mi mente. ¿Cómo se les ocurre preguntarme algo así?

—¿Sientes dolor? —pregunta mientras me ajusta el brazalete para tomar la presión.

Asiento, centrando la atención en la ventana al otro lado de la habitación y mirando al exterior. No estoy segura de si es físico o emocional este profundo dolor, pero no voy a explicárselo a ella. No entendería..., nadie puede entenderlo.

Tras tomar mis constantes vitales, me aparta el largo pelo rubio de la cara... tal como mi madre ha hecho unas horas antes.

—Voy a darte algo que te ayude a dormir. Necesitas descansar un poco.

Cuando sale, noto los párpados más pesados en cuestión de minutos y, sin tiempo de poner pegas, me invade un alivio temporal. De todos modos no dura mucho, y mi mente vuelve a perderse en la tierra de los recuerdos y la confusión. Siguen reproduciéndose las mismas escenas, y yo lo permito. Ojalá hubiera una manera de incorporarme a ellas, de regresar en el tiempo.

Cuando me despierto, la habitación está a oscuras. Pestañeo para despabilarme y contemplo el espacio tranquilo en busca de mamá. Debería haber regresado hace horas. La necesito, más que nunca.

Durante todo el tiempo que he dormido, oía a Cory pronunciando mi nombre. Yo intentaba ir corriendo tras él, pero no conseguía atraparlo. Había niebla y estaba oscuro, pero aun así lograba verlo volviendo la vista atrás hacia mí cada cierto rato. Me incitaba a moverme más rápido, pero la distancia entre nosotros no se acortaba. Ahora que estoy despierta, me percato de que solo era un sueño. Nunca volveré a tocar a Cory; pasaré toda la vida persiguiendo esos recuerdos, incapaz de atraparlos.

—Rachel.

Me vuelvo a mirar y descubro a Madison de pie en el rincón. Se ha recogido con horquillas su melena castaña hasta los hombros, despejando así su rostro. Parece cansada, igual que mamá antes.

Como no respondo, se acerca un poco más y me rodea el antebrazo. Madison ha sido mi mejor amiga desde que tengo uso de razón. Nuestras madres eran amigas de toda la vida, y desde que éramos bebés lo hemos hecho todo juntas. Baños, natación y clases de baile y viajes familiares. Nos entendemos bien, sobre todo en lo referente a la presión a la que nos someten nuestros padres para ser siempre las mejores. Ambas nos esforzamos al máximo en el colegio para sacar sobresaliente en todo, y yo lo habría conseguido si no fuera por el cálculo. Nos apuntábamos a todas las comisiones que podíamos, igual que nuestras madres en sus días de instituto: baile, anuario y fiesta de exalumnos. Mirándolo ahora, era agotador. Renuncié a mucho intentando ser lo que mis padres esperaban de mí. Ahora no parece que valiera la pena.

Toma asiento junto a mi cama, observándome con atención.

—Te encuentro mejor que la última vez que te vi —comenta.

Me pregunto cuándo fue eso, pero no lo digo en voz alta. No importa.

—¿Cómo te encuentras? —pregunta.

Aparto la vista. Es una pregunta estúpida, estoy cansada de oírla. ¿Cómo se piensa que estoy? Me he despertado sin recuerdos de lo que me ha traído aquí y acabo de enterarme de que mi novio ha muerto. Sé que sucedió. No es que lo niegue, pero tampoco estoy preparada para hablar de ello. Lo vuelve mucho más real.

—Utilicé algunas de tus fotos para una proyección que preparé para el funeral. La he conservado para que la veas cuando te sientas capaz —dice en voz baja, apoyando la mejilla sobre un lado de la cama.

Funeral. No se me había pasado por la cabeza, pero ha tenido que haber un funeral. Al que no he podido asistir. Me invade la ira, pero bloqueo deprisa esa reacción. Nadie va a esperar diecisiete días para celebrar un funeral, y no obstante sé que era mi ocasión de despedirme..., una ocasión que ya no tendré a menos que encuentre la manera de hacerlo por mi cuenta. No es justo..., pero nada de esto lo es.

—¿Cómo lo llevan sus padres? —susurro.

Las palabras casi se me atragantan. Cory era su único hijo varón, el pequeño de tres hermanos. Era el orgullo y la alegría de su padre. Nunca hacía nada mal a sus ojos. Y así consideraba la mayor parte de nuestra pequeña localidad a Cory. Exactamente como yo le veía..., como *todavía* le veo.

—Todo lo bien que cabe esperar dadas las circunstancias. No me imagino cómo será perder a un hijo..., tu único hijo.

Me saltan más lágrimas.

—No puedo creer que esto esté sucediendo.

—¿Cuánto recuerdas? —pregunta bajando la vista a las sábanas blanqueadas.

Me invade un pensamiento. Tal vez ella pueda llenar los vacíos, quizá tenga presente algo de aquella anoche que yo no recuerdo.

—No mucho. ¿Puedes ayudarme? Necesito saber alguna cosa..., cualquier cosa.

—No llegué a casa de la universidad hasta la mañana siguiente —dice bajando la vista a sus dedos.

—Pensaba que volvías el mismo día que Cory y yo misma. Recuerdo hablar contigo de eso. ¿Cambiaste de planes?

Estoy tan confundida. Tal vez imaginara también eso. Estar atrapada en una niebla permanente es un verdadero espanto.

Se levanta y cruza los brazos sobre el pecho. Parece incapaz de mirarme, y por lo tanto mira por la ventana.

—Te dije que no bebieras tanto en las fiestas, Rachel. Ojalá... alguien te hubiera parado.

—¿Qué?

La observo mientras me mira brevemente, y luego aparta de nuevo la vista. No importa que no haya respondido a mi pregunta, insisto:

—¿Qué quieres decir con eso? Dime.

Baja la mano para cubrir la mía, pero aparta la vista.

—Esa noche ibas tú al volante. Cuando os encontraron tenías alcohol en la sangre.

Mi visión se empaña y la habitación da vueltas aún más rápidas que antes. Cory no solo ha muerto..., yo lo he matado. Soy la razón de que no esté aquí.

Decisiones. Las tomamos a diario, pero esta..., esta es una elección de la que me arrepentiré toda la vida.

3

Para cuando entra por fin el doctor en la habitación a comprobar mi estado, los cielos grisáceos han sido reemplazados por cielos nocturnos. Lo sé bien porque tengo la vista fija en la ventana desde que Madison se ha ido hace un par de horas. Quería preguntarle muchísimas cosas, pero todo se esfumó en cuanto dijo que yo había bebido. Ahí se acabó todo, y ella se marchó poco después con un breve adiós.

Aún me arde la garganta, pero he dejado de preocuparme por el agua que he pedido hace horas. Además, me merezco el dolor..., después de lo que he hecho, me merezco algo mucho peor.

—¿Cómo te encuentras? —pregunta retirando el estetoscopio que rodea su cuello. De mediana edad, es un hombre calvo con expresión preocupada y pensativa en el rostro.

—¿Por qué todo el mundo sigue preguntándome eso? Estoy aquí, ¿no es así?

—Y tienes suerte. He visto fotos de tu coche en el periódico.

No quiero ni pensar qué aspecto tenía. No soportaría verlo, consciente del miedo que probablemente pasó Cory en los últimos minutos. Me pregunto qué estaba pensando. ¿Nos dijimos algo el uno al otro? Ojalá pudiera recordar al menos eso. Confío en que le dijera que le quería. Es lo que querría decirle si tuviera la oportunidad.

El doctor presiona el frío metal contra mi pecho, escuchando mis latidos. Me pregunto si oye cómo se me rompe el corazón, y si un corazón abrumado por el sufrimiento suena diferente a uno con ritmo normal.

—Esto está bien. ¿Cómo va la garganta?

—Duele —susurro.

Todo duele. Un puro martirio se ha colado en cada parte de mi cuerpo, qué espanto.

—Le diré a la enfermera que te traiga un poco de agua. ¿Quieres que pida alguna otra cosa?

¿Por qué es tan amable conmigo? Necesito que alguien me suelte un grito y me diga que esto es culpa mía..., que yo debería haber fallecido. Necesito que alguien justifique lo que siento por dentro. Que me vapulee tal como me he estado maltratando yo misma durante el último par de horas.

Negando con la cabeza, me concentro de nuevo en la ventana. Oscuridad..., es todo lo que necesito. Debería haberme quedado ahí a oscuras antes. No era mi lugar favorito, pero era mejor que esto.

—De acuerdo. Mañana te haré unas pruebas para comprobar la recuperación del cerebro, y entonces debería hacerme una idea de cuándo podrás regresar a casa. Confío en que no se retrase mucho.

Se me ocurre pensar que nadie me ha explicado aún mi pronóstico y por qué he estado durmiendo diecisiete días.

—¿Qué sucedió? Quiero decir, ¿por qué llevo aquí tanto tiempo?

—Te diste un buen golpe en la cabeza que provocó una hinchazón considerable, así que optamos por inducirte un coma médicamente para que pudieras recuperarte. Confiamos en que te repondrás por completo —dice formando una sonrisa triste.

Lo único que puedo hacer es asentir mientras me da unas leves palmaditas en la rodilla. Una recuperación completa no significa nada para mí. Nunca volveré a la vida que tenía antes de todo esto.

Cuando por fin se marcha, dejo que mis lágrimas se derramen sobre la almohada al recordar más cosas que he perdido. Todo lo que he perdido...

—Juro que eras la chica más guapa en esa habitación —dice Cory, tirando de mí para llevarme hacia la pista de golf.

Esta noche se celebra una recaudación de fondos a la que asisten nuestras familias, y ahora que nuestros padres han tomado unas copas, conseguimos escabullirnos al exterior. Los momentos así a solas son pocos y se hacen esperar en estos actos..., todo consiste en mantener las apariencias. Sonrisas falsas. Conversaciones forzadas.

—Apuesto a que se lo dices a todas las chicas —bromeo, siguiéndole hasta nuestro rincón entre los árboles.

Llevamos juntos casi tres años, y una de las partes más divertidas ha sido descubrir pequeños escondites donde ocultarnos.

Se detiene y me coge por las caderas para acercar mi cuerpo un poco más.

—Estoy seguro de que solo una chica puede acaparar mi atención. Creo que la conoces: pelo rubio, ojos azules...

Mordiéndome el labio inferior, observo su boca.

—Me suena familiar. Dime alguna cosa más.

Me acaricia el cuello con la nariz, pegando los labios a la piel debajo de la oreja.

—Es divertida y lista. Además, tiene unas piernas preciosas de verdad..., me encantan sus piernas —susurra alcanzándome la oreja con su aliento cálido.

Nos hace retroceder un par de pasos hasta que mi cuerpo se apoya en el árbol, y me roza con los dedos las piernas desnudas.

Cory me llevó al huerto al cabo de un año saliendo juntos, y no hemos parado desde entonces. Cada momento que tenemos a solas lo pasamos así. Tal vez los dieciséis sea una edad un poco temprana, pero una vez me dominaron las hormonas, ya no me soltaron.

—Pues tú tampoco estás tan mal —digo rodeando su cuello con los brazos.

Cory baja las manos por mis costados hasta alcanzar con los dedos el dobladillo del vestido para subirlo. La respiración se me entrecorta mientras desliza los dedos entre mis piernas dibujando pequeños círculos ahí donde sabe que me vuelve loca.

Tal vez debiéramos temer ser descubiertos por alguien que se perdiera por aquí, pero ya lo hemos hecho algunas veces antes. Durante el día, esta pista está llena de gente, pero por la noche la soledad es completa.

—¿No estoy tan mal? —sonríe, inclinándose para besarme.

—Pasable.

Introduce un dedo, provocándome un gemido que se escapa entre mis labios.

—¿Cómo has dicho, Rachel? Creo que no he oído bien.

Besa mi clavícula mientras me mete otro dedo.

Apenas puedo respirar, qué decir de hablar, pero él no va a dejarlo, nunca lo deja.

—Eres perfecto —jadeo, notando cómo se contraen mis paredes en torno al dedo.

Toda la tensión y el estrés abandonan mi cuerpo, concediéndome el alivio que anhelo. No me suelta hasta que me quedo tranquila, una niña debilitada bajo su control. Nunca le lleva demasiado hacer reaccionar mi cuerpo, y lo sabe.

Rodeo su cuello con fuerza, atrapando sus labios con los míos. Mantiene los dedos dentro de mí, y es tentador suplicarle que lo repita. La primera vez siempre está bien, pero la segunda suele ser aún mejor. Quiero mostrarme ávida, quiero suplicar que me dé un poco más, pero me contengo, confiando en volver a degustarle más tarde de nuevo.

—¿Ya has hablado con tus padres sobre Southern Iowa? —pregunta sacando los dedos.

—Yo voy también —digo con una gran sonrisa en el rostro.

—¿En serio?

—En serio —respondo inclinándome para besarle los labios.

Me levanta del suelo y me hace girar, sin que importe que aún tenga la falda subida en torno a la cintura.

—No vas a separarte de mí a partir de ahora.

—Eres la única persona de la que no querría separarme.

Las cosas no fueron perfectas entre Cory y yo durante nuestro primer año en Southern Iowa. Nuestras prioridades eran diferentes y ambos cambiamos en este nuevo entorno. No existía el riesgo ni la excitación que suponía andar a escondidas. Las cosas eran, sencillamente..., diferentes. Poco después de navidades, Cory pidió que nos tomáramos un respiro, pero yo peleé para mantener nuestra relación con todo lo que tenía. Habíamos planeado seguir juntos siempre y no quería renunciar a eso. Se rindió a mí, y ahora me pregunto si le salió caro. ¿Tuvimos una pelea esa noche? ¿Fue ese el motivo de que yo bebiera?

El último mes las cosas habían ido mejor, pero seguíamos peleándonos más de lo habitual. Yo pensaba que si pasábamos el verano en casa recordaríamos lo que nos había unido en un primer momento. Por qué fuimos inseparables durante tantos años.

Ahora nunca lo sabré. Lo único que sé es que habría vuelto a pelear por él... pasara lo que pasara. Significaba tanto para mí... En cierto modo, él acabó por definirme. Yo siempre estaba donde Cory estaba, era más feliz cuando podíamos respirar el mismo aire. Ahora, cuando recupere las fuerzas, voy a tener que hacer borrón y cuenta nueva, imaginar quién soy sin él.

La puerta se abre con un ruido seco. Al cabo de un día, temo ese sonido. No quiero hablar con nadie..., quiero seguir perdida en los buenos recuerdos de Cory. El hecho de pensar en él me permite en algunos momentos creer que sigue aquí. Es mi propio mundo de falsedades, pero solo quiero que me dejen jugar en él.

—El doctor ha dado el visto bueno a los líquidos filtrados. Tengo agua y zumo de manzana. También puedo traerte un 7Up si prefieres.

Es una enfermera diferente esta vez.

—Gracias —respondo entre dientes, secándome las lágrimas de la mejilla.

Me coge por la muñeca, pegando el dedo al punto de mi pulso.

—Las cosas serán más fáciles... con el tiempo —dice bajando la vista a su reloj.

—No creo que sea posible. Ni siquiera pude despedirme —lloro, alzando la mirada a los azulejos blancos del techo.

Cuanto más tiempo paso boca arriba más me pregunto por qué hacen los techos así. Son anodinos, de lo más deprimentes. Lo último que necesita alguien que esté en un sitio así es algo que empeore su ánimo ya deprimido.

La enfermera continúa callada mientras sigue con su labor, con la vista baja. Es la primera persona que ha estado en esta habitación hoy sin preguntarme cómo me siento, y solo por eso le estoy agradecida.

—Tu madre ha venido antes mientras dormías. Se ha ido a casa a pasar la noche, pero ha dicho que llames si la necesitas.

Me quedo mirando, sintiéndome pachucha. Hay cierto aturdimiento donde solía estar mi corazón.

—Antes de marcharme me dijo que ya estás enterada de lo del accidente, y quiero que sepas que estoy aquí fuera si necesitas algo. Lo único que debes hacer es apretar el botón rojo.

Sigo sin decir nada. Esta mujer no sabe qué siento, no hay manera de que pueda interpretar lo que me ronda por la cabeza. Es solo una ilusión a la que recurre la gente para hacer hablar a los demás.

—Probablemente estés pensando que es mejor guardarse las cosas porque nadie va a entenderte, pero eso no es así.

Frunzo el ceño mientras la observo comprobar las vendas que me han puesto en las piernas para prevenir los coágulos. Provocan picores en mi piel, pero es lo que menos me importa.

—Mi marido murió hace unos pocos años. Un accidente de labranza —añade mientras comprueba los fluidos en mi intravenoso.

—Lo lamento —susurro.

—Es lo peor por lo que he pasado. No pensaba poder superarlo, pero así fue. —Hace una pausa mientras tira de las colchas hacia arriba—. Siempre está aquí —dice poniendo la mano sobre el corazón.

—Pero en mi caso lo causé yo, soy la razón de que él no esté aquí —digo atragantándome, con el pecho agitado de forma apreciable.

Me toca el antebrazo con la mano, fría y reconfortante.

—Perdonarte a ti misma será el mayor obstáculo que tendrás que superar. Pero recuerda que ninguna cantidad de culpabilidad o castigo lo traerá de vuelta.

Mi lloro me estremece en cuerpo y alma, acompañado enseguida de sollozos. Sabía que finalmente llegaría el aguacero, pero oír a otra persona confirmar que Cory no va a regresar me deshace.

—Desahógate, cielo. Es la única manera de que te sientas mejor en algún momento. Creo que yo tardé un mes al menos en soltar una buena llorera, y fue el mes más miserable de mi vida —dice, dándome unas palmaditas en el brazo.

Aunque quisiera responder, no podría. Mi corazón triturado está esparcido por el suelo. Estoy esperando tan solo a que alguien venga y lo pisotee. Me merezco oír el odio que siento dentro de mí.

4

9 de junio de 2013

Han pasado seis días desde que desperté. Seis días desde que empezó esta nueva vida, esta porquería de vida rota..., una versión triste y vacía de lo que solía ser.

Me trae recuerdos de cuando era más joven, de la primera ocasión en que me sentí sola en la vida. Mi papá siempre trabajaba mucho, presentando un caso tras otro como fiscal del condado. A menudo se marchaba antes de que yo me levantara por la mañana y volvía tarde a casa por la noche, muchas veces cuando yo ya me había ido a la cama. Desde que estoy aquí, me percato de que él ha cambiado bien poco. Solo me ha visitado en dos ocasiones, y el tiempo pasado juntos está lleno de excusas sobre por qué no ha venido más a menudo. Sé que nunca voy a cambiarle, por lo tanto mantengo la boca cerrada y apunto mentalmente qué no hacer cuando tenga hijos..., aunque ahora es poco probable que los vaya a tener.

Mi madre, por su parte, siempre puso empeño en mantener las apariencias, ya que era miembro de la junta parroquial y de la Asociación de Padres y Profesores. Todo el mundo nos consideraba una familia perfecta, aunque solo alcanzaban a ver la fachada. No veían la soledad hueca en mi interior. La niña que ansiaba atención, tanto como un adicto anhela la siguiente dosis. Lo único que quería era un poco de su tiempo. Quería que llegaran a saber quién era yo, no quién querían que fuera.

Vivíamos en un rancho, una propiedad heredada por papá de mi bisabuelo. Había unos cuantos caballos, y con seis años mis padres me permitieron tener un cachorro al que llamé *Toby*. Éramos inseparables, y yo agradecía que estuviera conmigo porque llenaba una pequeña parte del vacío que había creado mi soledad. Recuerdo un día en concreto..., el día en que conocí a Sam. Yo solo tenía ocho años.

Mamá ha invitado a algunas señoras de la parroquia a tomar un café por la tarde. Esa mañana me ha obligado a ponerme aquel horrendo vestido floreado con un lazo rosa en la parte delantera, solo para la ocasión. Lo detesto, y cuando acaba de hacerme desfilar por allí como un pony en una feria, *Toby* y yo salimos a hurtadillas para escaparnos de la reunión.

Como hace un día soleado, decidimos dar un paseo y acabamos en el campo cubierto de hierba contiguo a nuestra propiedad. No tiene nada especial, es solo una vasta zona de campo abierto con hierba especialmente alta limitada por una hilera de árboles y un diminuto riachuelo. Lo mejor es que queda oculto desde la carretera y cuesta verlo desde mi casa. Es el lugar perfecto para escondernos. *Toby* y yo a solas ahí en medio de la nada.

Decidida a desafiar el ruego de mi madre de no ensuciarme, me tumbo de espaldas sobre la hierba y dejo que el sol me dé en la piel. Cierro los ojos perdiéndome en la serenidad del verano, y no los abro hasta que oigo unos pasos acercándose. Nunca hubiera esperado que alguien se acercara por aquí.

Se me acelera el corazón, sobre todo cuando *Toby* empieza a ladrar, porque no lo haría si se tratara de mamá o papá. Me han repetido una y otra vez que no venga aquí, donde no pueden verme, y por supuesto va a sucederme algo malo de verdad el primer día que decido desobedecer.

Tal vez si me quedo quieta no me descubra, quienquiera que sea. Pero, vamos a ver, ¿a quién quiero engañar? *Toby* acaba de delatarnos, y yo puedo darme por muerta. Es probable que se trate de uno de los desconocidos sobre los que siempre nos advierten en la escuela. ¿Qué se supone que voy a hacer ahora? Si me ofrece un caramelo, desde luego que no voy a aceptarlo.

—*¿Qué te crees que estás haciendo aquí?*

Por la voz sé que solo es un crío, pero aun así me asusta demasiado abrir los ojos. Siempre he sido un poco tímida; mamá me lo recalca a todas horas cuando me escondo detrás de ella en la iglesia.

—*No será necesario hacerte cosquillas para asegurarme de que sigues respirando, ¿verdad?* —añade.

Con esa amenaza pendiendo sobre mi cabeza, al final abro los ojos. La mayoría de chicos son un asco, pero este es diferente. Es guapo, como uno de esos que aparecen en el Disney Channel. Tiene que ser un par de años ma-

yor porque es altísimo, y lleva el pelo largo, rubio y rizado en torno a las orejas. Aunque odio a los chicos, a este no me importa mirarle.

—Ese truco siempre funciona —bromea agachándose a mi lado.

—¿Cómo te llamas? —pregunto.

Se encoge de hombros.

—¿De verdad quieres saberlo o solo buscas algo que decir?

—Es por si debo salir corriendo. Si me ofreces un caramelo, me largo —respondo apoyándome en los brazos para sentarme.

—Estás a salvo. Me llamo Sam, por cierto. Acabo de mudarme aquí al lado.

Dado que vivo en el campo, aquí al lado no significa exactamente eso... La casa más próxima se encuentra a más de medio kilómetro, por lo tanto es difícil estar al tanto de los vecinos.

—Me llamo Rachel. Vivo justo ahí detrás —le digo indicando con el dedo en dirección a nuestra propiedad.

He vivido toda la vida en la misma casa, un enorme edificio tradicional blanco rodeado por un porche.

—¿Cómo has sabido que estaba justo aquí? —pregunto.

Se tumba boca arriba sobre la hierba, parecido a como yo estaba cuando él apareció.

—No lo sabía.

—Oh, ¿vienes mucho por aquí?

—Qué va, ayer estuve andando en esta dirección y me di cuenta de lo tranquilo que es. Me pareció un buen sitio al que venir cuando necesito un respiro de mi padre.

Al volver la cabeza me percato de que tiene la vista fija en mí. No aguanto la seriedad con que me mira, de modo que alzo la vista al cegador cielo azul.

—¿A qué viene el vestido? —pregunta.

—Me he tenido que vestir para las amigas de mi madre. Y para que te enteres, detesto este estúpido vestido —digo tirando del lazo rosa que rodea mi cintura.

—Si tú lo dices.

Permanecemos varios minutos en silencio, disfrutando de los sonidos y las imágenes de la naturaleza. Todo está sereno, casi como si viviéramos en un mundo diferente nosotros solos. Resulta extraño porque apenas conozco a este chaval, pero por otro lado no me perturba como probablemente debiera.

Después de un rato, sencillamente, no puedo aguantar más el silencio.

—¿Por qué necesitas un respiro de tu padre? No es asunto mío, lo sé, pero siento curiosidad de todos modos.

Suelta un suspiro audible y se vuelve de lado.

—Ya veo que haces muchas preguntas.

—No más que tú —lanzo enseguida. Siempre he sido rápida de reflejos, tienes que serlo si tu padres es abogado.

—Buen tanto —dice frotándose la barbilla con la mano—. Mi padre bebe mucho, y creo que odia este lugar, lo cual empeora las cosas.

—Lo siento. ¿Dónde vivíais antes de mudaros aquí?

—En Washington.

—Mmm, probablemente aquí no hay tantas cosas que hacer.

Se ríe.

—Te quedas corta. Nos hemos mudado muchas veces, o sea que estoy acostumbrado.

—¿Qué hace tu padre? —pregunto.

—Construye cosas de madera, sobre todo armarios y muebles. ¿Y qué me dices de tu madre? ¿Qué hace?

—Organiza fiestas y eso, supongo.

Pasamos el resto de la tarde hablando de los lugares donde ha vivido y de lo que le gustaba hacer en cada sitio. Además me explica que el motivo de que su padre beba todo el rato es que su madre murió poco después de darle a luz. Pese a que mi mamá me vuelve un poco loca, no puedo imaginar cómo serían las cosas sin ella. Me da pena, pero Sam no parece darle mucha importancia. Dice que es difícil echar de menos a alguien que nunca has conocido en realidad, pero también admite que desearía saber cómo es tener una madre.

Tras un par de horas, oigo a mamá gritando mi nombre desde el otro lado del prado y me incorporo dejando la forma de mi cuerpo moldeada en la hierba.

—¿Vas a volver aquí mañana? —pregunta Sam, metiéndose las manos en los shorts caquis.

Sonrío, pensando en la posibilidad de pasar el rato con él de nuevo. Es fácil hablar con Sam comparado con otra gente que conozco.

—¿A qué hora?

Su expresión coincide con la mía.

—*¿Qué tal a las dos? Mi padre desaparece en su taller normalmente para esa hora.*

Empiezo a andar hacia atrás, me cuesta apartar la mirada de mi nuevo amigo.

—*Adiós* —*digo finalmente, obligándome a dar la vuelta.*

—*¡Ey, Rachel!*

Al volver la vista advierto que no se ha movido de donde le he dejado. Su sonrisa no se ha desdibujado lo más mínimo.

—*Ponte shorts mañana y así podremos meter los pies en el riachuelo.*

—*Veré qué puedo hacer.*

Saludo y salgo corriendo para mi casa con una sonrisa en el rostro que hacía mucho que no estaba ahí.

Esa fue la primera vez que pasé la tarde con Sam Shea. Solía escaparme con él a ese prado, pero no he estado ahí desde los quince años. He pasado al lado en coche innumerables veces, observando los árboles sucediéndose en el retrovisor. Solía ser un lugar al que huir cuando necesitaba fingir que no existían las presiones de la vida. Es fácil ver por qué mi mente regresaba ahí. Ojalá fuera tan fácil escapar de esto.

Oigo el ruido seco de la puerta, que me aleja del recuerdo. Sucede con más frecuencia de la que me gustaría estos días.

Un policía entra en la habitación dando pasos lentos y vacilantes hacia la silla situada junto a la cama. No me sorprende verlo aquí..., más bien me extraña que haya tardado tanto. He matado a Cory. Soy el motivo de que ya no respire, y merezco lo que vaya a sucederme, sea lo que sea, aunque me aterrorice.

Ya me he condenado a una prisión emocional de por vida, lo cual puede ser tan malo, si no peor, como una pequeña celda. Y tal vez hablando con el agente consiga llenar algunos de los vacíos en mi memoria. Tal vez el policía sepa algo que nadie más me cuenta.

—Señorita Clark, soy el agente Elroy.

Hace una pausa para observarme con atención antes de aclararse la garganta y continuar:

—He hablado con su madre y me ha dicho que no recuerda nada de la noche del accidente, pero debo tomar una declaración formal. ¿Le parece buen momento ahora?

Aparto la vista, concentrando la atención en el exterior de la ventana. La lluvia que la golpea y cae por el vidrio aporta cierta textura al cielo gris. Últimamente parece que llueve la mayoría de días, algo que se adapta bien a mi estado de ánimo.

—¿Hay algún buen momento para algo así? —pregunto finalmente.

—Supongo que no —responde, acaparando de nuevo mi atención.

Se frota el mentón con la mano. Es mayor, probablemente de la edad de papá, con el pelo salpicado de gris, indicio de que ha pasado por mucho en esta vida.

—Veamos, ¿puede decirme lo último que recuerda antes del accidente?

Cerrando con fuerza los ojos, narro mis últimos recuerdos de Cory. En verdad, no explican gran cosa de cómo he llegado aquí.

—Lo último que recuerdo es estar sentada en el sofá de Cory, en su apartamento. Aún me quedaba un examen antes de acabar el primer año de universidad, luego íbamos a volver a casa. Él estaba viendo béisbol..., es lo último que recuerdo.

—¿Fue ese el día de la fiesta?

Anota algo en la libreta.

—No sé. No recuerdo hablar de una fiesta ni haber ido a ninguna. ¿En qué fecha sucedió el accidente? Ni siquiera lo sé.

—El accidente tuvo lugar durante la madrugada del diecisiete de mayo.

Trago saliva, las lágrimas me escuecen en los ojos.

—Sí, lo que le explicaba fue la mañana del diecisiete. Era el último día del semestre.

He olvidado casi veinticuatro horas de mi vida. ¿Cómo es eso posible?

Se prepara para hacerme otra pregunta, pero la puerta se abre de par en par y mi padre entra disparado con su maletín en la mano.

—¡Rachel, no digas ni una palabra más!

—No está detenida —replica el agente, dando con el boli en la libreta un par de veces.

—Aún no.

Mi padre mueve la mandíbula adelante y atrás mientras desplaza la mirada del agente Elroy a mí. Siempre he pensado que era un hombre guapo, con sus ojos verdes oscuros y el cabello castaño, con algún mínimo matiz rojizo, pero el tiempo que pasa en la sala del tribunal le ha desgastado en el último par de años.

—Estaba tomándole declaración.

Papá tira el maletín sobre el extremo de la cama, con los ojos llenos de rabia mientras observa al agente.

—Léame todo lo que le ha contado y, Raquel, si este agente dice algo fuera de lugar, necesito saberlo.

Abro la boca para responder que no importa porque no recuerdo nada, pero alza la mano para hacerme callar. El agente Elroy repite a la perfección todo cuanto le he explicado, con semblante molesto por todo el proceso. Cuando ya ha acabado, papá me mira de nuevo.

—¿Se ha dejado algo fuera?

—No —susurro, deseosa de que esto acabe. El agente Elroy debería arrestarme, me lo merezco.

Papá asiente, metiendo aún más las manos en los bolsillos delanteros de sus vaqueros.

—Si tiene alguna otra pregunta para mi hija, se la hará conmigo a su lado. ¿Lo entiende?

—Más claro no puede ser.

—Bien. Y ahora, si quiere algo más, puede continuar; si no, se larga.

Elroy se pone colorado mientras sacude la cabeza. Mi papá es un agresivo tiburón de la abogacía, y lo sabe. Todo el mundo lo sabe en esta ciudad.

—¿Recuerda algo en absoluto de la fiesta de esa noche?

—No.

Mi voz suena sumisa. Se ha elevado demasiado la tensión en la estancia. Resulta sofocante.

Elroy fulmina con la mirada a mi padre, pero su expresión se suaviza cuando la vuelve hacia mí.

—La voy a dejar descansar un poco, pero aquí tiene mi tarjeta en caso de que algo le venga a la mente —explica. Se detiene y hace un ademán a mi padre—. Cuando le den el alta, voy a querer hablar con ella un poco más. Estoy seguro de que no debo explicarle eso.

Cierro los ojos, deseando desaparecer. Eso es todo lo que quiero..., ir allí donde se encuentra Cory y poner fin a esta pesadilla.

—Estaré listo para ello —responde papá, entrecerrando los ojos.

—Rachel, seguiré en contacto —añade el agente Elroy en voz baja mientras se levanta, dándome unas palmaditas en la mano.

Este hombre debería odiarme..., ¿por qué me trata como una muñeca de porcelana?

—A través de mí —puntualiza papá mientras Elroy desaparece por la puerta.

La mirada de papá sigue pegada a la puerta mucho después de que se cierre. La situación entre nosotros resulta incómoda, igual que las otras dos veces que me ha visitado. Normalmente lo hace durante su pausa para almorzar, cuando sabe que no tiene mucho tiempo; es una salida fácil para él. Mamá dice que se preocupa por mí, pero me pregunto si no está más preocupado por él mismo y su reputación. Su buen nombre siempre ha significado mucho para él.

Dirige una mirada a su reloj antes de dedicarme la atención que tanto anhelo.

—Debo salir, tengo un caso esta tarde. Se inclina para darme un beso en la mejilla—. Si él o cualquiera de la oficina del *sheriff* regresa por aquí, me llamas. No les digas una palabra.

Asiento, vislumbrando un atisbo de compasión en sus ojos. Debo de estar imaginando cosas, de todos modos, porque papá no es así. Es un dictador, no una persona comprensiva.

—Pasaré a ver cómo estás más tarde —dice poniéndose a andar hacia la puerta.

Es mentira, es la misma cortesía que dice cada vez que se marcha pero que nunca cumple. A estas alturas, él ya debería saber que no cuela. Más palabras vacías... He tenido toda una vida de eso.

Antes de abrir la puerta, le grito:

—¡Papá!

Vuelve la vista, con una curiosa expresión en su rostro.

—Papá, estoy asustada.

Hablo en voz baja pero lo bastante alto como para que él lo oiga. No sé por qué decido decírselo..., tal vez sea porque sé que no va a reaccionar a mi franqueza descompuesta. No sabe cómo manejar esto.

—Va a ir bien, no voy permitir que te suceda nada —dice bajando la vista al vulgar suelo de baldosa blanca.

Desearía que nuestra relación me permitiera decirle que no me refiero a eso. No es el castigo lo que me asusta..., es la vida sin Cory. Es vivir cada día preguntándome qué sucedió y odiándome por ser la causante de todo esto. Su muerte. Mi dolor. Todo responsabilidad mía.

—De acuerdo —susurro, fijando la atención de nuevo en la ventana.

Es inútil. Todo parece vacío y roto, y por lo visto nadie se queda aquí lo suficiente como para ayudarme a superarlo.

La vida es como una caja de cartón precintada. Algunas cajas están llenas de tesoros codiciados; las otras, simplemente, están vacías. Como la mía. Me he esforzado durante años por levantar la pesada tapa de la caja y retirarla con la esperanza de sentir algo, pero está hueca. Sin sentimientos, ni esperanza. Sencillamente, vacía.

5

17 de junio de 2013

Hoy he conseguido levantarme de la cama por primera vez. Han sido necesarias dos enfermeras y más tiempo del que quisiera admitir, pero me he duchado y he podido utilizar un baño de verdad. No ha sido mucho, pero sí el primer indicio de normalidad en cierto tiempo.

Ahora, de vuelta en la cama, observo las familiares paredes. Así será una prisión..., nada que hacer, aparte de perderme en mis propios pensamientos. En eso consiste todo este castigo, en hacerte pensar sobre lo que has hecho hasta que te devora interiormente por completo.

Mamá ha venido para su visita diaria. No me molesta. De hecho, creo que en el último par de semanas he hablado con ella más que en los últimos cinco años. Es triste, si te paras a pensarlo. Algunos días desearía que pasara más rato que esas dos horas; en cambio, otros espero con impaciencia el momento de quedarme a solas, pues me ayuda a aclarar las emociones, a intentar recordar algo sobre el último día de la vida de Cory. Por ahora no he sacado nada en limpio, pero eso no va a impedir que lo intente.

—¿Qué tal te encuentras? —pregunta acercándose hasta ponerse al lado de la cama.

—Cansada. Antes me han permitido darme una ducha.

—Tienes buen aspecto.

Sonríe y me pasa los dedos por el cabello.

—Será el pelo limpio.

—Dicen que podrás volver a casa dentro de una semana más o menos. Las costillas van soldándose, y se ha reducido la inflamación en el cerebro.

Asiento. Tal vez debiera alegrarme la noticia sobre la inminente alta, pero no siento nada.

—Madison te manda saludos. Ha estado trabajando y no ha podido volver a visitarte.

Madison no necesita excusas. Sé que me odia. Probablemente toda la ciudad me odie a estas alturas. Cory era el chico de oro de la ciudad. Todo el mundo le adoraba. Sigo sin poder librarme de la extraña sensación que me dejó la visita de mi amiga; como si me ocultara algo. Esas cosas son apreciables cuando conoces a alguien desde hace tanto tiempo.

—Mañana te traeré de casa algo de ropa. Te irá bien. ¿Quieres algún libro o revista?

Solía escribir poesía antes de empezar el instituto, pero hace muchísimo que no he escrito nada. Bien entrelazada, la poesía puede ser una terapia. Una línea te lleva a la otra, igual que un terapeuta te ayuda a encontrar tu propia verdad. Es algo que necesito redescubrir ahora.

—Hay una libreta rosa en la mesilla junto a la cama. ¿Puedes traerla?

Sonríe.

—Por supuesto. Por cierto, al final te han enviado el nuevo teléfono.

Saca un móvil de su bolso para tendérmelo.

—Incluso te han transferido la agenda de contactos.

He sido adicta al móvil desde que me lo regalaron cuando cumplí doce años. Ahora, al mirarlo, no le encuentro ninguna utilidad. Cory no está. Madison me odia. De poco vale.

—Gracias —susurro mientras lo coloca junto a mí sobre la cama.

—Bien, debería marcharme. Tenemos un almuerzo en la iglesia, y me toca encargarme de los bocadillos.

Se levanta, colocándose la tira del bolso por encima del hombro. Algunos días he pensado que debería pasar más tiempo aquí conmigo, pero ahora entiendo su necesidad de regresar a algo normal, sobre todo porque es algo que yo ansío.

Antes de marcharse, añade:

—El chico de al lado me preguntó ayer por ti. Vino a dejar unos estantes que le había encargado.

Se forma un nudo en la garganta al pensar en él.

—¿Sam?

Asiente.

—¿Qué dijo?

Junta las cejas, meditabunda. Mi relación con Sam le provoca siempre esta reacción.

—Preguntó cómo te encontrabas. Le dije que todo lo bien que cabía esperar, dadas las circunstancias.

Sam nunca ha sido el chico de al lado. En el sentido literal sí, pero no en el figurado. Su padre tenía un pequeño taller de ebanistería, una cabaña en su propiedad, y era bastante reservado, con la excepción de su visita de cada noche al único bar de la ciudad. Sam no hablaba mucho de él, aparte de comentar que le trataba bien y se ocupaba de que no le faltara comida y ropa; pero tampoco pasaba con Sam el tiempo que el chico necesitaba. Trabajaba todo el día y luego desaparecía con su botella de alcohol. Y cuando Sam se refería a la muerte de su madre, me hacía sentir que tal vez mi vida familiar no fuera tan mala como pensaba, para nada. Él lo tenía mucho peor. Al menos, mi familia fingía preocuparse.

Sam era difícil de tratar incluso entonces, tenía un genio que estallaba con facilidad y un corazón fácil de lastimar. Poco a poco, yo fui entendiendo la causa. Ha acumulado demasiada frustración y dolor, de los que nunca se ha ocupado, pero eso no le convierte en una mala persona. Siempre ha sido, sencillamente, mi Sam..., el chico que haría cualquier cosa por mí.

A mi madre no le caía bien por entonces, decía que no debería pasar tiempo con él, pero Sam era diferente conmigo. Hablábamos durante horas de nuestros pasados y nuestros sueños de futuro. No me excluía. Yo representaba su lugar seguro donde expresarse, tal como él era el mío.

Los fines de semana, mientras yo iba a la catequesis dominical, él trabajaba con su padre en el taller. Después de comer era cuando hacíamos nuestra escapada para reunirnos en el prado, nuestro punto de encuentro. Había semanas en que su padre no le dejaba salir si le habían castigado en la escuela por pelearse en el patio o por responder al maestro. Esas semanas eran las peores para él... y para mí. Eran las semanas en que la caja de cartón se quedaba vacía. A veces pienso que Sam se esforzaba en no meterse en líos solo para poder reunirse conmigo allí. Yo quería salvarle... él era mi propósito. Los días en que conseguía sacarle una sonrisa eran los mejores.

A Sam no le interesaba la escuela; eso no iba con él. Tampoco le gustaban las normas, sobre todo aquellas con las que no estaba conforme. Mis padres pusieron una norma el verano que cumplí trece años.

No te acerques a Sam.

Él tenía dieciséis años. No veían bien que pasara el rato con él y, según decían, «ese chico no traía más que problemas». Aquello no puso fin a nuestra amistad. El campo era nuestro lugar seguro, nuestro aislamiento de todo lo demás. Aún recuerdo la última vez que nos encontramos allí..., antes de que yo empezara a salir con Cory.

—*No pensaba que fueras a llegar a tiempo hoy* —*dice Sam sin darse la vuelta mientras me voy acercando.*

Ni siquiera tiene que volverse para saber que soy yo.

—*Después de la iglesia teníamos invitados a una barbacoa. Acaba de marcharse la última familia.*

Me siento al borde del riachuelo y meto los pies en el agua templada. Aquí es donde se disipan todas mis preocupaciones y la locura cotidiana. Y si Sam está conmigo, esto se cumple aún más.

—*¿Estás lista para empezar las clases mañana?*

Me encojo de hombros, metiendo los dedos entre la alta hierba verde.

—*En realidad, no. Ir al instituto intimida un poco. Es empezar otra vez desde cero, ya me entiendes.*

Me roza con el hombro.

—*Yo superé los tres años sin un rasguño. Seguro que para ti es pan comido.*

—*Eso no lo sabes.*

Sam siempre actúa como si lo supiera todo, y no es así, solo le gusta fingir que sí. Típico de chico.

—*¿Recuerdas cuando tu madre te llevó a comprar tu primer sujetador después de cumplir diez años? ¿O cuando te pusieron aparato? Ah, y no podemos olvidarnos de cuando tu padre te hizo leer el boletín de jurisprudencia después de que te demoraras aquí hasta tarde. ¿Te acuerdas de eso?*

Asiento con la cabeza.

Él continúa:

—*Pensabas que nunca superarías esas cosas, pero aquí sigues, sentada tan ricamente al borde de este riachuelo.*

Entornando los ojos, observo las pequeñas ondas que crea el viento en el agua. Sam lo sabe todo sobre mí, literalmente. Está escuchando incluso cuando pienso que no me presta atención. Tanto si hablo de una película cargada de acción como de una prenda que mi madre me obliga a ponerme, lo absorbe todo. Yo hago lo mismo con él: retengo todas sus palabras.

—¿Estás listo para volver a las clases?

—¡Ni de coña! —grita él mientras arroja una piedrita al agua—. Estoy listo para que acabe este año y así poder continuar con el resto de mi vida.

—¿Sí? ¿Qué vas a hacer?

Sam odia los estudios, pero también detesta trabajar para su padre. No creo que sepa siquiera qué le depara el futuro.

—Tengo nueve meses para aclararme con eso.

Sigo con la mirada puesta en el agua, pero siento que me observa. Me tomo unos segundos antes de encontrar sus ojos. El sol que le da en la cara hace centellear sus ojos marrones. Son, sin duda, lo que más me gusta de Sam.

—Tú seguirás por aquí otros cuatro años, o sea que eso ya es algo para tener en cuenta.

La manera en que me mira es diferente, o al menos yo la interpreto de modo diferente. Me retiene con esa mirada. No podría apartar los ojos aunque quisiera. Debería decir algo, romper el hechizo, pero no puedo.

Se inclina muy despacio. Cuanto más se acerca, más pienso que quizá vaya a besarme, y me percato rápidamente de que quiero que lo haga. Me gusta Sam. Es uno de mis mejores amigos, pero hay algo más profundo que había pasado por alto hasta este momento. Cuanto más me mira, más lo siento en mis venas.

Sam Shea lo es todo para mí, tal vez más.

Antes de tocarnos se detiene, y estira el brazo para rozarme el pelo y colocármelo tras la oreja.

—¿Mejor así? —pregunta recostándose.

Un nudo de decepción se atasca en mi garganta. Deseaba ese beso, digamos que lo quería de verdad, mucho. Pero Sam no ha sentido lo mismo. Tal vez lo he imaginado todo. La manera en que me miraba. El deseo en sus ojos. Tal vez soy demasiado joven para esto.

Asiento, mordiéndome el labio inferior para contener las lágrimas. A veces detesto ser una chica.

Cory y yo empezamos a salir poco después. Fue entonces cuando cambiaron las cosas, porque Cory y Sam no podían existir juntos. Ahora lamento haber perdido a Sam como amigo. Pasó a ser un conocido, alguien a quien decir hola cuando nuestros caminos se cruzaban. Se convirtió en un recuerdo doloroso, no porque sucediera algo entre nosotros, sino por lo que perdí al dejarle atrás. El amor de juventud me ofuscó, pero haría cualquier cosa por recuperar a Sam en mi vida. Necesito que alguien me escuche, y que lo haga sin juzgarme.

—De acuerdo, cielo, salgo ya. Volveré a pasar antes de la cena —dice mamá en tono suave.

Me da un leve apretujón en la mano y luego desaparece.

Tras unos minutos observando la puerta, cojo el móvil y repaso los contactos. Por arriba están Cory, Madison, Kate, mamá, papá y, continuando hacia abajo, veo el nombre de Sam. No he hablado con él en mucho tiempo, ni siquiera sé si conserva el mismo número, pero anhelo un poquito de pasado. Anhelo algo normal y sencillo, y pensar en él me recuerda una época en que las cosas eran así.

Sam me sacó de mi oscuridad por aquel entonces, y me pregunto si alguna vez echará de menos esos tiempos, porque pienso que yo también le saqué de la oscuridad. Me pregunto si piensa alguna vez en mí. Cuando eres joven, las fases de la vida cambian muy rápidamente. La falta de madurez invalida el sentido común. Mirándolo ahora, ojalá hubiera dejado un hueco para Sam después de empezar mi relación con Cory. Significaba demasiado para mí como para dejarlo atrás.

Mi móvil suena por primera vez desde que estoy aquí, dándome un susto. Al cogerlo de la mesilla veo el nombre de Kate en la pantalla.

Respondo acercando el teléfono a mi oído.

—Hola.

—Ey, Rachel, qué alegría oír tu voz —dice Kate.

Suena emocionada.

—Me alegra oírte también.

Lo digo en serio. Kate me recuerda que siguen existiendo algunas de las mejores partes de la vida. La conocí antes de empezar el instituto. Nuestra amistad no tuvo un gran comienzo porque al principio ella pensaba que yo salía con el tío del que estaba enamorada. Después de aclarar el ambiente, nos hicimos grandes amigas. Es buena tía, y no le van las tonterías que vuelven locas a muchas chicas de nuestra edad. Además, tal vez sea la única persona capaz de entender lo que siento ahora.

—Lamento no haber llamado antes. Hablé con tu madre justo después del accidente. Me ha tenido al día.

—No importa. No es que tuviera muchas ganas de hablar —digo con sinceridad.

—Te preguntaría cómo te sientes, pero seguro que ahora mismo es una pregunta estúpida.

—Gracias por las flores.

Observo las flores púrpuras que me ha enviado. Son diferentes a las margaritas que llenan mi habitación.

—De nada. Estoy contenta de que pudieras verlas por fin.

Y así, de repente, me viene una nueva idea a la cabeza. Tal vez estuviera Kate conmigo ese día..., antes de acabar las clases. Tal vez Kate pueda decirme algo que me ayude a explicar cómo he llegado aquí.

—¿Me viste esa mañana? —pregunto un poco esperanzada.

Ojalá alguien pudiera aportar algunas de las piezas que faltan.

—No —responde con la tristeza grabada en la voz. Ojalá pudiera ser de ayuda.

—Tranquila. Solo es que me siento como si esperara aquí sentada algo que tal vez no suceda jamás. Es de lo más frustrante.

—Con el tiempo llegará.

—Eso espero.

Hablamos unos minutos más, sobre todo acerca de mi pronóstico. Me percato de que evita aposta cualquier cosa que tenga que ver con Cory, y me siento agradecida por eso.

—Debo prepararme para ir a trabajar, pero volveré a llamar pronto.

—Gracias... por todo, Kate.

—Aquí estoy para lo que sea. Tú harías lo mismo por mí.

Y es verdad.

Tras colgar, miro por la habitación en busca de algo que hacer, algo con que distraer mi mente. Esta mañana, mi madre me ha traído la libreta rosa que le pedí ayer. Se encuentra sobre la mesilla, al lado de la cama, suplicando que la coja.

Después de que mamá se fuera a hacer unos recados más temprano, la he hojeado, leyendo antiguos poemas escritos años antes. Ahora veo que no era demasiado buena en eso, pero escribir siempre me ayudaba a sentirme mejor, una manera de sanar el corazón en la privacidad de mi dormitorio. Cuando a veces creía que no tenía a nadie, podía ordenar las palabras sobre el papel y sentirme como si me escuchara alguien.

Las había escrito después de pelearme con mamá y papá.

Cuando Sam estaba castigado y no podía reunirse conmigo en nuestras citas en el prado.

El día que *Toby* salió corriendo a la carretera delante de nuestra casa y un camión lo atropelló.

Esa libreta contiene un montón de dolor y malos recuerdos.

Al encontrar una página vacía, cojo el boli de la mesa y me quedo mirando las finas líneas azules. Escribo una palabra y luego la tacho. Cuesta encontrar el verso inicial en este caso. Esta no es una situación cualquiera que necesito aclarar..., es un momento crucial, algo que te cambia la vida.

Cerrando los ojos, intento poner en orden mis pensamientos. No me vienen ideas..., solo lágrimas. Recuerdo la manera en que olía Cory a especias y cítricos. Solía apoyar mi nariz en un lado de su cuello e inspirar. Él tenía esta costumbre que tanto le gustaba, consistente en tirarme del pelo con suavidad para atraer mi atención. Siempre recordaré esas pequeñas cosas. Me hacía sentir cuidada y querida. Siempre bromeando, siempre sonriente. Ese era mi Cory.

Cuando oigo que se abre la puerta no me molesto en abrir los ojos. Tanta gente entra y sale de la habitación a lo largo del día que a estas alturas ya estoy habituada. Por lo común es mamá o una de las enfermeras. Papá estuvo aquí justo ayer, por lo tanto sé que no es él; ya ha cumplido con su obligación para el siguiente par de días. Noto una ráfaga fresca de aire contra las manchas de lágrimas sobre mis mejillas mientras el chirrido de unas suelas de goma resuena más fuerte sobre el suelo; otra cosa a la que me estoy acostumbrando ahora. Tal vez debería secarme las lágrimas, pero no lo hago. A estas alturas no me importa siquiera quién me vea así.

Sigo con el oído las pisadas hasta que se detienen cerca de la cama. Espero oír el habitual «¿Cómo te encuentras?» de uno de los muchos miembros del personal médico que entra y sale de la habitación casi cada hora. En vez de ello, una mano cálida y encallecida cubre la mía. De repente, vuelvo a ser la niña de ocho años en los campos. Hace siglos que no siento este contacto, pero lo recuerdo como si fuera ayer. Él siempre me cogía de la mano para ayudarme a salir del riachuelo cuando nadábamos. Hubo alguna ocasión también en que observábamos el cielo nocturno y me tomaba la mano mientras hablábamos durante horas. Tenía la piel áspera por las horas de trabajo en el taller, pero no importaba.

—Hola —susurra.

Su voz comparte el dolor conmigo. Él nunca fue admirador de Cory, pero siente lo que yo siento. Siempre ha sido así entre nosotros. Casi parece que no hayan pasado cinco años desde la última vez que estuvimos tumbados en la alta hierba verde.

Abro por fin los ojos y los fijo en Sam. Lleva el pelo más largo que antes, con un mechón rubio caído sobre la frente, pero sus ojos siguen tan marrones como los recordaba. Siempre han tenido ese efecto tranquilizador sobre mí, pero en este preciso instante hacen que me salten las lágrimas enseguida. Él es un símbolo de cómo solía ser la vida.

—Eh —dice apretándome los dedos—, todo va a salir bien.

Sin sentido del control, agarro con desesperación la parte delantera de su camiseta y tiro de él hasta tenerle lo bastante cerca como para rodearle el cuello con los brazos. Se tensa un momento, pero se relaja a continuación con mi abrazo, pegando su mejilla a la mía.

—Te echaba de menos —digo, abrazándole con fuerza.

—Estoy aquí ahora —susurra haciéndome cosquillas en la oreja con su cálido aliento—. No me voy a ningún sitio.

—No pensaba que fueras a venir.

—No pensaba que me quisieras aquí.

Deja de hablar y alza la cabeza para mirarme a los ojos. Luego, añade:

—Quise venir a verte en cuanto me enteré del accidente, pero no sabía cómo reaccionarías... Ha pasado mucho tiempo, Rachel.

—Demasiado —digo en un intento de absorber el calor de sus ojos.

A veces, el hecho de saber que puedes contar con alguien lo mejora todo.

—Casi he tenido que sobornar a la enfermera para entrar. Supongo que tu madre no me ha incluido en la lista de visitas admitidas —explica pasando su pulgar por la parte expuesta de mi antebrazo.

Inspecciona la habitación, tomando nota del equipo médico que me rodea. Sigue con los ojos el tubo del sistema intravenoso hasta mi mano y la gran magulladura amarillenta que la cubre. Detesto la congoja en sus ojos; no me la merezco.

—Está claro que has encontrado la manera de entrar —digo para atraer su atención de nuevo hacia mi rostro.

Sam alza la vista sonriendo con tristeza.

—Nada iba a detenerme.

Me limito a observarle durante unos minutos, todavía sorprendida incluso de que esté aquí. Tengo casi la sensación de que no ha pasado el tiempo en absoluto. Quiero soltarlo todo, desahogar el dolor de mi alma. Quiero contarle cuánto siento haberle dejado atrás. Perder a un ser querido hace que lo consideres todo de manera diferente. Crea dolor, pero también hace que lamentes ciertas cosas.

—¿Sam?

—¿Sí?

—Estoy muy asustada y confundida. ¿Cómo es que sucede algo así y yo no recuerdo nada? No para de entrar y salir gente de esta habitación, pero nadie ha sido capaz de aclararme nada. Seguro que hay alguien que sabe alguna cosa —sollozo.

Sam inspira profundamente, alza la vista al techo y luego la vuelve otra vez hacia mí.

—¿No recuerdas nada?

—No —respondo atragantada mientras me seco las lágrimas que surcan de nuevo mis mejillas—. ¿Puedes ayudarme? Esta ciudad es pequeña; alguien tendrá algo que contar. Ni siquiera recuerdo ir de fiesta esa noche, ni nada.

—Ojalá pudiera, pero nadie habla demasiado sobre el accidente. Al menos nadie con quien yo trate. Además, algunas cosas es mejor no desenterrarlas. Tal vez sea el motivo de que no recuerdes.

Hace una pausa pasándose los dedos por el pelo.

—Quiero que superes esto, y voy a hacer todo lo preciso para que te sientas mejor.

Asiento y encuentro cierto consuelo en su presencia.

Acerca más a la cama la solitaria silla para las visitas, rodeando mis dedos de nuevo con su cálida mano.

—Descansa un poco, Rachel. Me quedaré hasta que te quedes dormida.

De joven yo llenaba la caja vacía de cartón con Sam, pero una vez empecé a salir con Cory ya no hubo sitio para él. No porque no quisiera tenerle ahí..., solo que Cory no deseaba compartir el espacio. Ahora, necesito de nuevo a Sam. Creo que siempre le he necesitado, y me cuesta creer que se encuentre ahora aquí. *Por favor, que esto no sea un sueño.*

6

23 de junio de 2013

—¿Lista para salir hoy de aquí?

Alzo la vista para mirar a Sam y ofrecerle la respuesta más sincera posible.

—Tengo sensaciones encontradas. Me irá bien ver algo más que estas cuatro paredes, pero sé que algunas cosas fuera de aquí..., en el coche, en mi casa y habitación, me recordarán a él. No sé si estoy lista todavía.

Me aprieta la mano.

—¿Te acuerdas cuando murió mi padre?

Hago un gesto de asentimiento. Nunca olvidaré ese día. Fue durante el último año de Sam en el instituto, el mismo año en que nuestra amistad empezó a disiparse. No me había llamado en semanas, y cuando se iluminó finalmente la pantalla del móvil con su nombre, sonreí. Le echaba de menos, pero él había dejado claro lo que pensaba: me merecía algo mejor que Cory. Su llamada era lo último que esperaba. El motivo de la llamada era incluso menos predecible: su padre había sufrido un infarto.

—No volví a dormir en nuestra casa después de eso. No podía, porque albergaba recuerdos, buenos y malos. Trabajé día y noche para acabar el apartamento de encima del taller. No solté una sola lágrima... Me había mentalizado de que nunca lo haría, pero en cuanto entré en la casa para recoger mi ropa y los muebles me desmoroné. Lo necesitaba. Necesitaba los recuerdos.

Sam hace una pausa para pasarme el pulgar por los nudillos y continúa:

—Llora su muerte, Rachel, concédete eso, porque, al final es la única manera de curarte.

Sé que tiene razón, pero va a ser doloroso. No creo que esté preparada. Es más fácil permanecer en cierto estado de negación, dejar vivir a Cory en mis sueños con la esperanza de que parezca real en cierto modo.

Al ver que no respondo, sigue hablando:

—Poco después, alguien me dijo algo que aún resuena en mi cabeza cada día. Me dijo: «A todos nos dan una vida, pero tenemos que tomar la decisión consciente de vivirla». Y, ¿sabes qué? Tenía razón. No es fácil, pero es lo que deberás hacer.

Sus palabras tienen sentido. Demasiado. Recuerdo verle en el funeral de su padre, muy estoico. No paré de pensar en que si Sam no lloraba —si no demostraba cierta emoción— iba a desmoronarse de la peor manera. Aquel día le di un fuerte abrazo, le dije que lo sentía, pero después de eso él desapareció en cierto modo. Después siempre me pregunté si finalmente se habría permitido sentir la pérdida. Me alegra saber que así fue.

Cuando estoy a punto de responder, entra mamá, vestida con unos pantalones negros y una camisa de seda blanca metida por dentro perfectamente planchada. Vuelve a arreglarse cada día y ha recuperado su aspecto perfecto..., ha reanudado su vida, mientras la mía sigue atrapada en algún sitio entre el infierno y un duro lugar.

—¿Qué hace él aquí? —pregunta en cuanto ve a Sam sentado junto a mí.

Después del primer día que vino, Sam pasa a diario tras el trabajo a hacer una visita, pero hoy ha llegado antes porque yo quería que estuviera aquí para esto. Hace años, cuando Sam y yo pasábamos el día juntos, la vida estaba bien. Me sentía segura, y él siempre conseguía arrancarme una sonrisa. No existían las preocupaciones, no en esos momentos. Pienso que si le tengo a mi lado tal vez la jornada de hoy no sea tan dolorosa. Salir de aquí y hacer frente a mi vida anterior va ser un palo, no hay duda al respecto.

—Yo le he pedido que venga.

Abre la boca pero se muerde la lengua, considerando con cuidado las palabras antes de desplazar la mirada de mí a él.

—Sam, ¿me permites un minuto con mi hija?

Él me mira con preocupación en el rostro. Nuestra conversación antes de que apareciera mamá no era banal, y no hemos tenido oportunidad de finalizarla. Asiento para hacerle saber que no se inquiete por mí. He soportado las opiniones y los consejos de mi familia durante años; es lo que menos me preocupa hoy. Además, no hay nada que pueda decirme mamá que me haga prescindir de Sam.

Al levantarse para salir, me da un apretón en la mano. Mi madre lo observa todo con el desdén reflejado en su rostro. Unas semanas atrás, su comportamiento podría haber suscitado una discusión entre nosotras, pero mi cuerpo y mi corazón han perdido toda energía. Ella puede pensar lo que quiera de Sam, poco me importa.

Escucho el familiar ruido seco de la puerta, y agarro entre los dedos las sábanas del hospital. No aguanto que la gente juzgue a los demás en función de la posición social de su familia y de los rumores que corren por la ciudad; algo especialmente terrible en nuestra pequeña comunidad. Es como decidir no leer un libro por su portada: me habría perdido tantas palabras hermosas y valiosas si hubiera obrado así...

—Rachel, ¿qué estás haciendo? —pregunta mamá pasándose los dedos por la frente.

Me fastidia que le moleste ver a Sam aquí. Hay cosas más importantes de las que preocuparse.

—¿Qué quieres que te diga, mamá? Lo necesito aquí.

—No creo que sea buena idea. No con la policía a punto de venir. ¿Entiendes que todavía pueden presentar cargos contra ti?

La última parte la dice como si hablara de una enfermedad que ella quiere mantener a raya. No lo ha expresado así, pero me siento como una vergüenza para mi familia. Ser un delincuente en potencia no cuadra con la imagen correcta y formal creada por mis padres. Pero eso a mí no me importa, no cuando considero lo que he hecho para encontrarme aquí.

—No van a añadir cargos por andar con Sam Shea.

Ella abre la boca, pero en cuanto sus ojos encuentran los míos se detiene y me dedica una mirada más cariñosa.

—Tu padre llegará dentro de poco. Creo que sería mejor si estuviéramos solo los tres.

—Le necesito aquí —susurro.

Ella niega con la cabeza.

—Tu padre...

—Yo me ocuparé de mi padre.

Todos los temores de otro tiempo han quedado olvidados después de haberme enfrentado al más terrible de todos. Ni siquiera sé cuál era mi principal preocupación días atrás. Demuestra lo rápido que pueden cambiar las cosas, y cómo esas cosas transforman a la gente. Antes de que sucediera todo esto, hacía cuanto podía por tener a mis padres contentos, especialmente a papá. Ese tipo de cosas han dejado de importar.

Cuando Sam vuelve a entrar, pasa por alto la manera en que mi madre arruga la nariz y encoge todo su cuerpo. Su actitud empeora cuando él se sienta a mi lado y apoya la mano en mi antebrazo. Lo ha hecho repetidas veces desde que ha llegado hoy: hablar conmigo, tocarme levemente el brazo o apretármelo. Sienta bien..., me está ayudando a desconectar, al menos una parte de mi mente, de lo que me depara el día de hoy.

Todo ese alivio se desvanece cuando aparece papá. Mamá tal vez no sea una gran admiradora de Sam, pero a mi padre le cae mal, así de claro. Nunca ha hablado con él en realidad, pero no le causa buena impresión. Mi padre es el tipo de persona que detesta los coches extranjeros aunque nunca haya conducido uno. Desde el instante en que descubre a Sam, sé que vamos a tener bronca.

—Sam, creo que ya es hora de que te vayas a casa. Esto es cosa de la familia —dice plantándose al final de mi cama como una estatua de autoridad.

Casi cedo, por lo asustada que estoy hoy, pero la idea de quedarme aquí a solas con mis padres me enciende.

—No se va a ninguna parte —anuncio en voz baja, con mirada suplicante.

Si nos encontráramos en casa, él insistiría en la cuestión, pero sé que aquí no lo hará. Hay demasiada gente que puede oírnos. Su reputación y todo lo que ha construido a partir de ella significan mucho para él.

—No voy a dejarla —añade Sam apretándome la mano con fuerza.

Sam siente más bien desprecio hacia papá y todo lo que representa. Es también una de las pocas personas de esta ciudad a quien mi padre no le impone respeto. A Sam le asustan pocas cosas.

Papá no le hace ni caso, lo cual no es ninguna sorpresa, y la manera en que mueve la mandíbula adelante y atrás me dice que no está dispuesto a ceder todavía. Yo tampoco.

—¿Tienes alguna idea de lo importante que es el día de hoy? Aún puedes encontrarte con muchos problemas, Rachel.

Dentro de un rato me dan el alta y mi primera parada será la comisaría. Papá dice que lo más probable es que no presenten cargos al no alcanzar mi nivel de alcohol en sangre el límite legal. Estoy preparada para someterme a lo que sea, y si me castigan estoy lista para aceptar lo que Dios me tenga reservado. Por supuesto, esto no significa que no esté asustada.

—Precisamente por ese motivo le necesito a mi lado ahora. La jornada de hoy no tiene que ver contigo. Tiene que ver conmigo, y yo le quiero aquí.

Mi padre sacude la cabeza, su mirada va de mamá a mí.

—Bien, pero cuando te den el alta, debe irse a casa —dice apretando los dientes.

No se me pasa por alto que parece no importarle que Sam le oiga. No se me pasa por alto que no ha preguntado cómo me encuentro cuando ha entrado en la habitación. Estoy a punto de regresar a una vida que solo existe a medias, y me percato de eso ahora más que nunca.

—Keith —dice mamá apoyando una mano en el hombro de su esposo—. Vamos a tomar un café. Rachel no nos necesita a todos aquí cuidando de ella.

Papá se pasa las manos por el pelo y observa a Sam unos segundos antes de responder.

—Tomemos un café rápido entonces. Quiero estar aquí en la planta en caso de que ese agente decida hacer una visita.

Mamá le coge del brazo y le dedica una mirada de adoración que siempre funde la fachada de hielo helado de mi padre. *Ojalá lo hiciera un poco más a menudo*. Desaparecen por la puerta sin mirarme siquiera. Son unos minutos de libertad que aprovecharé de inmediato.

—¿Este es tu atuendo de vuelta a casa? —pregunta Sam señalando el chándal de velvetón azul real que me ha traído mamá.

Sé que solo intenta aligerar los ánimos y rebajar la tensión creada antes.

—Sudadera con mucha clase. La ha escogido mamá —respondo tirando de la cremallera.

—Sí, sería horrible que te pillaran saliendo de aquí con ropa deportiva normal —se ríe.

Pero a mí me cuesta imitarle. No, con todo lo que me pasa por la cabeza.

Lee mi mente como un libro infantil, y me toma la mano.

—Todo va a ir bien. Lo sabes, ¿verdad?

Me encojo de hombros, sintiendo aflorar las lágrimas.

—Nada volverá a ser igual, así que ahora mismo me cuesta mucho creer eso.

—Me refiero a hoy tan solo. Vas a salir de aquí, y esta noche vas a dormir en tu camita sin todas estas máquinas a tu alrededor.

—¿De verdad crees que me merezco algo que me anime? Porque yo creo que no.

Sam se inclina para tomar mis dos manos entre las suyas.

—No hables así. Tienes suerte de estar aquí..., no des las cosas por sentadas.

Intento soltar una de las manos, pero me las sujeta con más fuerza.

—Te equivocas. No me lo merezco, Sam. Ojalá pudiera recordar algo, porque nunca conduzco cuando he bebido. Nunca. Si al menos pudiera recordar, dar sentido a todo eso, encontraría algo de paz, pero es un espanto. Todo esto es un espanto.

—Ojalá pudiera hacer algo para mejorar las cosas.

Supone un esfuerzo incluso tragar, qué decir entonces de hablar.

—Ojalá hubiera sido yo en vez de él.

Sam niega con la cabeza y me aprieta la mano un poco más.

—Juro que si no paras de hablar así voy a salir por la puerta, Rachel. Ninguno de nosotros sabe qué causó ese accidente, y no voy a permitir que te castigues por algo que probablemente ni siquiera sea culpa tuya.

Cuesta mirarle cuando está enfadado. Se le marca la vena del cuello, pulsante con cada palabra. El rubor en sus pómulos se intensifica un par de tonos. Señal de que no dice todo lo que quiere decirme. Ha sido así desde que éramos niños.

—Pero si no hubiera conducido yo...

—¡Basta! ¿Y si las cosas hubieran ido de otra manera? ¿Y si él hubiera conducido el coche y se encontrara aquí ahora mismo? ¿Te gustaría que pensara así? ¿Querrías que viviera de este modo?

—No.

Lo digo con sinceridad, con ojos llenos de lágrimas.

Sam no dulcifica las cosas. Es su mejor y su peor cualidad.

—Hay un motivo para que estés aquí. Tal vez no seas capaz de verlo ahora, pero no te quedaste aquí para llevar una vida patética. Y yo no voy a permitirlo.

Asiento y me seco las lágrimas de las mejillas.

—Y, como comentario al margen, no era mi intención salir por la puerta como te he dicho hace un minuto.

Sonríe con tristeza, pasándome el pulgar por la mejilla para limpiar las lágrimas recientes. Cuesta no sentirse al menos un poco mejor, sobre todo cuando está siendo el Sam de siempre.

—Sabía que mentías —gimoteo.

—No, no lo sabías. No te has visto la cara.

—Tanto da.

Se ríe. Una risa profunda, y sus ojos chispean al mismo tiempo. No hay nada más genuino que esta risa. Poca gente la ha oído. Sam muestra a las masas su lado más oscuro y misterioso: el lado que enmascara quién es verdaderamente.

—Ey, ¿Sam?

—¿Sí?

—Me alegra que lloraras después de la muerte de tu padre. Me preocupé en serio por ti, sobre todo al ver que no me devolvías las llamadas.

Llamé tres veces al día durante una semana antes de que me mandara un mensaje con un sencillo *Estoy bien*. Entendí el significado: no quería saber nada de mí. O eso fue lo que pensé.

Hace tiempo que aprendí que a Sam no le gusta tomar apego a la gente. En cierto modo, prefiere la soledad, porque así creció. Su padre siempre estaba ocupado en el taller o bebiendo, y nunca conoció a su madre. Creo que soy la única persona con quien ha mantenido alguna vez una conexión profunda, y no tengo ni idea de por qué me escogió. Pero, en cierto modo, yo también se lo permití.

Un sonido demasiado familiar resuena a través del aire, y mis padres entran en la habitación, cada uno con una taza de café en la mano.

—¿Estás bien? —pregunta mamá, acelerando el paso hasta la cama.

—Sí, solo hablábamos.

Papá frunce el ceño, concentrando su negatividad crónica en dirección a Sam.

—Tal vez ahora sea un buen momento para que se vaya.

Abro la boca para discutir, pero Sam se me adelanta.

—Tengo que volver al trabajo de todos modos.

Alzando la vista, me recorre un estallido de pánico. Él es la única cosa que me ayuda a mantener cierta versión de cordura en mí. Sus ojos comprensivos encuentran los míos, y una parte de mi angustia se desvanece cuando me guiña un ojo. Que se marche ahora será mejor para los dos.

Asiento con la atención puesta en él mientras puedo. Cuando tiene la mano en la puerta, se vuelve e indica con un gesto que me llamará. Es algo en lo que pensar con esperanza. Esa va a ser la clave para salir de todo esto.

7

No he visto mi casa en semanas, pero todo sigue tal y como lo recuerdo mientras entramos con el coche por el camino particular. Ojalá viera con igual claridad el último día que pasé con Cory. Lo he intentado con esfuerzo cada día que he pasado en esa cama de hospital, pero sin resultados. Es la sensación más frustrante del mundo.

El coche se detiene ante el porche y papá se apresura a bajar para abrirme la puerta. Cuando hemos salido de la comisaría, yo contaba con que diría que debía regresar al trabajo, pero me ha sorprendido ofreciéndose a traerme en coche a casa.

—Cógeme del brazo —dice inclinándose para ponerse a mi alcance.

Aunque ha mejorado mi estabilidad, sigo necesitando asistencia porque me falla el equilibrio cuando lo preciso. El médico dice que con unas cuantas semanas más de sesiones de fisioterapia debería andar bien.

Damos unos pocos pasos juntos hasta que toco con la punta del pie los peldaños que llevan hasta la puerta de entrada.

—¿Crees que eres capaz o mejor te llevo en brazos?

—Puedo andar —contesto levantando el pie derecho por encima del primer escalón.

No es tan fácil como creía, pero soy tozuda. Además, son solo tres peldaños.

Todo el proceso me lleva una eternidad, y cuando por fin llegamos a la puerta mi cuerpo está agotado. Decididamente, va a llevar un tiempo poder regresar a las actividades normales.

En cuanto papá cierra la puerta tras nosotros, me detengo a contemplar la entrada de dos plantas y el extenso salón. Está impecable, realzado por la escalera de caracol de madera.

—Tu madre pensaba hacer sitio para ti en la sala de estar para que no tengas que subir escaleras. ¿Quieres alguna cosa de tu dormitorio?

—¡No! Quiero decir... No quiero dormir aquí. Necesito mi propio espacio.

Respondo con más brusquedad de la pretendida, pero preciso tiempo para pensar, algo imposible de lograr aquí con todo el mundo a mi alrededor.

—Bien, Rachel, pero cuando no estemos en casa, te quiero aquí abajo por si sucede algo —manifiesta frotándose la frente con los dedos.

—O sea, a todas las horas del día —digo en voz baja.

—¿Qué?

—Nada. ¿Puedes llevarme a mi cuarto? Por favor.

Cuando está a punto de hacerlo, mamá entra en casa con una bolsa de verdura y frutas en la mano.

—No pensaba que fuerais a llegar antes que yo, qué rápidos.

—Ha ido bastante rápido en comisaría. Tiene un buen abogado —comenta papá sonriendo como si yo ni siquiera estuviera ahí.

Por hoy, él ya ha superado el objetivo del día. No importa lo hecha polvo que yo me sienta... En mi caso, salir de comisaría no era la preocupación primordial.

Mamá le da una palmadita en el hombro y sigue hacia la cocina, hablándonos a gritos mientras continúa andando:

—¿Le has enseñado dónde va a dormir?

—Quiere dormir en su cuarto. Voy a ayudarla a subir ahora.

—¡Vale ya, que estoy aquí! ¡Dejad de hablar como si no estuviera en la misma habitación! —grito sintiendo las semanas de frustración que salen a la superficie.

Papá me mira frunciendo el ceño. Es probable que se pregunte qué ha sido de su dulce y obediente niña. Necesita acostumbrarse a esta nueva versión de su hija, porque la antigua nunca regresará.

—Vamos arriba para que puedas descansar un poco.

Esta vez el proceso no se me hace tan duro pese a haber más escalones, porque me muero de ganas de estar un rato a solas. Ninguno de los dos dice una palabra y, para cuando llegamos arriba, mamá aparece justo tras nosotros con una botella de agua y un plato de sus galletas caseras con tropezones de chocolate. En otro tiempo solía devorarlas en el acto, pero ahora mismo me dejan indiferente. Este lío emocional no se puede solucionar con hidratos de carbono.

Cuando por fin consigo aguantarme en pie con seguridad en el umbral de la habitación, mamá se apresura a entrar para dejar el tentempié en la mesilla junto a la cama mientras papá se excusa y vuelve al trabajo.

—Volveré a casa para la cena —anuncia mientras se marcha por el pasillo.

Yo lo dudo más bien, ya que rara vez viene a cenar. Hoy no va a ser diferente.

Lo primero que llama mi atención al contemplar la habitación es el tablón de anuncios sobre el escritorio. Simboliza años de recuerdos..., años de Cory. Hay fotos de nuestra primera cita, nuestro primer baile, nuestras primeras navidades y las que vinieron después. Todo en este tablón me hizo feliz en cierto momento, y todo en este tablón simboliza, a todo color, lo que he dejado de tener.

—¿Estás bien? —pregunta mamá al ver que sigo parada en el umbral.

—No —respondo con sinceridad, notando las lágrimas calientes surcando mis mejillas.

—¿Quieres hablar?

—No, solo ayúdame a llegar a la cama, por favor.

Me trago la emoción al advertir la fotografía en la mesilla. Era el día de nuestra graduación, al acabar el instituto. Los dos estábamos contentísimos, sin la menor idea de lo que iba a pasar un año después. Habíamos celebrado cada uno su propia fiesta de graduación la noche anterior, de modo que cuando acabó la ceremonia acudimos a las fiestas de otros amigos. Me sentía como si todas las flechas señalaran la dirección correcta en mi vida, sobre todo cuando me llevó al lago después de la última fiesta y hablamos hasta altas horas de la madrugada sobre el futuro. Y ahora me percato de cuántas vidas se ven truncadas de la noche a la mañana. Nadie te avisa, pero si vives el día a día como si fuera importante, como si lo dicho y hecho significara de verdad algo, nunca deberías lamentarlo.

Antes, en comisaría, la policía ha mencionado que no presentaría cargos a menos que alguna nueva información les obligara a hacerlo. No me parece importante en este preciso instante. No va a cambiar la tristeza que inunda mi alma.

Hace ya treinta y siete días que él no está, y cada día es igual de malo que el anterior. Las cosas no son más fáciles. No dejo de pensar menos en él. El peor día de mi vida se reproduce constantemente.

Mamá me sujeta por el brazo hasta que consigo instalarme cómodamente en la cama.

—¿Te traigo alguna cosa?

—No —digo negando con la cabeza—. Solo necesito estar sola.

—Conforme —responde en voz baja, sacando del extremo de la cama la manta rosa que tejió la abuela.

Me tapa los pies descalzos, pues sabe que tengo frío si el aire acondicionado está funcionando.

Una vez sale del cuarto alzo la vista al techo, necesito un respiro entre tanta imagen de Cory. Pero no hay descanso; las imágenes viven en mí, a todas las horas del día. Las rechazo, no porque no quiera recordar, sino porque son un castigo. Mi culpabilidad se ha transformado en un demonio que me atormenta, despierta o dormida.

Arrepentimiento.

Remordimiento.

Lástima.

Quiero arrepentirme, pero no consigo avanzar lo suficiente entre la niebla como para iniciar el proceso. Me he preguntado si las cosas serían diferentes si recordara los detalles de esa noche, pero sé que nada cambiará. Aún sería culpa mía. Nada va a cambiar eso.

Haciendo acopio de la poca fuerza que aún queda en mi interior, vuelvo a echar una ojeada a la foto junto a mi cama. Cory siempre sonreía en nuestras fotos. El día de la graduación el sol lucía con fuerza, dejando ver la motita marrón en el centro de sus ojos azules. Su pelo castaño claro se rizaba con el aire húmedo, pero era así como más me gustaba Cory. Ojos claros. Rizos. Hoyuelos. Era así cuando lo sentía mío. Por la manera en que lo miro en la foto, sé que estaba pensando lo mismo en ese instante..., era el eje de mi mundo.

Ahora, en cambio, me siento perdida en una isla, y lo peor de todo es que yo iba al timón de la nave que me ha traído hasta aquí. Solo quiero regresar a mi vida anterior..., a *nuestra* vida. No era perfecta —nada es perfecto—, pero era mejor que esto.

El móvil vibra en mi bolso y me devuelve a la realidad. Al ver el nombre en la pantalla siento cierto alivio, como si escuchara la melodía suave y sosegadora de una canción.

—Hola —digo, pasándome la manga por la mejilla.

—Ey, ¿estás en casa?

Su voz es suave, como si procurara no despertar a alguien. Es como me ha hablado desde el primer día que vino al hospital.

—Sí.

En cierto modo, estar en casa es peor que estar en el hospital. Sin duda el decorado es mejor, y la cama es más cómoda, pero invitar a Sam aquí no es una opción real. Sentía la habitación del hospital más mía de lo que este dormitorio será nunca.

—¿Qué estás haciendo?

—Estoy llorando.

Llevo mis sentimientos en la manga, con un color vibrante. La gente que los disimula invierte demasiada energía que podría gastar en solucionar otros problemas y vivir las cosas buenas que ofrece la vida. Nunca he cuestionado eso hasta ahora. ¿Y si el problema no tiene solución? ¿Y si esto es lo único que me queda en la vida?

Pasa un minuto más o menos antes de que pueda responderle. Sé que está escuchando mis leves gimoteos, intentando encontrar las palabras adecuadas. Sam no elude el conflicto, pero tampoco se implica técnicamente.

—¿Quieres que venga a verte? —pregunta por fin, en tono incluso más bajo que antes.

¿Quiero que venga? Dios, sí. Es la única persona con quien soy capaz de secar estas lágrimas de mis ojos con algo más que la manga. Despertar en el hospital y enterarme de lo que le sucedió a Cory fue como un chaparrón, y Sam ha sido mi arco iris. Si alguien me hubiera preguntado semanas atrás si íbamos a volver a ser amigos —de este modo— lo habría considerado imposible, pero la vida tiene la manera de devolvernos a la gente cuando más la necesitamos.

Si me encontrara en cualquier otro sitio que no fuera esta casa, le invitaría al instante. Me facilita una escapada de la prisión en la que mi mente me tiene encerrada.

—Estoy cansada, pero puedes pasar mañana a buscarme. ¿Cuando salgas del trabajo?

—¿No deberías permanecer en cama?

—Por favor. Necesito hacer algo, y tú eres la única persona en la que confío para llevarme allí.

Suelta un suspiro.

—Rachel...

—Por favor —susurro—. El médico dijo que limitara mis actividades, y si eso es lo único que hago mañana no me pasará nada. No es lejos.

—A las seis y media, pero Rachel, voy a asegurarme de que vuelvas a casa a las ocho.

Hay algo que he querido hacer desde que me dieron la noticia de lo que le sucedió a Cory. Algo que *necesito* hacer.

—Gracias —respondo con alivio.

—Duerme un poco.

—Buenas noches.

Estoy a punto de colgar cuando su suave voz de barítono me detiene.

—Si te sientes sola esta noche, mira al cielo. La Osa Mayor seguía ahí la última vez que observé.

—Casi me había olvidado de eso.

—Yo no.

Mientras me vuelvo hacia la ventana solo oigo el sonido de su respiración. No había pensado en las estrellas desde que éramos críos.

—Descansa un poco. Nos vemos mañana.

Oigo la sonrisa en su voz.

—Buenas noches, Sam.

Cuando cuelgo finalmente, hay un esbozo de sonrisa en mis labios. De críos detestábamos tener que separarnos y regresar a nuestros solitarios y silenciosos hogares. Sam tuvo esta ocurrencia de mirar el cielo nocturno y buscar la Osa Mayor. Decía que, si lo hacíamos los dos, casi sería como estar juntos aunque no fuera así. No he vuelto a hacerlo desde la escuela primaria, pero el hecho de recordarlo aporta un calor a mi pecho que echaba de menos.

Levantándome de la cama, apoyo la mano en la pared mientras doy unos pasitos hacia la ventana. La Osa Mayor no es la más excitante de las constelaciones, pero nos resultaba fácil de identificar. Son solo siete estrellas, pero brillan mucho y destacan en el interminable cielo nocturno. Al alzar la vista, las detecto con facilidad y me pongo de rodillas para combatir la debilidad de mis piernas.

Apoyando la barbilla sobre las manos en el alféizar, cierro los ojos y regreso a épocas mejores, pero los recuerdos que en otro tiempo traían una sonrisa a mi rostro solo consiguen que las lágrimas corran de nuevo. Supongo que esto es vivir con arrepentimiento.

8

24 de junio de 2013

Lo de hoy no va a ser fácil, pero soy la única que lo sabe porque no he contado mi plan para esta tarde a nadie más. Hay cosas que deben hacerse, por mucho que vayan a doler.

—¿Te las arreglarás si salgo un par de horas para a ir la ciudad? —pregunta mamá mientras cruza despreocupadamente el salón.

La mujer no ha trabajado ni un día en su vida, pero nunca para. Cuando no está limpiando o cocinando, se va a toda prisa a la ciudad. Este recado. Esta reunión. Este acto. Siempre hay algo.

—Estaré bien —respondo alzando la vista del libro.

Esta mañana, de hecho, se ha sentado conmigo durante una hora intentando programarme actividades para el resto del verano. Por dentro yo protestaba, porque con la tormenta gigante que se cierne sobre mi cabeza es difícil planificar alguna clase de futuro, especialmente si implica diversión.

—Tu padre tiene un juicio hoy, de modo que no volverá hasta tarde, pero prepararé algo de cenar para nosotras cuando vuelva. ¿Te apetece alguna cosa en especial?

Aclarándome la garganta, la miro con ansiedad.

—De hecho, Sam va a venir a buscarme después del trabajo para que yo pueda salir un par de horas de casa.

Deja de recoger, o lo que esté haciendo, y me dirige una mirada.

—Es muy pronto para salir. Se supone que debes descansar.

—Por Dios, mamá, no me voy a ir de bares.

Separa los labios mientras se vuelve un poco para concentrar la atención en la ventana. Nunca he bebido, pero una sola noche va a etiquetarme para siempre a partir de ahora. Probablemente mi madre se habrá preguntado cuántas veces más he bebido. ¿Cuántas veces más he puesto en peligro la vida de otros? Con franqueza, fue la primera vez, y por eso me cuesta tanto creerlo.

—Hay un lugar al que necesito ir —susurro, esperando a que ella se dé la vuelta.

Cuando lo hace, sus ojos contienen las lágrimas.

—Yo puedo llevarte. Tengo que decorar la iglesia para la recaudación de fondos de este fin de semana, pero eso puede esperar.

Su apariencia derrotada me ablanda, al menos lo bastante para aflojar mi beligerancia y bajar las armas.

—Lo lamento, mamá. Necesito hacer esto con Sam. Es difícil de explicar, pero es algo que necesito hacer.

Mi alma lo necesita.

—De acuerdo.

Asiente, cruzando los brazos sobre el pecho.

—Si te sientes débil o te mareas, quiero que vengas a casa de inmediato.

—Ha prometido traerme a las ocho.

Sin decir más, mamá desaparece tras la puerta mosquitera con el bolso en la mano. Siempre he opinado que hay gente que va a la iglesia porque cree y gente que va para guardar las apariencias. En el caso de mi madre, pienso que lo hace por posición social y compañía. Es una expectativa alimentada por su necesidad egoísta de ser la mejor en todo. Tiene que ver con pertenecer a una comunidad y ser la esposa perfecta de mi padre. Yo misma siempre he ido a la iglesia porque era lo que se esperaba de mí. He oído los sermones, pero sin escuchar en realidad. He sido una creyente sin entender con exactitud qué se suponía que creía.

Mi familia solo reza cuando viene gente a cenar. A veces me fijo en la Biblia colocada en el estante pero paso de largo, nunca la he cogido para leerla. Nunca nos hemos visto obligados a creer que hay otra vida después de la presente.

Estas últimas semanas he visto las cosas con otros ojos. Me gustaría que Cory estuviera en un lugar mejor. Es lo único que tranquiliza mi mente, lo que impide que me desborde la culpabilidad. Creer es mi salvación..., mi esperanza de que algún día haya perdón, que tal vez un día pueda reunirme con él donde quiera que esté.

Mis pulsaciones se aceleran cuando oigo el viejo Camaro de Sam llegar por la entrada. Este vehículo siempre ha sido una especie de alarma que alerta a todo el mundo en la ciudad sobre el paradero de Sam o hacia dónde se dirige él. Hoy, solo es el aviso de que estoy un paso más cerca del adiós que he esperado durante semanas.

Oigo sus pesadas botas en el porche delantero justo antes de que dé unos golpecitos en la puerta mosquitera.

—¡Entra! —grito alisando mi larga falda estampada rosa y crema, combinada con una camiseta rosa sin mangas a juego.

Pienso que debo arreglarme para esto, como si Cory, de hecho fuera capaz de verme... Tal vez pueda.

Sam entra, apoyando la mano en la puerta para que no se cierre de golpe. Tiene el mismo aspecto de siempre con sus vaqueros azules gastados y la entallada camiseta blanca. Sencillo, pero luce bien con su buena forma física. En cuanto sus ojos me encuentran, el destello de una sonrisa aparece en la comisura de sus labios.

—De repente creo que no voy vestido para la ocasión, pero tú estás guapa. ¿Vas a decirme a dónde te llevo?

—Al cementerio —susurro observando cómo se desvanece la expresión afable en su rostro.

Asiente y mete las manos en los bolsillos delanteros. Él sabe; por esto resulta tan fácil estar con Sam. Me entiende, así de sencillo.

—¿Necesitas ayuda para subir al coche?

—Solo el brazo. No he recuperado del todo el equilibrio.

Cuando se sitúa en pie delante de mí, le agarro la mano que ofrece y me levanto con una pequeña caja de zapatos metida bajo el brazo.

—Dime si voy demasiado rápido —dice.

Nos abrimos paso entre los muebles del salón y salimos por la puerta. Me siento ligera como una pluma por la manera en que él sostiene casi todo mi peso. Así ha sido siempre nuestra amistad. Sam siempre ha sido fuerte cuando yo me he sentido débil. A veces me pregunto si un revestimiento de hojalata rodea su corazón o si, simplemente, sabe disimular.

—¿Está enterada tu madre de a dónde vamos? —pregunta mientras caminamos por el porche.

—Sabe que estoy contigo. Es lo único que necesita saber.

—Seguro que eso la tranquliza mucho —bromea mientras me ayuda a bajar los tres escalones de la entrada.

—Las cosas no son como cuando éramos niños. No me hace falta su permiso.

Abre la portezuela del pasajero y me ayuda a entrar poco a poco en el coche.

—Imagino que no.

Cuando estira el cinturón de seguridad sobre mi regazo, le agarro el antebrazo para detenerle:

—Puedo hacerlo.

—Lo sé —dice, y me aparta el brazo.

Sam es protector, una persona dinámica. Cuando quiere algo lo coge porque es la única manera que tiene de conseguirlo. Su padre siempre fue un tipo duro, no la clase de padre detallista que todos ansiamos de niños. De pequeño no encontraba galletas recién hechas al volver de la escuela ni se despertaba con tortitas por la mañana. Empezó a trabajar en el taller de su padre casi al mismo tiempo que comenzó la escuela primaria, mientras los otros chicos se entretenían viendo dibujos animados y jugando con videojuegos. Creo que eso es lo que le hace diferente. Su padre le hizo volar antes incluso de que supiera que tenía alas. Creo que Sam ha tratado de enseñarme lo mismo unas pocas veces, pero yo no aprendo deprisa.

Cuando se cierra la puerta con suavidad, apoyo la frente en la ventana y absorbo el olor del viejo Camaro. He montado en él una sola vez, y su olor distintivo es lo único que recuerdo, aparte del fuerte rugido del motor. Me recuerda a mi abuelo, una mezcla de loción para después del afeitado y menta. Aunque no suene demasiado bien, es el olor más apaciguador del mundo. Me hace desear que mi abuelo esté aún aquí para mejorar las cosas.

—¿Seguro que estás preparada para esto? —pregunta mientras se acomoda en el asiento y enciende el motor.

—Cory está ahí, y necesito demostrarle que no está solo. Que estoy aquí —respondo con tranquilidad, sintiendo vibrar el asiento debajo de mí mientras él le da al embrague.

Estira un brazo y sus ojos se encuentran con los míos mientras me pasa un dedo por la barbilla.

—No es culpa tuya. Voy a seguir diciéndotelo hasta que vea que lo crees de verdad.

No lo creo... todavía. Probablemente, nunca lo creeré. Este verano podría haber sido tan diferente: temporada en el lago, barbacoas y largos paseos en coche por el campo con las ventanas bajadas. A donde voy ahora... es culpa mía.

Por el modo en que me mira, entrecerrando los ojos, sé que me adivina el pensamiento.

—Hablaremos de esto en otro momento. Eso te lo prometo —dice doblando con el coche hasta la carretera principal.

El trayecto es tranquilo, veo pasar casas conocidas pero sin prestar verdadera atención a los detalles. Es una distracción, una manera de parecer ocupada. Necesito fingir así para poder prepararme. *No va a ser fácil*, pienso para mis adentros mientras bajo la vista a la caja de zapatos que descansa sobre mi regazo: es una caja de recuerdos que quiero dejar con Cory. Va a doler una barbaridad, pero le debo una despedida en condiciones.

Toda historia tiene un principio, una parte central y un final. Se suponía que Cory iba a ocupar el centro y el final. Ahora no sé bien qué parte representa. Tal vez mi vida esté destinada a componerse de una serie de historias breves. Y cada historia concluye de una manera. Esta no tiene un final feliz..., acaba con un adiós. Al menos quiero que esa despedida sea perfecta. Necesito que sepa cuánto significaba para mí. Cuánto significa aún.

No tardamos mucho en detenernos junto al cementerio oculto entre árboles en las afueras de la ciudad, ofreciendo cierta soledad a quienes guardan duelo y necesitan un lugar tranquilo, silencioso, para decir adiós.

Cerrando los ojos, acuno la caja de zapatos y pronuncio una oración en silencio. Es una petición de fuerza, coraje y comprensión, porque esto tal vez sea lo más difícil que he hecho en la vida.

—¿Lista? —pregunta Sam soltando su cinturón de seguridad.

—Sí. Ah, solo necesito ayuda para llegar a la tumba.

He elegido a Sam para venir aquí porque sabía que él entendería mi necesidad de intimidad. La gente tiende a pensar que necesitamos un hombro cuando estamos tristes, pero en mi opinión la única manera de afrontar la tristeza es hacerlo de cara.

Mi madre no me dejaría llorar a solas, pero Sam lo comprende. Sabe que necesito su apoyo, pero que también necesito cierto espacio de duelo. Tengo cosas que decir, cosas que no quiero compartir con nadie aparte de Cory.

Nos abrimos camino hasta una gran tumba gris. Al acercarnos, el peso crece en mi pecho, a cada paso cargo con otro pesado ladrillo. Las cosas son duras cuando no estás segura de merecer una segunda oportunidad. Estoy lista para suplicarla, haré lo necesario para tenerla.

Ver la tumba de Cory confiere mucho realismo a todo. No había visualizado lo que pondría, pero está escrito con sencillez.

CORY CONNORS
Querido hijo, hermano y amigo
2 de agosto de 1994 – 17 de mayo de 2013

Durante días he pensado en lo que iba a decirle en este momento, pero ahora que estoy aquí todo eso se esfuma. El dolor perfora mi pecho, más profundamente de lo imaginado. La peor pérdida que he experimentado en la vida está ahora delante, a todo color, y daría lo que fuera por hacer retroceder el tiempo y tenerle otra vez en mis brazos, donde está su sitio. Solo con que pudiera verle, con su sonrisa y sus hoyuelos juveniles, todo estaría mucho mejor. Pienso que siempre supe valorarlo, nunca di por supuesta su presencia, peleé por él en todo momento y le di todo lo que tenía. Pero si pudiera hacerle regresar ahora, encontraría la manera de que las cosas fueran aún mejores.

Diría siempre buenos días con una sonrisa en la cara.

Acabaría cada discusión con un «lo siento» aunque no me tocara admitirlo.

Le daría un beso de te-necesito-te-quiero al menos una vez al día.

Y nunca me quedaría dormida sin decir buenas noches. Eso es lo que esto parece..., irse a dormir sin un buenas noches.

Este es el motivo por el cual la gente odia las despedidas.

Me arrodillo delante de la tumba y dirijo una mirada hacia Sam, cuyo rostro parece un espejo de mi tristeza. Nunca fue un gran admirador de Cory, pero tiene corazón. Me pregunto si en el fondo piensa como todos los demás que es culpa mía, pero puede pasarlo por alto gracias a la estrecha relación que compartimos en otro tiempo. Conoce mis buenas partes y puede olvidar las malas.

—¿Puedes concederme unos minutos?

Hace un ademán en dirección al coche y retrocede un par de pasos.

—Esperaré junto al coche. Hazme una señal cuando estés lista y te ayudaré a volver.

—Gracias —susurro volviéndome hacia la tumba.

El terreno que la rodea aún parece recién removido y unas pocas flores decoran la parte delantera... Son las favoritas de su madre: margaritas blancas. Pensar en la madre sin su hijo provoca otra oleada de lágrimas.

—Te echo de menos. Cada día me digo que las cosas mejorarán, pero no es así. Me despierto pensando en ti. Paso los días pensando en cuánto te quiero, y las noches intentando sacármelo de la cabeza. Y cuando intento dormir me ahogo en mi propia culpabilidad, porque soy el motivo de que no estés aquí. Soy la razón de que tu vida acabara antes de hora, y no puedo hacer nada para cambiar eso.

Las lágrimas descienden hasta mi barbilla. Hace un día caluroso y húmedo de junio, pero igual podría estar lloviendo.

Abriendo la caja de zapatos, contemplo su contenido, cuestionando ahora si de verdad quiero dejarlo aquí fuera para que lo vea el mundo entero y lo juzgue. Al final, sé que tengo que dejar un pedazo de mí —un pedazo de nosotros— aquí con él. Es parte del desahogo. La primera cosa que saco es el brazalete que me compró tras decirnos «te quiero» por primera vez.

—Tengo algo para ti —dice sacando una cajita blanca del bolsillo de la camisa.

Me tapo la boca con la mano, intentando contener la excitación juvenil que se me escapa. Levanta la tapa despacio, dejándome ver el sencillo brazalete de plata que contiene. Es una cadena gruesa con una placa encajada en el centro que dice AMOR. Es preciosa.

—¿Me la puedes poner? —pregunto ofreciendo mi muñeca.

—¿Te gusta?

—No, me encanta.

Me muerdo el labio inferior para impedir que la sonrisa crezca aún más.

—Quiero enseñarte algo primero.

Voltea la placa en sus dedos. Me muestra el grabado en la parte posterior. Son nuestras iniciales, C + R.

—Es perfecta —susurro observando cómo ajusta la cadena a mi muñeca y la abrocha entre sus dedos.

Cuando acaba, le da la vuelta para dejar la placa arriba.

—Pensé en ti cuando la vi. Ahora, tú pensarás en mí cuando la veas.

—Siempre pienso en ti.

Poniéndome de puntillas, le doy un beso en la mejilla. Es la primera vez que siento que nuestro futuro es eterno.

Solo me quitaba ese brazalete para ducharme o nadar. Formaba parte de mí igual que él, pero ahora siento que le pertenece. De modo que, para que no lo roben o se pierda, escarbo un montoncito de tierra y lo dejo caer ahí antes de taparlo.

A continuación, extraigo una foto de nosotros. No es una cualquiera, sino una copia de mi foto favorita. Fue el verano entre el primer y segundo curso de secundaria. Habíamos ido a nadar con un grupo de amigos, yo llevaba un bikini azul real que mi madre me había aconsejado no ponerme, y él llevaba su bañador negro. Se nos ve felices, como si pudiéramos vivir en el agua el resto de nuestras vidas sin importarnos el mundo. Estábamos en nuestro mejor momento, antes de que la vida empezara a complicarse. Apoyo la foto en la tumba, consciente de que no durará mucho a la intemperie, deseando no obstante que él la tenga.

Lo último es una promesa en forma de pequeño anillo. Me lo regaló la noche de mi decimoctavo cumpleaños, y en aquel momento pensaba que la historia de mi vida estaba escrita. Cory. Yo. Universidad. Boda. Casa. Niños. En cierto momento era lo único en lo que pensaba.

—¿Vienes? —pregunta extendiendo una manta sobre la plataforma de su camioneta.

El cielo nocturno está despejado, las estrellas relucen brillantes y el aire huele a hierba recién cortada.

—Algunas llevamos tacones, ¿sabes? —respondo mientras me subo por la puerta trasera para unirme a él.

—Bien, algunos tenemos un regalo de cumpleaños para nuestra novia que nos morimos de ganas de entregar.

Cory no ha olvidado un solo cumpleaños o aniversario desde que estamos juntos, y tengo suerte, porque siempre piensa mucho los regalos.

Se sienta dando unas palmaditas en el espacio entre sus piernas.

—Ven aquí.

Me acerco gateando hasta él y me detengo cuando estoy acurrucada cómodamente entre sus piernas.

—Ya me has invitado a cenar.

Me roza el labio inferior con el pulgar antes de besarme despacio.

—Solo era un aperitivo —susurra mientras se recuesta.

Alcanza su bolsillo posterior para sacar una cajita negra de joyería. Es más pequeña que la del brazalete de hace un par de años. El corazón me da un vuelco cuando la abro y descubro un pequeño anillo con un diamante que me saluda con un destello bajo el brillo de la luna.

—¡Cory!

Saca el anillo, visiblemente nervioso cuando sus ojos encuentran los míos.

—Esa primera noche, cuando te pedí que salieras conmigo, no pensaba que fuéramos a llegar hasta aquí. No esperaba encontrar tan joven a la chica con la que querría pasar el resto de mi vida, pero así ha sido. Con este anillo no te pido amor eterno. Pero es una promesa de que algún día lo haré de todos modos. No puedo imaginar pasar un solo día sin ti.

Me brillan los ojos mientras busco palabras aunque solo sean la mitad de elocuentes.

—Sé que lo único que necesito en mi futuro eres tú.

Mis palabras suenan nimias comparadas con las suyas, pero qué puede esperar él cuando me deja el cerebro así de aturdido.

—Te quiero —susurra mientras desliza el anillo de oro por mi dedo.

—Yo también te quiero.

Esa noche fue inesperada, pero permanecí flotando en una nube mucho más tiempo. Cuando empezamos la universidad noté que se desvanecía también esa promesa, como todo lo demás. Nos encontrábamos fuera de nuestro entorno, y a medida que ambos descubríamos nuestros propios intereses dejamos de estar tan enganchados el uno al otro. Yo nunca perdí la esperanza, pero ahora que él no está, la esperanza y la promesa han desaparecido.

Escarbando otro pequeño agujero, dejo caer el anillo junto al brazalete. En un mundo perfecto, los habría dejado dentro de su ataúd, para que pudieran permanecer de verdad cerca de él, pero esto tendrá que servir.

—Me preguntaba cuánto tardarías en venir aquí.

No tengo que volverme para saber a quién pertenece esa voz. Nunca fue fácil congeniar con la madre de Cory, pero ella quería a su hijo. Podía apreciarse en sus ojos, en las pequeñas cosas que siempre hacía por él. Era su orgullo y su alegría, y yo se lo arrebaté.

—Ni siquiera pudimos verle una vez muerto. Tenía que estar en un ataúd cerrado.

Esta ciudad es pequeña, y era inevitable que me topara con ella en algún momento, pero aún no estoy preparada para decirle algo. De hecho, al oírla ahora, estoy muerta de miedo. Le arrebaté algo inestimable, y si los papeles se invirtieran también tendría miedo de mí.

—Recuerdo cuando era pequeño. Solía corretear en pañal nada más, con un par de botas de vaquero y un sombrero de paja. Siempre con una enorme sonrisa en el rostro, especialmente cuando su papá volvía del trabajo.

Esto no ayuda, me estoy desmoronando, trozo a trozo. Sé que Cory era muy querido. Tenía más amigos que ninguna otra persona que haya conocido. No solo le perdí yo a él..., se lo arrebaté a todos ellos también.

—Hace un par de años, cuando me contó que pensaba que eras la chica con quien iba a casarse, me reí. Era demasiado joven, le quedaba demasiada vida por delante, pero no quiso saber nada. No pensé que acabaría así.

Haciendo acopio de toda la fuerza que me queda, me vuelvo para mirarla de frente. Es una fracción de la mujer que era antes. Delgada y frágil, lleva recogido el cabello largo y oscuro en una cola de caballo, y un rastro de lágrimas surca sus pálidas mejillas.

—Yo quería a su hijo más que nada en esta tierra —lloro, cubriéndome la cara con las manos—. Esto no tenía que haber pasado, y nunca me perdonaré que haya sucedido. Podría decir que lo lamento un millón de veces, pero no me lo traerá de vuelta.

Oigo sus zapatos haciendo crujir la hierba seca cuando se aproxima.

—Confío en que algún día sea capaz de perdonar, pero no puedo hacerlo con tanto dolor en mi corazón. Duele demasiado ahora mismo.

Dejo caer las manos y alzo la vista.

—Si nunca lo consigue, lo entenderé, pero necesito que sepa que le quería. Ojalá..., ojalá supiera qué pasó esa noche, ojalá supiera por qué cogí el volante, pero lo único que puedo hacer es decir que lo lamento.

—Ojalá, Dios bendito, eso fuera suficiente para traerlo de vuelta —llora cruzando los brazos sobre el pecho como para dominar un escalofrío.

—Ojalá.

Ella asiente pasándose el dorso de la mano por la mejilla.

—Tengo una caja con cosas para ti en casa. Se las daré a tu madre la próxima vez que la vea en la iglesia.

—No tiene que darme nada.

—Creo que es todo tuyo.

Me estoy imaginando una caja llena de objetos que regalé a Cory a lo largo de los años, otra caja llena de recuerdos que tendré que repasar y revivir.

—Gracias —digo en voz baja, echando una ojeada a mi espalda para leer otra vez las palabras grabadas en su tumba.

—Te dejaré acabar lo que hayas venido a hacer aquí —dice apartándose antes de que yo tenga ocasión de responder.

Estoy estremecida. Imaginaba que me gritaría y me diría qué persona tan odiosa soy, pero su sutil aproximación ha sido peor. Mi corazón se acongoja aún más al saber cuánto le he arrebatado. No puedo reemplazarlo. No puedo hacer nada para mejorar las cosas.

Pensaba que podría asumir esto, pero es demasiado, así de golpe. El cementerio. Despedidas. La madre de Cory. Recuerdos. No puedo más.

Mirando a Sam, le hago una señal en el aire con la mano. Él baja de un salto del capó y se acerca andando en mi dirección a toda prisa, como si hubiera estado conteniéndose, esperando mi invitación. Es protector, pero además sabe lo importante que es para mí encontrar mis propias fuerzas. Es parte del proceso curativo. Es lo que hace que salgamos de situaciones así como mejores personas. Él lo sabe porque se ha arrastrado por su propio fango.

Volviéndome de nuevo, cubro con la palma el nombre de Cory y susurro «te quiero» una vez más antes de que los pies de Sam aparezcan a mi lado. Ciñéndome por los codos me levanta del suelo, y cuando encuentro su rostro me derrumbo en sus brazos. No sé si son minutos u horas, pero nos quedamos así, y él describe pequeños círculos con las manos sobre mi espalda mientras lloro contra su camiseta.

—¿Vas a ponerte bien? —pregunta finalmente.

—No.

Quiero decir sí, pero aún no estoy segura. Lo único que necesito de verdad ahora es tiempo.

9

7 de julio de 2013

Hace dos semanas que visité la tumba de Cory, y aunque aún me cuesta visualizarme recuperando una vida normal, ya no paso los días llorando. Pequeñas cosas que oigo o veo me recuerdan a él; los recuerdos se activan constantemente. Cuando sucede, busco un lugar tranquilo para pensar, para aclarar los sentimientos que rondan mi interior. Formará parte de mí el resto de mi vida. Siempre poseerá una parte de mí... que no puedo recuperar, o ni siquiera quiero recuperar.

Por algún motivo, yo estoy aquí y él no, y en vez de hacer hincapié en el dolor en mi corazón voy a intentar llevar una vida de la que él se sintiera orgulloso. Voy a encontrar la manera... cueste lo que cueste. La vida no siempre te ofrece una segunda oportunidad, por lo tanto hay que aprovecharla si surge. Si no, tal vez lo lamentes siempre.

Después de varios días metida en casa con mamá, soy consciente de que la clave del descubrimiento no se encuentra aquí dentro. Nunca he sido demasiado hogareña, y si no fuera por los libros, este exceso de inactividad me estaría volviendo loca. Solo ofrece más tiempo para pensar, y cuanto más pienso más desconsuelo siento. Necesito encontrar la manera de salir o acabaré hundiéndome en un agujero oscuro más profundo. Y no creo que nadie me culpe, pues si me salvé fue para hacer algo más.

Confío en que un paseo hasta el prado hoy mismo empiece a llenar ese vacío en mi interior. En otro tiempo era mi lugar feliz. Tal vez pueda curarme de nuevo.

—¡Rachel, me voy!

—De acuerdo. Probablemente no esté aquí cuando regreses —digo evitando sus ojos azul acero.

Se detiene para volverse hacia mí.

—¿A dónde vas?

—Sam viene a recogerme.

—Has salido un montón con él últimamente. ¿De verdad te parece una buena idea?

Suspirando, tomo asiento poco a poco, apoyando las manos en el reposabrazos del sofá.

—Dime una razón por la que no sea una buena idea.

La miro a los ojos, desafiándola a negarme esta poca libertad. Además, tengo veinte años, por lo tanto no puede decir gran cosa sobre qué hago o con quién salgo.

—Podrías llamar a Madison tal vez y preguntarle si tiene planes. Necesitas encontrar la manera de regresar a tu antigua vida.

—Madison ha estado ocupada con el trabajo y las clases de verano. Además, Sam también forma parte de mi pasado.

Entorna los ojos, pero no dice nada más cuando coge el bolso de la mesa junto a la puerta para largarse. Mamá tenía ganas de discutir conmigo —lo llevaba escrito en el rostro—, pero sabe que no soy la chica de antes. No voy a sonreír. No voy a ponerme ropa bonita y caminar por la ciudad como si no pasara nada para que ella pueda alardear de todas las cosas buenas que he hecho, cuando yo solo puedo pensar en las malas.

Echo un vistazo al reloj y veo que faltan pocos minutos para que llegue Sam. No le he visto desde que me llevó a la tumba de Cory. Después de eso, me retiré un par de días sin ver a nadie ni salir de la habitación, escuchando canciones lentas y tristes, que por lo visto son las que hacen saltar las lágrimas con más facilidad. Juro que esas melodías y palabras —envueltas en un manto de tristeza significativa— extraen de mí las emociones con una fuerza magnética.

Nos hemos mandado mensajes cada noche, y cuando ayer mencionó que quería llevarme al prado, noté una sonrisa formándose en mis labios. Es un lugar lleno de mariposas y hierba alta, un entorno para perderse entre las mejores cosas de la vida.

Un lugar donde te sientes en casa más que en cualquier otro sitio.

Él sabía que no iba a decirle que no..., yo sabía que no podía decirle que no. Tal vez fuera un truco barato, pero tanto da.

Cuando oigo el ronroneo del motor del Camaro acercándose a casa, me pongo las chancletas y me ajusto el moño en lo alto de la cabeza. Quiero sorprenderle, así que me incorporo y ando hasta la vieja puerta mosquitera a tiempo de verle llegar por el sendero. En cuanto me descubre, una sonrisa ilumina su rostro. Sube los escalones de dos en dos para acercarse más rápido.

—Qué buen aspecto —dice desde el otro lado de la mosquitera.

—Espera a ver de lo que soy capaz. Esto no es nada.

Se ríe pasándose los dedos por su rubio pelo, un poco largo. Lo diferencia de la mayoría de tíos de la ciudad. No es el buen chico que llevas a cenar a casa, más bien el tío que ves tras la batería de una banda de *grunge*. Pero lo que le distingue del todo son los ojos. Enternecedores. De color marrón chocolate. Sugestivos.

—¿Necesitaré una ambulancia de guardia?

Me encojo de hombros.

—Probablemente no sea tan mala idea, ya que tienes que conducir.

Abriendo la puerta, se acerca un poco más y pasa el dedo por uno de mis grandes pendientes de aros.

—Tienes buen aspecto de verdad, como si se hubiera aligerado un poco tu carga.

—Con lo que he llorado esta semana no voy a derramar más lágrimas en diez vidas. He decidido que debo optar entre quedarme sentada en la habitación y prepararme para la decimoprimera vida o salir de casa durante un par de horas. Me he inclinado por lo último.

—¿Has comido algo? —pregunta soltando mi pendiente.

—No. No tengo demasiado apetito.

—Eso va a cambiar a partir de hoy. Te has quedado un poco flacucha.

Retrocede sosteniendo la puerta para que yo pueda salir andando sin problemas. Al llegar a las escaleras, me agarro con firmeza a la baranda y desciendo lentamente, consciente de que él está justo detrás de mí.

—Has avanzado mucho en solo un par de semanas.

—Dame alguna más y estaré lista para correr la maratón.

—Tal vez deberíamos intentar primero una de cinco kilómetros y ver qué tal va.

—Un poco de fe —replico dándole una palmadita en el pecho antes de subir al Camaro.

Sam cierra mi puerta y corre por delante del coche hasta el lado del conductor. Nunca he conocido a nadie que vaya tan rápido de un punto a otro.

—¿Lista? —pregunta mientras sube y apoya el brazo en la parte superior del asiento para escudriñar por la ventana posterior.

—Llevo todo el día esperando —digo cruzando los brazos sobre el pecho—. Podría ir a pie probablemente, ya sabes.

—Qué cuernos. Adémas, así no tengo que cargar con el pícnic.

Mientras da marcha atrás, me relajo en el asiento. En pocos meses cosecharán el maíz de los campos circundantes, pero por el momento las carreteras parecen un laberinto, pues es imposible ver algo más que lo que tienes ante las narices.

El prado al que vamos Sam y yo es diferente. Es un lugar sereno, recluido, donde nunca se siega la hierba. Cuando el maíz no está tan alto es fácil verlo desde la carretera, pero en esta época del año resulta imposible.

Sam se mete por un camino de tierra y evita con facilidad los baches que ha ocasionado la lluvia primaveral. Cuando el prado aparece con claridad, recupero todas las sensaciones. Es un área verde exuberante de dimensiones considerables, con un pequeño grupo de árboles en el centro y un riachuelo recorriendo un extremo. Es un pedacito de paraíso justo en medio de Iowa.

—¿Está como lo recuerdas? —pregunta reduciendo la marcha hasta detenerse.

—Casi exacto.

Al volver la vista lo encuentro sonriendo.

—Es lo bueno que tiene la naturaleza —dice—, no cambia a menos que nosotros la cambiemos. En cien años este prado seguirá igual.

—Tal vez sea eso lo que lo hace tan especial. Nos sobrevivirá a todos nosotros. Me pregunto para cuánta gente habrá sido este su lugar especial.

Se encoge de hombros y agarra la manilla de la puerta.

—Tal vez hayan venido más personas antes por aquí, pero ahora nos pertenece a nosotros.

El señor Bryant, el granjero que vive entre mi casa y la de Sam, ha sido el propietario de esta tierra desde que yo recuerdo. Rara vez lo usa, pero le asusta lo que pueda suceder si lo vende, creo yo. Tal vez tenga el mismo efecto sobre él que sobre nosotros. Al menos no parece importarle que vengamos.

—Salgamos de una vez de este coche caluroso. Dicen que los prados son aún mejores cuando sientes la hierba en contacto con tus pies —dice Sam.

Los extremos de sus ojos se arrugan con la enorme sonrisa que se forma en su cara.

No puedo contener el pequeño baile que se produce en mi interior mientras abro la puerta y salgo fuera. El aire huele a capullos de agrazón y heno recién empacado, con el ligero matiz de los caballos que pastan en la distancia. La hierba me hace cosquillas en los pies mientras estiro los brazos en el aire. Es de verdad el mejor lugar de la tierra... o, al menos, el mejor en el que yo haya estado.

—¿Nos instalamos a la sombra?

El sol calienta mi piel en cuestión de segundos al aire libre. En julio, Iowa es tan calurosa como serena, pero no me molesta el aire estival.

—Me parece una buena idea.

—Buena chica. No quería iniciar nuestra primera discusión en cinco años.

Una sonrisa se perfila en mis labios. Además de disfrutar siempre pasando juntos el rato, Sam y yo manteníamos algunas buenas discusiones. Yo lo achacaba al hecho de que ambos éramos hijos únicos: no teníamos muchas opciones de discutir por nimiedades.

—Casi que las echo de menos.

—Es cuestión de tiempo —dice él sacando una nevera azul del asiento posterior—. Confío en que aún te guste la salchicha ahumada.

—Espero que estés de broma, Sam Shea.

—Ya sabes que no cometo dos veces el mismo error.

Mientras le sigo al lugar escogido bajo los árboles, recuerdo aquel verano en que yo tenía once años y Sam catorce. Habíamos tomado la costumbre de hacer turnos para traer comida y así no tener que volver a casa cuando nos entrara hambre. La cosa iba bien —una rotación constante de mantequilla de cacahuete y gelatina, queso y bocadillos de pavo—, pero luego, una noche, Sam decidió sorprenderme con la salchicha ahumada. Fue la última vez aquel verano que salí de casa sin llevarme un bocata, y desde entonces él siempre me saca a relucir esa aversión a la salchicha ahumada.

Cuando nos encontramos bajo los árboles, Sam extiende una vieja manta de lana azul, alisando los bordes.

—¿Dónde te gustaría sentarte hoy?

—Mmm, creo que ocuparé el sitio más próximo al agua.

—Me lo podía haber imaginado. Es el sitio más popular.

Mientras ocupo mi lugar, una pequeña parte de mí se pregunta si alguna vez habrá traído a alguien más aquí..., a nuestro lugar. Nunca he tenido ningún derecho sobre él. Tal vez sea simplemente este lugar lo que hace que me sienta así.

Una vez acomodados, levanta la tapa de la nevera, saca dos botellas de agua y me tiende una. Desenrosco el tapón y acerco el frío plástico a mis labios mientras observo a Sam dejar sobre la manta dos bocadillos y un envase con fresas. Prácticamente las puedo saborear en mi lengua, no hay nada mejor que esa fruta roja y dulce en esta época del año.

—Las he cogido de la huerta esta misma mañana.

Aprieto los puños esforzándome para no arrebatarle el envase de los dedos. Si quisiera, bien podría comérmelas todas yo solita.

—Te controlas más de lo que recordaba —bromea sacando una de las fresas del envase.

Observo cómo se la mete casi entera en la boca y la muerde cerrando los ojos. Es un maestro a la hora de tomarle el pelo a alguien.

—¿No deberíamos comer antes los bocadillos? —pregunto.

Se encoge de hombros limpiándose con el dorso de la mano el dulce jugo de sus labios.

—Es cuestión de preferencias.

—Pásamelas —digo estirando la mano.

—¿Qué dices?

—Que me las acerques.

Niega con la cabeza, sonriendo sin separar los labios.

—¿Podría tomar una fresa, por favor?

—Ya que lo pides con tal amabilidad...

Coge dos fresas más del envase antes de pasármelo con expresión petulante en el rostro.

—Gracias.

Sin perder el tiempo, cojo la primera fresa para hundir los dientes en ella.

Los únicos sonidos que oigo son la alta hierba mecida por el viento y las bolsas de plástico arrugándose de vez en cuando mientras comemos todo lo que ha traído Sam, sin dejar nada. No es ningún exceso, pero lo cierto es que hoy he comido más que en semanas, y me sabe a comida de restaurante con varias estrellas Michelín. El pavo sazonado con arce, y el pan de trigo está recién hecho en la panadería local; lo reconocería en cualquier lugar.

—Qué callada estás —dice Sam rompiendo nuestro silencio.

Cerrando los ojos, respiro el aire que llega desde el riachuelo. Su fragancia tiene el mismo efecto calmante que las medicinas que me daban en el hospital, pero sin crear somnolencia.

—Es agradable el mero hecho de estar aquí. Casi como si no hubieran pasado los últimos cinco años.

—Pero sí han pasado —comenta él en voz baja, apartándome el pelo de la cara.

—Y han merecido la pena todos ellos, hasta el último día. Pese a haberle perdido a él.

No he hablado demasiado de Cory desde el día del cementerio. Pienso que mis padres creen que la tristeza y el dolor desaparecerán si no hablamos del tema. Tal vez sea cierto para ellos, pero algunos días percibo cómo sigue creciendo, oprimiendo aún más mi pecho. Lo único que en realidad necesitaba es hablar de ello, sacarlo a la superficie. Eso es lo que necesitamos todos cuando nos ahogamos.

—Estoy aquí si me necesitas —replica él, recostándose sobre los codos.

La postura resalta los músculos de sus brazos y del fuerte pecho. Sería tan fácil echarse sobre él y dejar la camiseta azul empapada con mis lágrimas, pero no parece lo más correcto. Durante mucho tiempo era responsabilidad de Cory atraparme cuando me caía... y aún no estoy lista para cambiar eso ahora. A veces me pregunto si alguna vez lo estaré.

Sam no aparta los ojos de los míos. Me estudia como alguien observaría un cuadro abstracto, pero yo me oculto tras las líneas. A veces resulta más fácil así, aunque sé que Sam no tardará mucho en adivinarlo todo. Ve las formas de mis emociones y el color de mi corazón. Lo ve todo en mí.

Me tumbo de espaldas sobre la manta, metiendo las manos bajo la cabeza. La brisa corre sobre mí, pero es agradable sentirla en la piel húmeda.

—Le echo de menos —susurro con un nudo en la garganta.

—¿Qué es lo que más echas de menos?

Sorprendida, vuelvo la cabeza para mirarle.

—No te apetece mucho escuchar esto, ¿verdad? No eras su mayor fan que digamos.

—Si va a ayudarte, escucharé.

Vuelvo a mirar el cielo, contemplando con claridad las hojas verdes que crecen en los árboles adultos que nos rodean. Con Sam siempre he podido abrir mi corazón. Ha oído mis pensamientos y mis sentimientos sin juzgarme jamás por nada.

Al bajar la mirada de nuevo, veo la sinceridad en sus ojos. De veras quiere escuchar esto... para ayudarme a atravesar la niebla en la que estoy perdida. Trago saliva y dejo que las palabras fluyan.

—Su sonrisa. Siempre mejoraba las cosas. Y ahora que las cosas siguen igual de mal, ya tengo con qué arreglarlas.

—¿Recuerdas el día en que nos encontramos por primera vez aquí?

Asiento y espero a oír qué tiene que ver esto con Cory.

—Papá y yo nos acabábamos de mudar, y yo pensaba que este lugar era un infierno. Creía que nunca lograría ser feliz ni nada parecido... hasta que empezamos a reunirnos aquí. A veces solo necesitas que alguien te enseñe que hay más de un camino correcto en la vida. Más de una manera de estar contento.

—He estado pensando mucho en eso últimamente, y no creo que lo consiga hasta que no deje de lado mi antigua vida —contesto estirándome el pelo entre los dedos—. Es como si todo se desmoronara a mi alrededor, y no tengo nada con que recoger los pedazos.

Emplea el dedo para alzarme la barbilla, permitiéndome solo mirarlo a él.

—Te lo prometo, las cosas mejorarán. Yo haré que mejoren.

—No hagas promesas que no puedas cumplir, Sam.

Aparta el dedo de mi barbilla y me roza la mejilla con el pulgar. La manera en que me mira me recuerda mucho al día en que nos encontramos aquí antes de empezar mi primer año de instituto..., cuando pensé que iba a besarme.

—Esta planeo cumplirla.

Desplaza la mirada entre mis ojos, pero la única manera que tengo de responder es cruzar los brazos sobre el pecho y mirar el agua. Su intensidad, el atisbo de deseo en su mirada, todo es demasiado para mí ahora mismo. Además, no tengo valor para decirle que tal vez no sea él quien no cumpla la promesa... Tal vez yo no le deje mejorar las cosas, porque me merezco esto.

—¿Recuerdas cómo acababan nuestros pies mojados de meterlos en el riachuelo? —pregunto con la necesidad de cambiar de tema.

—Sí.

Alza una ceja como si pensara que he perdido la chaveta, o estuviese a punto.

—Vamos allá.

Sonríe, indicando el agua con un ademán.

—Si vamos a meternos, nos metemos del todo.

Nunca me han echado atrás los retos, y tengo la impresión de que Sam me está desafiando ahora mismo. Poniéndome en pie, me saco las chancletas y voy hasta la orilla del riachuelo. El agua no está tan limpia como la recordaba, pero aún puedo ver las rocas a lo largo de los bordes menos profundos.

Al echar una ojeada hacia atrás, veo a Sam de pie apenas un metro tras de mí, con las manos en jarras. Probablemente está pensando que no voy a atreverme de ninguna de las maneras, pero voy a disfrutar de cada segundo demostrando que se equivoca. Después de lanzarle una última mirada, doy dos pasitos para entrar en el agua templada. Solo me llega hasta los muslos, sin tocar siquiera el extremo inferior de los pantalones cortados.

—¿Te metes, Shea?

—Mis pantalones no son tan cortos como los tuyos.

—¿Te da miedo mojarte un poco? —bromeo salpicando con la mano en su dirección.

Se muerde el labio inferior y llega en dos pasos al extremo del riachuelo.

—Solo hay una cosa que me da miedo, y no es precisamente este riachuelo.

Con un paso más, se ha situado por delante de mí. Lo bastante cerca como para que yo pueda sentir que está ahí, pero a bastante distancia como para no incomodarme.

—Entonces, ¿a qué le tienes miedo?

Sus ojos arden cuando me miran.

—A algo que pasó una vez. Algo que no va a suceder otra vez.

—¿Y de qué se trata?

—Cuando ya no esté asustado, te lo explicaré —contesta, apartándome de la cara un mechón de pelo levantado por el viento.

—Siempre te han gustado los misterios.

—Si fuera de otra manera, no querrías saber nada de mí.

—¿Y eso, por qué?

—¿Qué diversión supondría tenerlo todo tan claro acerca de mí? Además, no decir todo lo que pienso me permite no pecar de arrogancia.

Eso me hacer reír. Sam sufrió un bajón masculino una vez al empezar el instituto, todo porque una chica le llamó arrogante. Él no paraba de repetir que ella lo había tomado por un energúmeno musculitos o que no sabía el significado de la palabra «arrogancia». Tal vez pueda resultar presuntuoso, porque es muy reservado acerca de su vida y no habla con demasiada gente a menos que deba hacerlo. No pienso que eso sea necesariamente algo malo, pero, desde luego, no es arrogancia.

—Supongo que tienes razón.

—Por supuesto.

Baja la mano y me propina una ligera palmada en el trasero. Yo doy un brinco y él sonríe, la clase de sonrisa que hace pensar a todas las chicas que es el tío muy seguro de sí mismo que en realidad no es. Su expresión me recuerda al Sam de siempre, capaz de curar cualquier mal del corazón.

—No puedo creer lo que acabas de hacer —chillo retrocediendo un paso.

—Despertarte, eso es, ¿verdad?

Sus labios se estiran aún más. Es un gesto contagioso, por muy molesta que esté yo con él.

—No me he percatado de que estuviera durmiendo.

Me coge de la muñeca, tirándome del brazo.

—¿Vamos a quedarnos aquí hablando o vas a meterte en el agua del todo?

Bajo la vista al agua y a mis ropas secas y decido que mejor no.

—Por hoy ya es suficiente.

Sube por la orilla y me da la mano para ayudarme a salir del agua. Noto su piel cálida y húmeda contra la mía y no puedo soltarle. Es el único pedazo de seguridad que me queda.

Además, con él me siento la de siempre. Como si tal vez no se hubiera esfumado todo aquello en torno a lo que giraba mi vida en los últimos años..., pero, nada más pensar en eso, el conocido sentimiento de culpa vuelve a dominarme.

—Tal vez sea mejor que regrese a casa —digo separando con cuidado mis manos de las suyas.

Él vuelve la vista, intentando interpretar mi mirada con sus ojos. A veces, cuando hace algo por el estilo, siento cosas que no sé si debería sentir. No es sencillamente mirar a otra persona a los ojos, supongo, y por la manera en que me ha tocado hoy, me siento intranquila. Como si fuera demasiado, demasiado pronto.

—¿Estás bien? —pregunta.

—Sí —miento—. Es solo que apenas he salido últimamente, y me canso enseguida.

Me mira un instante más, y luego asiente y regresa andando hasta la manta.

—¿Por qué no vas al coche y te sientas mientras yo recojo las cosas?

—Puedo ayudar —respondo tirando los envases vacíos a la cesta de pícnic.

Él sacude la cabeza.

—Siempre has sido tozuda.

—No sería divertido estar conmigo si siempre hiciera lo esperado.

Ninguno de los dos dice una sola palabra mientras acabamos de limpiar, y tampoco en el rápido trayecto de vuelta a casa. Disfruto del breve momento de silencio porque me permite separar mis pensamientos en pequeños compartimentos seguros. Esta noche me siento más normal que en las últimas semanas, y lo único que me impide disfrutar de verdad es mi sentimiento de culpa. Y así de fácil, con demasiado tiempo para pensar, mi mente se pierde una vez más. ¿Debería andar por ahí divirtiéndome cuando Cory no puede hacer lo mismo? ¿Me merezco una noche así?

Estoy tan perdida en mi pequeño mundo de pensamientos que no me percato de que estamos delante de mi casa hasta que oigo a Sam estacionar.

—¿Volveré a verte pronto?

Sacudiendo la cabeza, pregunto:

—¿Qué estamos haciendo, Sam?

—Solo quiero ser tu amigo.

Habla en voz baja pero segura, sin la menor vacilación.

—¿Es eso todo?

Le observo fijamente, pero él mantiene la vista al frente. Haría cualquier cosa por ver sus ojos, por recibir un poco del consuelo que con tanta facilidad me aportan.

Finalmente vuelve el rostro, con las comisuras de los labios estiradas hacia arriba. Ojalá pudiera creer su expresión cuando le miro a los ojos.

—Así tiene que ser, ¿verdad? —dice.

Asiento mordiéndome el labio inferior. Querría decir más, explicar más, pero ha sido un largo día.

—Te llamaré.

—Estaré esperando tu llamada.

Mientras me vuelvo para abrir la puerta, me rodea el antebrazo con los dedos y me detiene un momento.

—Cuídate mucho.

—Lo haré —digo con una sonrisa forzada—. Y gracias por esta velada. Ha significado mucho.

Me suelta guiñando un ojo.

—Por ti, cualquier cosa.

10

Cuando entro en casa, hay una caja esperando sobre la mesa con mi nombre garabateado con grueso rotulador negro en la parte superior. Me acerco andando despacio, como si pudiera explotar si hago el menor ruido sobre el suelo de madera. Me quedo observándola, de hecho, incapaz de mirar en su interior. Dios sabe cuánto tiempo permanezco ahí, pasando el dedo suavemente sobre cada letra del nombre. Sé con exactitud su procedencia, la he estado esperando desde que vi a la madre de Cory en el cementerio, pero tenerla por fin delante me llena de una enorme angustia.

Con la caja tan cerca, puedo oír prácticamente la voz de Cory pronunciando mi nombre con ese tono grave y ronco suyo, mientras paso el dedo sobre cada curva. Recibir algo proveniente de él —de su casa— hace que le sienta otra vez muy próximo. Es una sensación que no va a durar eternamente, porque el tiempo nos arrebata las emociones poderosas que surgen de nuestros recuerdos.

Cuando vuelvo a la realidad, muevo el cartón para calcular el peso. Al percatarme de que puedo transportarla, la levanto para llevarla a mi habitación. Una vez la tengo allí, al lado de la cama, de nuevo me la quedo mirando. Dado el interés que me provoca, alguien podría pensar que es algo más que una simple caja..., una simple caja procedente de casa de Cory con mi nombre escrito encima.

Tal vez debería estar más impaciente y abrirla lo antes posible, pero me inquieta lo que pueda encontrar en su interior. ¿Se trata solo de un montón de cosas de Cory que su madre piensa que yo debería conservar o hay algo más?

De pronto me siento cansada, agotada más bien, y decido dejarlo para la mañana.

Al levantarme, estiro los brazos y lo primero que me cruza por la mente es la caja. Anoche me quedé dormida pensando en ella; tiene sentido que sea lo primero que tengo presente por la mañana.

Espero hasta que mi madre salga a hacer sus recados diarios para así evitar las interrupciones. Haya lo que haya dentro, va a afectarme. Volveré a poner en primer plano recuerdos que había empezado a enterrar poco a poco..., no hay manera de eludir eso.

Sentada en el suelo, coloco la caja ante mí y desgarro con cuidado la cinta adhesiva que mantiene unida la parte superior. Vacilo, consciente de que su contenido probablemente echará sal sobre una herida que justo empieza a curarse. Ayer fue el primer día en que recuperaba la más mínima normalidad en mi vida, y no quiero perder todo lo que he ganado.

Me tiemblan los dedos cuando introduzco la mano, preparada en la medida de lo posible para descubrir qué guarda esta caja para mí, sea lo que fuere.

Lo primero que saco es un fajo de fotos unidas cuidadosamente con una goma. Revisándolas deprisa, advierto que la mayoría son copias de fotos que ya tengo. Las que yo misma tomé en los buenos tiempos compartidos en los cuatro años y pico que estuvimos juntos. La única que no reconozco es una de Madison conmigo el día de nuestra graduación, las dos con togas y birretes. Cory debió de hacer esa cuando yo no miraba.

Meto otra vez la mano y saco un fajo de viejas notas y tarjetas, mi forma preferida de comunicarle mis sentimientos cuando estábamos en el instituto. La falta de madurez lleva a una persona a hacer cosas estúpidas, y ambos hicimos unas cuantas.

Desdoblo un pedazo de papel de una libreta y leo la burbujeante caligrafía con boli morado, mi favorito.

Cory

Lamento lo de anoche.
    No era mi intención enfadarte al aceptar que Sam me trajera de vuelta a casa, pero estuviste bebiendo y no me hacías caso.
    Espero que vuelvas a hablarme pronto, porque no soporto que no me dirijas la palabra.
    Te quiero.

Rachel

Recuerdo el día como si fuera ayer. Cory había bebido un poco más de la cuenta en una fiesta, y cuando le rogué que me dejara conducir de regreso a casa, se negó. Yo estaba cansada y cabreada, así que cuando apareció Sam y se ofreció a llevarme, acepté la oportunidad. Parecía algo inocente..., confiaba en Sam. Durante años había sido uno de mis mejores amigos.

Y ahí quedó la cosa. Sam me llevó a casa, y fue la primera y última vez que estuve en su Camaro en la época del instituto. No tardé en enterarme de la importancia que daba Cory a eso, a que otra persona me llevara en coche, y en especial Sam Shea. No volví a hacerlo. Pensándolo ahora, debería haberme mantenido firme. Fue egoísta por parte de Cory obligarme a erradicarle de mi vida de forma tan radical. Fue patético que yo lo permitiera.

Lo siguiente que saco es una camiseta con nuestra mascota del instituto, el lince, por delante y el número de baloncesto de Cory por detrás. La encargó para mí con mi apellido impreso en la parte posterior. Me la ponía siempre, pero en algún momento debí de olvidarla en su casa. Aún huele a él, una mezcla de la suave fragancia a especias y cítricos de su colonia y suavizante de ropa. Solía enterrar la cabeza en un lado de su cuello e inspirar hasta que la fragancia impregnaba permanentemente mi nariz. Solo pensarlo hace que me salten las lágrimas... Eran los momentos en que me sentía más calmada. Estaba así de familiarizada con él, era mi hogar.

Tras secarme los ojos, meto la mano en el fondo de la caja y encuentro un sujetador de encaje negro que no reconozco como mío. Algo que confirmo al ver la talla de la etiqueta. Mi mente corre acelerada en un montón de direcciones, pero me repito a mí misma que no es nada. Debe pertenecer a una de sus hermanas, o tal vez sea la manera que tiene la madre de desquitarse por haber matado a su hijo. Por más que intento convencerme, sé que ni siquiera su madre sería tan cruel. Tiene demasiadas cosas en la cabeza, dentro de sí misma, como para hacer algo así. Y sus hermanas... son menores que yo, por lo tanto hay pocas probabilidades de que esto les pertenezca.

No obstante, tengo que creer que se trata de un error de algún tipo. Debo creerlo, porque mi cordura no puede permitirse otro golpe. En mi mente, siempre he tenido a Cory en un pedestal... Quiero que continúe ahí. Se lo ha ganado, después de lo que yo hice.

Por la segunda noche seguida, Sam y yo pasamos un rato juntos en el prado. A la luz del día resulta relajante y sereno, pero por la noche es aún mejor. El canto arrullador del grillo, pese a no ver las negras criaturas en la oscuridad, nos crea la impresión de estar acompañados. Es la cosa más apacible del mundo, si te paras a pensarlo.

—¿Te encuentras bien? Estás más bien callada esta noche.

La voz de Sam atraviesa la hermosa canción compuesta por la naturaleza.

—Tengo la mente demasiado ocupada, intentando decidir lo que es real y lo que no. Es agotador.

No he dejado de pensar en el último objeto que he sacado de la caja esta mañana. Podría no ser nada..., probablemente no sea nada..., pero no me lo saco de la cabeza.

—¿Hay algo que yo pueda hacer para ayudarte?

—No. Esto necesito aclararlo yo sola.

Todo está sereno, ninguno de los dos se mueve. Qué agradable. Hasta que empiezo a pensar demasiado..., entonces es cuando mi corazón adquiere el matiz azulado, profundo y frío del desánimo; entonces me pregunto si de verdad tenía todo lo que creía tener o si solo me aferraba a algo que debería haber dejado tiempo atrás. En instantes así, la única manera de escapar de mis pensamientos es una distracción.

—Me encanta ese sonido —susurro acercándome a Sam hasta que nuestros hombros se tocan, solo lo justo.

Es la manera de saber que sigue ahí mientras estamos tumbados en silencio, escuchando los sonidos que nos rodean en la oscuridad.

—También a mí —dice él apoyando un lado de su cabeza contra mi coronilla—. ¿Ves las luciérnagas ahí arriba?

—Sí.

Unas cuantas brillan por encima de nosotros. Me hace pensar de nuevo en cuando era pequeña. Solía intentar atraparlas con las manos para ver su resplandor de cerca. Ahora me conformo con verlas de lejos. Son unas criaturitas asombrosas.

—Se supone que la luz que emiten nos reanima, nos da esperanza.

Tomando sus dedos entre los míos, pregunto:

—¿Qué te hace decir eso?

—Es algo que leí en una ocasión. Su luz ilumina desde dentro hacia fuera. Requiere un montón de fuerza por su parte.

—Estoy intentando encontrar la fuerza, lo intento de veras.

Desde esta mañana solo he podido pensar en el contenido de esa caja. Contenía lo esperado en su mayor parte, pero también me ha recordado que las cosas no siempre fueron perfectas. Nuestra relación estuvo llena de muchísimos momentos risueños, pero también de peleas, que intenté enterrar bajo una alfombra grande y pesada para que nadie las viera..., para no verlas yo misma. ¿Y si esas peleas eran más serias de lo que pensaba?

—Si hay alguien que pueda conseguirlo, eres tú. Voy a poner todo mi empeño en que encuentres esa fuerza, aunque tenga que dártela yo mismo. Mierda, te lo daría todo si pudiera.

Sus palabras me dejan sin aliento cuando pienso que tal vez él sea la única persona en la tierra dispuesta a darlo todo por mí.

—Gracias por estar aquí. Todos los demás me tratan como si tuviera una enfermedad contagiosa o algo parecido. Madison no ha vuelto a acercarse por aquí.

Me sorprende lo callado que se queda. Esperaba oírle decir que ya vendría algún día, pero no. Tal vez sea consciente de que libro una batalla con mis viejos amigos que nunca podré ganar. Tal vez sepa que algunas de mis amistades del instituto eran tan reales como las flores de seda que decoran el cementerio.

—¿Quieres beber algo? —pregunta al final sentándose junto a la pequeña nevera que ha traído.

—¿Qué tienes?

—Agua y Bud Light.

—Beberé un agua, gracias.

Hace un par de meses habría disfrutado tomando una cerveza bien fría en una cálida noche de verano como esta. No sé si volveré a probar el alcohol en la vida.

Me tiende un agua fría y coge una lata de cerveza para él.

—No te importará si tomo una birra, ¿verdad?

—Tienes veintitrés años. Puedes hacer lo que quieras.

—No quiero disgustarte.

—Mientras no conduzcas de vuelta, no pasa nada.

Tira de la anilla de la cerveza, luego todo vuelve a permanecer en silencio. Por algún motivo, esta noche me inquieta que él permanezca tan callado.

—Sam, ¿qué hiciste después del instituto? Quiero decir..., perdimos el contacto, y me parece que no sé nada de una parte de ti.

Me detesto por haber permitido que sucediera, pero era él o Cory. Ninguno de los dos iba a permitirme tener al otro.

Se tumba a mi lado, rodeando con una mano la lata de cerveza y la otra apoyada en su vientre plano.

—He estado llevando el taller a jornada completa, y cuando surge la oportunidad quedo con un par de colegas para tomar algo en el bar.

Su cálida respiración me provoca un cosquilleo en la mejilla y un hormigueo en la columna. No tengo claro si es por lo mucho que echaba de menos la proximidad de alguien o si el motivo es él.

—Con franqueza, es un rollo total. Todo el mundo debería tener un objetivo... Aún no sé cuál es el mío —añade.

—Por si sirve de algo, me alegro de que estés aquí.

Me roza la mejilla con el dedo, alzando los ojos para ver mejor los míos.

—También yo me alegro de que estés aquí. Aunque desearía que fuera en otras circunstancias.

—Yo también —susurro, mordiéndome el labio inferior.

Me pone nerviosa el modo en que me observa. Es demasiado..., demasiado íntimo para las circunstancias actuales de mi vida. Si no fuera por el accidente, Sam y yo seguiríamos viviendo como desconocidos. Es triste pensarlo.

Me siento y retiro el tapón del agua para dar un largo trago. La mayoría de chicas soñarían con una noche así en compañía de un tío como Sam, pero yo no me merezco ser esa chica. Y aunque creyera merecerlo, no estoy preparada. Aún estoy demasiado encerrada en mí misma como para permitir la entrada a alguien, en especial del modo en que Sam se merece.

—Creo que debería volver andando a casa.

—Iré andando contigo.

Niego con la cabeza, aunque sé que no me ve bien en la oscuridad.

—Necesito tiempo para aclarar mis ideas.

—Rachel...

—Te mandaré un mensaje cuando llegue..., lo prometo.

Suspira profundamente, pasándose los dedos por el rubio pelo despeinado.

—Si no tengo noticias tuyas en los siguientes veinte minutos, iré a ver cómo estás.

—No esperaría menos de ti —respondo levantándome y estirando los brazos por encima de la cabeza.

Hoy hemos llegado a los treinta y pico grados, pero el día ha sido más tolerable a partir de que se ha puesto el sol.

—¿Voy a verte mañana? —pregunta de pie a mi lado.

Apoya una mano en mi cadera, rozando la piel expuesta entre los *shorts* y la camisa. Mi piel ya está caliente, pero este contacto la calienta aún más. A Sam le resultaría muy fácil atraerme hacia él..., demasiado.

—Te llamaré —contesto metiéndome tras la oreja los mechones sueltos de pelo.

Bajo la débil luz de la luna distingo una medio sonrisa dibujándose en sus labios. Alivio... Lo he visto unas pocas veces antes.

—Mejor que sea así —dice soltándome.

Sin decir más, me doy media vuelta y tomo el camino que lleva de regreso a mi casa. El maíz crece día a día, pero aún me permite ver por encima. Aún oigo los grillos, pero, aparte de eso, hace una noche tranquila.

Me proporciona tiempo para pensar, para reflexionar sobre el último par de meses..., especialmente esta noche. Sam es prácticamente todo lo que necesito, y todo cuanto no debería tener. La manera en que siempre encuentra la forma de tocarme —la manera en que reacciona mi cuerpo— me confunde una barbaridad. No parece ser lo correcto, pero no es intencional. No quiero que Sam me guste de ese modo. Tal vez solo sea mi soledad implorando que permita su proximidad. Sea lo que fuere, me está volviendo loca.

Algún día despertaré con una visión más clara y la conciencia tranquila. No será ni hoy ni mañana, pero debe suceder en algún momento, o el resto de mi vida carecerá de sentido. Una vida sin esperanza es una vida sin objetivo. Necesito esperanza.

Cuando estoy aproximándome al lugar donde el patio de casa se une con el maizal, la alta luz que ilumina el viejo granero rojo atrae mi mirada. Lleva ahí toda la vida, pero algo en ella me obliga a pararme en seco esta noche. Una escena extraña y aterradora se desenvuelve casi como si sucediera justo ante mí.

Echo una ojeada a este campo poco familiar y veo el resplandor del fuego más adelante. En vez de apresurarme hacia él, me alejo corriendo. Rápido, como si intentara huir de algo o alguien. El pánico y la tristeza invaden mi cuerpo; no, más bien lo consumen. No tengo idea del motivo, pero lo siento en lo más profundo de mi ser. Un dolor insoportable.

Oigo mi nombre. Reconozco la voz de Cory, pero en vez de parar, corro aún más rápido. Mis mejillas están surcadas de lágrimas y me tiemblan las manos. Mis pies están llenos de arañazos, de pisar los cortos tronchos del maíz, calzada solo con mis chancletas, pero quiero alejarme.

Lo que no entiendo es por qué intento alejarme de Cory. ¿Por qué iba a huir de la persona a la que siempre acudiría corriendo?

Sacudiendo la cabeza, intento bloquear la escena en mi mente. Quiero pensar que solo ha sido un sueño terrorífico, pero llevaba la misma ropa que el último día de clase, creo. Y parecía tan real, ha sido como revivir un recuerdo. Ojalá supiera qué significa. Por Dios, ojalá supiera el motivo que me hacía huir así de Cory.

Espero que no sea real. Confío en que solo sea mi mente jugándome una mala pasada.

11

3 de agosto de 2013

Hay veces en la vida en que me siento por encima de todo, viendo pasar las cosas, pero luego a veces la vida me ha pillado desprevenida, arrollándome a toda velocidad sin darme tiempo ni a pensar. En ocasiones han surgido grandes cosas de ello, pero en otras la vida se presenta como un tornado que deja una pila de escombros en su estela.

Es ahí donde me encuentro ahora, en medio de los escombros que dejó el accidente tras de sí. Necesito dilucidar cómo voy a recoger los fragmentos y la dirección que toma mi vida a partir de aquí. Solo sé que aún no tengo la energía necesaria para reconstruirla. Es algo que solo el tiempo puede recomponer.

Hasta que llegue a ese punto, voy a hacer todo lo posible para superar cualquier obstáculo que se interponga en mi camino. Y nunca va mal contar con alguien que te ofrezca su mano cuando debes saltar barreras... Eso es lo que Sam ha hecho por mí. Ha estado a mi lado mientras otros que consideraba más próximos han pasado de mí. Supongo que la única manera de saber si cuentas con una amistad verdadera es ver si sigue existiendo una vez se ha puesto a prueba.

Sam insiste en la idea de que me iría bien pasar unas horas con él en su taller de carpintería para relajarme un poco. Mi primera reacción fue una negativa tajante, pero cuanto más pensaba en ello, más me percataba de que solo por el hecho de estar con él me sentiría mejor. Consigue que la vida sea algo más normal.

Al despertarme por la mañana, noto una excitación que no experimentaba hacía días. Sin algo que te ilusione, la vida no es más que solo un agujero oscuro, pero hoy veo un poquito de luz por primera vez en semanas. He estado cabizbaja desde la última vez que estuvimos en el prado, sobre todo por la visión que tuve de regreso a casa. ¿Era un fragmento de la verdad que tanto me esfuerzo por recordar? Fuera lo que fuese, no he logrado sacármelo de la cabeza. Es lo primero en lo que pienso cada mañana y de nuevo cada noche antes de dormir... Es insoportable.

Me levanto de la cama y me acerco al vestidor, de donde saco un par de vaqueros y una camiseta azul marino sin mangas. Tras lavarme la cara, me aplico un poco de crema hidratante pasando del maquillaje, no hay necesidad de usarlo hoy. Luego me recojo el pelo en un moño.

Bajo las escaleras sin hacer ruido, confiando en salir por la puerta sin ser sometida al aluvión de preguntas de mamá. Quiero a esta mujer y aprecio todo lo que hace por mí, pero su inquisición constante en cuanto a Sam me saca de quicio. No necesito nada que empañe el mejor humor del que disfruto hoy. Entro con cautela en la cocina para coger unos bollos que hice anoche y me dispongo a salir al porche posterior para calzarme los zapatos.

—¿A dónde vas tan temprano?

No es mamá esta vez. Ya son más de las ocho, pero por primera vez que recuerde, papá está aún en casa en vaqueros y una camiseta de Southern Iowa. Hay algo que no cuadra en absoluto en esta instantánea.

—Voy a ayudar a un amigo —digo bajando la vista a las lazadas deshilachadas. Solo quiero salir... al encuentro de Sam.

—¿Y qué significa eso con exactitud?

Esto va a ser bastante peor que el interrogatorio de mamá. Mi padre tiene problemas de memoria cuando no está en la sala del tribunal. Se olvida de que no todos formamos parte de un caso que él intente defender ante un juez y un jurado.

—Un amigo me ha propuesto llevarme a trabajar hoy con él, quiere que le eche una mano.

Alzando la vista, suplico con los ojos que me permita marcharme sin más. De todos modos, papá siempre tiene que salirse con la suya, así que no me sorprende verle cruzar los brazos sobre el pecho y dar otro paso hacia mí.

—Hoy me toca ordenar cosas en el despacho para hacer sitio a la nueva persona en prácticas. ¿Por qué no vienes a ayudarme?

—Papá, no puedo, ya me he comprometido a hacer otra cosa.

Asiente y sonríe un poco. Lo hace en raras ocasiones.

—Siempre has sabido cumplir tu palabra. Supongo que tengo que respetarlo.

Cuando está a punto de irse andando, un motor familiar, extremadamente ruidoso, resuena en el camino de entrada. Papá se acerca a la ventana de la cocina y entonces vuelve a mirarme con las mejillas muy coloradas.

—¿Qué demonios estás haciendo, Rachel?

Me estremezco, preguntándome por qué las cosas no pueden resultar fáciles ni un solo día. ¿Por qué no puedo tener un día de tregua sin una sola preocupación? Supongo que no es posible dar un paso sin que surjan problemas.

—Solo es un amigo.

—Estoy seguro de que puedes encontrar mejores candidatos para salir que el chico de Shea.

—No hay ningún problema con Sam. De hecho, es la única persona que no me trata como si fuera un virus.

—¡Nadie te trata como un virus, Rachel! —dice alzando la voz y levantando los brazos en el aire—. Solo nos preocupamos por ti.

Me levanto y miro por la ventana mientras Sam abre la portezuela del coche y empieza a andar por la estrecha acera. Esto no va a acabar bien.

Como no respondo, papá vuelve a echarme el sermón. Hago cuanto puedo por escuchar, por oír lo que está diciendo exactamente, pero estoy demasiado absorta pensando en lo que va a pasar cuando mi padre y Sam se enfrenten.

—Cuando tomas decisiones, debes tener tu futuro en mente. Sé que crees que me preocupa demasiado lo que piensa la gente, pero si vives en una ciudad tan pequeña como esta, a veces es lo único que importa.

—¿Y te importaría decirme qué hizo Sam para acabar en la lista de indeseables de esta ciudad? Porque creo que yo no me he enterado.

Papá abre la boca pero le interrumpe la llamada en la puerta de entrada. Medio esperando que se dé la vuelta e intente adelantarse, me sorprende pasando a mi lado y saliendo por la puerta posterior. Es lo último que esperaba de él; nunca retrocede en una pelea.

Respiro hondo y cojo los bollos de la encimera antes de dirigirme hacia la entrada, abriendo justo cuando Sam está a punto de volver a llamar.

—Ey —dice mirándome con cautela—. ¿Estás bien?

—Una pequeña charla matinal con mi padre. Ya sabes lo que es eso —respondo, esperando a que dé un paso atrás para permitirme cerrar la puerta detrás de mí.

En cuanto lo hace, bajo los escalones tan rápido como puedo. Debemos largarnos de aquí antes de que alguien más me avinagre la mañana... Lo que empeoraría aún más este arranque del día sería que mi madre apareciera por la puerta para rematar lo que ha empezado papá.

Mientras rodeo con los dedos la manilla de la portezuela, Sam apoya una mano en la parte superior del coche para detenerme.

—El único motivo de llevarte hoy al taller es que te diviertas un poco. Por lo tanto, lo que te haya sucedido aquí, sea lo que sea..., déjalo en casa.

—En cuanto lleguemos estaré bien. Solo necesito encontrarme en otro sitio.

Retira la mano del coche y sigue con el dorso del dedo el contorno de mi mandíbula.

—¿Qué te ha dicho para ponerte así?

—Dejemos el tema de momento.

Seguramente no le sorprendería saber que no es santo de la devoción de mi padre, pero hay algo en admitirlo que no me parece apropiado.

—Tenía que ver conmigo, ¿verdad? —pregunta ladeando la cabeza.

—Tal vez —respondo con calma, bajando la vista a sus botas de trabajo marrones.

Todavía me acaricia la mejilla. Es tranquilizador, pero me distrae. Quiero que pare, pero no lo hace.

Empujando con el dedo mi barbilla, atrae mi mirada hasta sus brillantes ojos marrones.

—Bien, ¿qué ha dicho?

Tragando saliva, hago lo que puedo por encontrar algo de sinceridad edulcorada en mi interior. Aunque Sam lo ha oído una y otra vez desde que se trasladó a esta ciudad años atrás, detesto que las palabras tengan que salir de mi boca.

—No debería andar por ahí con el chico de Shea.

Para mi sorpresa, tuerce los labios con una sonrisa.

—Seguramente tendrías que decir a tu padre que ya no soy un chico.

No puedo evitar sonreír tras su comentario.

—Creo que cualquiera con menos de treinta años es un chico para él.

—Así que casi me faltan siete años para la edad adulta, ¿ajá?

Se ríe tomando mis mejillas entre sus manos. Le miro a los ojos, incapaz de mirar a ningún otro sitio. Su sonrisa se desvanece. Se me acelera el corazón. Su aliento susurra contra mis labios. Sería tan fácil estar con él... Lo noto cuando me toca, cuando me mira. Pero no estoy lista, así de sencillo. Tal vez no lo esté nunca.

Rodeándole las muñecas, le aparto las manos de mi rostro. Es algo más que este contacto lo que quiero evitar.

—¿Podemos salir de aquí? Intento librarme del mismo sermón por parte de mi madre.

Estira la mano hacia arriba como si fuera a tocarme de nuevo, pero la retira deprisa, sonriendo. Es demasiado para mí, y creo que lo sabe.

—Vámonos antes de que mamá te pille con el chico malo de la ciudad.

Empieza a andar hacia atrás hacia la parte delantera del coche y lo único que puedo hacer yo es observar, preguntándome qué acaba de pasar. Tal vez sea mi cansada y gastada imaginación jugándome malas pasadas. Esa línea divisoria entre realidad y ficción vuelve a estar demasiado borrosa. Sucede a menudo últimamente.

Cuando Sam llega a la puerta del conductor, yo abro la mía y entro. Sam solo ha tardado cinco minutos en alterar mi ánimo, llevándome del disgusto a la felicidad y a la confusión. Necesito una distracción de este estado mental tan liado.

—Así, ¿qué vamos a hacer hoy? —pregunto mientras me pongo el cinturón.

—Bien, creo que vamos a hacer un baúl gigante para juguetes. ¿Crees que podrás con eso?

—En el instituto casi saqué sobresaliente en todo. Mientras tenga un buen profesor, no hay nada imposible.

Se ríe, con esa clase de risa profunda y gutural que destila sinceridad.

—Pues he oído que es bastante bueno —replica.

Alzo la tapa del táper y la fragancia de los bollos recién hechos inunda el viejo Camaro.

—Quería dar una buena impresión a mi nuevo jefe, o sea que le he traído almuerzo. ¿Crees que le gustan los arándanos?

—Mmm. He oído decir que sí.

Sonríe mirándome de soslayo cuando nos metemos por el camino de entrada a su casa.

Mientras continuamos por el largo camino de gravilla, advierto lo poco que ha cambiado el lugar desde la última vez que estuve aquí. Una vieja y pequeña granja ocupa un extremo de la propiedad, y un gran taller el otro lado. No hay nada llamativo en el local, algo que en mi opinión no refleja suficientemente el éxito del señor Shea: era conocido en la ciudad por sus preciosos armarios y otros muebles. Mi madre era una de sus mejores clientas, y aún compra cosas a Sam de vez en cuando. De hecho, la mesa en la que cena mi familia cada noche la hizo a mano su padre hace pocos años.

Aparca el coche junto a la puerta y para el motor. Me cuesta creerlo, pero desde que conozco a Sam nunca he estado en el taller. Cuando éramos más jóvenes, su padre no quería vernos cerca porque le asustaba que nos lastimáramos. Luego, a medida que nos hacíamos mayores, simplemente perdimos el interés. Estaban los campos y nada más importaba.

—¿Lista para ponerte manos a la obra?

—Soy toda tuya.

En el segundo en que las palabras se escapan entre mis labios, su sonrisa titubea. Mantiene los labios separados mientras baja los ojos a mi boca y vuelve a subirlos.

—Vigila lo que dices. No hagas promesas que no puedes cumplir —replica.

Sus ojos aguantan mi mirada durante varios segundos antes de salir del coche.

Mi mente se ve inundada por pensamientos sobre lo sucedido antes, pero los aparto y me apresuro a alcanzarle.

—Me refería al trabajo, Shea.

Se para en seco, y como resultado el táper con los bollos le da en la espalda. Todos los músculos de su cuerpo están tensos, tanto que ni siquiera necesito tocarle para saberlo.

—Lo que he dicho no tiene nada que ver con trabajo, y pienso que ambos lo sabemos.

Dejo que las palabras calen mientras entramos. Antes de que Cory y yo empezáramos a salir, Sam me gustaba más que un simple amigo, pero siempre pensé que yo era demasiado joven. Y luego está aquel día en que podría haberme besado pero no lo hizo. Conozco a Sam, y si quiere algo, lo coge. Creí que no me deseaba, que no sentía lo mismo que yo. Además, sé que tiene citas de vez en cuando, pero nunca ha salido con alguien el tiempo suficiente como para tener una relación que yo sepa. En el instituto, era lo único que yo quería. Quería sentir amor, lo que entonces creía que era un sentimiento profundo y eufórico..., pero ahora sé que la mayoría de cosas que van acompañadas de una sensación de euforia también van acompañadas de riesgo.

Suceda lo que suceda, nunca lamentaré haberme enamorado de Cory, pero hubo ocasiones en que me pregunté qué sería de Sam. ¿Estaba saliendo con alguien? ¿Era feliz? Esos pensamientos se desvanecían de inmediato cada vez que Cory entraba en la habitación. Pero ahora que se ha ido, tengo mis dudas sobre lo que podría haber pasado.

E, igual que con todo lo demás, no tengo derecho a pensar siquiera en estas cosas.

12

—¿Estás segura de que no quieres que te lleve a casa? —pregunta Sam después de haber puesto la última escuadra al enorme baúl para juguetes que le han encargado los Burton. Hemos estado tan ocupados serrando y lijando que ninguno de los dos ha hablado mucho esta mañana. Ha sido agradable... estar con él, tal cual.

—Estoy bien a menos que te quieras librar de mí. La caja va a necesitar algún acabado antes de entregarla, ¿verdad?

Pasa el dedo por la tapa, repasando algunas imperfecciones por segunda vez.

—No está tan mal tenerte por aquí —bromea—, pero deja que te prepare algo para almorzar antes de que pasemos a la segunda fase. Estás demasiado flaca.

—¿Has dicho *preparar*?

—Sí, tengo un pequeño apartamento arriba, y hago unos bocatas de la muerte.

Me río mientras me levanto para estirar los brazos por encima de la cabeza.

—Vamos entonces. Si no me gusta cómo cocinas, me comeré el último bollo.

—No creo que tengas ocasión, porque ya hace una hora que me lo zampé —dice levantándose para coger el táper del suelo—. Mira.

Sacudiendo la cabeza, le sigo hasta la parte posterior y espero a que abra la cerradura de la puerta. Aparece una empinada escalera, pero le sigo como un acosador a su presa, ansiosa por ver cómo es el apartamento de Sam Shea. Hay algo muy personal en el hecho de entrar en su casa, sobre todo con este zumbido constante de electricidad entre nosotros. Después de la manera en que nos hemos mirado en mi casa y con lo que ha dicho al salir del coche, he estado alerta en todo momento. Cuando habla, escucho el significado oculto de las palabras. Cuando me mira, estudio sus ojos como si contuvieran un código secreto. No estoy preparada aún para algo parecido a una relación, hay algo que no me parece correcto.

Eso no quiere decir que no piense en ello... Ya pensé en ello hace años, antes siquiera de saber que Cory existía. Es obvio que la idea me ha pasado por la cabeza alguna vez últimamente con tantas miradas y contactos. Cuesta distinguir si lo que siento son restos de pensamientos o el principio de algo nuevo. Tal vez la cabeza me traiciona ahora mientras subo al apartamento de un tío. Una energía nerviosa recorre cada centímetro de mi cuerpo, casi como para desear olvidar el almuerzo y bajar corriendo la estrecha escalera. Pero mi parte racional grita con fuerza: hace más de once años que eres amiga de este tío, y esta chorrada asustadiza es ridícula. Confío en Sam, nunca me haría daño.

En lo alto de las escaleras hay otra puerta, que él abre con facilidad, y que da acceso a un apartamento tipo estudio. Una medianera separa la cama del resto de la sala de estar, y en el otro extremo, frente a la puerta, hay una pequeña cocina americana. No es mucho, pero el suelo de cemento pintado proporciona un diseño moderno, y las grandes ventanas le dan un aire diáfano y espacioso. Todo el lugar me recuerda a Sam.

—¿Qué te parece? —pregunta observando mi reacción con atención.

—Me gusta. Es como tú: contemporáneo y simple a la vez.

—¿Me estás llamando hombre simple?

Encojo los hombros, andando hacia la zona de la cocina.

—No, solo que no eres un tío ostentoso —respondo deteniéndome para pasar la mano por la encimera metálica, apreciando su frialdad con la punta de los dedos—. Pensaba que solo los restaurantes tenían de estas.

—A la mayoría de la gente no le gusta cómo queda —dice colocándose al otro lado de la encimera.

—A mí, sí. Es diferente.

Al levantar la vista, le pillo mirándome como si yo fuera la escena de la película en que todo cambia. La escena con introducción musical de suspense, que te mantiene sin aliento hasta la gran revelación. Es solo Sam, el tío que conozco desde hace años, pero hay algo diferente en esta versión de él. Ni siquiera he advertido cómo acerca la mano hasta rozarme la mejilla con los dedos, que luego introduce en mi cabello.

Mi primer instinto es escapar, alejarme lo suficiente de su contacto y quedar fuera de su alcance, pero rodea mi nuca con los dedos reteniéndome ahí.

—Tienes una astilla en el pelo.

Aunque yo podría retroceder, su mirada me inmoviliza como un cinturón abrochado en el último agujero. Me arrastra hasta algo de lo que es imposible escapar.

—Rachel —suspira reduciendo la distancia entre nosotros.

El espacio que nos rodea está silencioso. Mi mente ya no es capaz de pensar con claridad, la intensidad de lo que ha sucedido esta mañana se multiplica ahora por diez. No tengo el control cuando aparta sus ojos de los míos, descendiendo la mirada a mis labios.

Y luego, lo veo todo más claro. Se esfuma un motivo de pánico para dar paso a otro, y yo me vuelvo, asustada y avergonzada por lo que casi ha sucedido. La vida nos brinda momentos para perdernos, pero no me siento preparada aún. Por muchas veces que haya pensado en ello en el pasado, no estoy lista. No solo eso, no me lo merezco. Cory ahora no puede tener algo así. Su corazón nunca volverá a acelerarse por el simple hecho de que alguien te mire a los ojos..., no latirá siquiera.

Sam me agarra por el hombro y me da la vuelta.

—Rachel, sé que lo has sentido esta mañana —susurra.

Sus ojos ansían con desesperación lo que yo no puedo darle. Me afecta todo demasiado, este poderoso cóctel de lástima y sufrimiento.

—¿Sentir el qué?

Trago con dificultad, pues sé con exactitud qué va a decir.

—Nosotros. No estamos hechos para ser solo amigos.

Retrocedo un paso.

Él da un paso hacia mí.

—No digas... —digo negando con la cabeza.

—¿El qué?

Se acerca un poco más. Otro paso y nuestros pies se tocarán.

—Cosas así —respondo agitando los brazos en el aire.

Deja caer los hombros, derrotado. Sam no suele perder demasiadas batallas, pero esta no la va a ganar. No voy a permitírselo.

—Es la verdad, pero te asusta demasiado admitirlo —dice finalmente.

Tiene razón, pero también se equivoca. Ya ni sé la diferencia.

—Creo que debería irme a casa —digo cerrando los ojos para no romper a llorar.

—Quédate —suplica.

—No puedo. Lo que acaba de suceder..., no puedo —susurro.

—No lo lamento. Me perdí en ti un minuto, y lo haría de nuevo.

Una lágrima se cuela entre mis pestañas, soy incapaz de detenerla. Por lo visto, no puedo detener a Sam.

—Te mereces alguien en quien perderte. Solo que no puedo ser yo.

—Tal vez seas la única persona en la que he querido perderme alguna vez.

Empiezo a andar hacia la puerta secándome las lágrimas.

—No, por favor, no —digo.

—Es verdad, Rachel. Cada vez que he intentado estar con otra persona, la comparo contigo. No debería hacerlo, pero cuando sabes que existe la perfección es duro contentarte con otra cosa.

Me doy media vuelta para dejar que contemple lo que está haciendo. Cuando el dolor se acerca tanto a la superficie, no cuesta mucho sacarlo de nuevo a la luz.

—No soy perfecta, ni nada que se le aproxime.

Él da un paso más.

—Pero para mí eres perfecta. Eso es lo único que importa.

—¿Por qué me haces esto ahora?

Estudia mis rasgos con una mueca en el rostro, en busca de una pista que le ayude a decir algo.

—He hecho lo posible para contenerme durante los últimos meses. Años, de hecho. Hoy no me contenía nada, no después de ver antes esa mirada en tus ojos.

Las palabras me fallan pocas veces, pero nada parece irme bien hoy.

—Debo volver a casa.

Sacude la cabeza y se queda mirándome con sus tristes ojos marrones.

—Por favor, quédate. Sé que no estás lista, y prometo dar marcha atrás, pero quiero que te quedes.

—No puedo hacerlo, ahora no.

¿Por qué no quiere escucharme?

Alzo la vista al techo, pestañeando para contener las lágrimas. Sam y yo podríamos haber sido algo... en otro tiempo. Tal vez hubiéramos podido llevar una vida diferente... y eso es lo que lo hace todo tan duro.

—Por favor, solo llévame a casa.

Cuando mis ojos reparan en él una vez más, me está suplicando. No cedo. No voy a hacerlo.

—Conforme —dice frotándose la nuca.

Empiezo a descender por las escaleras y él me sigue de cerca. No puedo verle, pero oigo sus botas golpeando el metal, con un sonido más pesado que al subir. Ojalá las cosas no tuvieran que ser así. Ojalá hubiera preparado el almuerzo como planeaba. ¿Por qué todo se tuerce siempre?

Cuando agarro con la mano el pomo al final de las escaleras, me rodea el codo con los dedos, reteniéndome.

—No tienes por qué irte.

—Sí, mejor me voy.

Me suelta, permitiéndome salir por la puerta. Me he despertado con esperanza esta mañana, pero no fue más que un breve vislumbre antes de que la realidad golpeara de nuevo.

No me detengo hasta que estoy en el exterior y me meto en el viejo Camaro. Una parte de mí quiere decir a Sam que no pasa nada, que sé que no había mala intención en lo sucedido arriba. Lo único es que el momento que ha escogido no podía ser peor. Si pudiera encontrar una goma de borrar mágica para eliminar algo del pasado, tal vez las cosas fueran diferentes entre nosotros. Sam Shea es uno de esos tíos que te cautivan para siempre. De esos que te gustan un poco más a cada minuto que pasas con él. La clase de tío que te abre el corazón poco a poco y se cuela dentro sin que puedas percatarte de lo que está sucediendo. Es el tío capaz de lograrlo todo, pero nunca podrá ser mi chico para la eternidad.

La puerta del conductor se abre y Sam ocupa al asiento. Echo una ojeada con vacilación, esperando que al menos me dirija una mirada, pero concentra la atención en el salpicadero. Veo su mentón tan tenso que puedo apreciar los diminutos músculos palpitando. Me he convertido en una ficha de dominó..., la primera en una fila de muchas. Caigo y me llevo a todo el mundo conmigo.

Incapaz de seguir observándole, miro por la ventanilla. No hay nada ahí fuera aparte de campos y pastos. Hierba verde, uniforme, inclinada en la dirección del viento... Ojalá mi vida fuera tan simple. Tan simple como las llanuras de Iowa.

Solo llevamos unos minutos de trayecto, pero parecen horas dadas las circunstancias. Aparte del sonido del motor, todo está tranquilo. Ni una canción. Ni una palabra. Pero bien podría ser el trayecto más largo de mi vida.

En el segundo en que el coche se detiene ante mi casa, me suelto el cinturón para coger la manilla de la portezuela.

—Espera —dice Sam, reteniéndome en el interior del coche otra vez.

Solo puedo mirar, ya no me quedan palabras hoy.

—No quiero que esto cambie las cosas entre nosotros.

Se pasa la mano por el pelo, estirándoselo por las puntas.

—Justo acabo de recuperarte, Rachel —añade.

—Es demasiado tarde para eso —suspiro, esforzándome por recuperar el control—. Necesito unos días para aclararme las ideas. Te llamaré cuando esté lista para hablar.

Sin más palabras ni miradas, me vuelvo y salgo. Tiene que ser así; Sam me debilita, y no tengo fuerzas para luchar ahora.

Me deja ir. No creo que haya renunciado a mí, al menos confío en que no sea así.

Dios debe saber que necesito una tregua, porque consigo llegar a mi habitación sin toparme con mi madre. Eso no quiere decir que no vaya a subir en cualquier minuto con un millón de preguntas, pero me concede tiempo para respirar.

Tras unos días evitando a Sam, me percato de cómo me alegraba él la vida desde la muerte de Cory.

Desde la última tarde con él, he permanecido en casa, enfurruñada e intentando evitar a mis padres. No es que sea difícil con mi padre, pero mamá ha intentado llevarme a rastras de compras e incluso al cine. Por suerte, aún recuerdo alguno de los trucos del instituto y he sido capaz de fingir un virus estomacal para librarme. Aunque por un lado me he sentido culpable, también soy consciente de lo cansada que estoy de ponerme una máscara de normalidad. Nunca ha funcionado conmigo.

Mi móvil vibra en el bolso, pero vacilo antes de responder. Sam no ha intentado ponerse en contacto conmigo, aunque sé que eso no va a durar demasiado tiempo. No es Sam el que huye, soy yo.

Cuando lo saco y leo el nombre en la pantalla, veo que no es ninguna llamada que espere.

—Hola —respondo.

—Ey, ¿qué tal estás? —pregunta Kate con voz suave y tranquilizadora.

—Me encuentro mejor. ¿Cómo estás tú?

—Ha sido una pregunta estúpida, ¿verdad? —me dice.

Percibo que se está mordisqueando el labio inferior. Es algo que hace a menudo.

—Yo habría preguntado lo mismo. No te preocupes por eso.

—Sí, debería haberlo pensado mejor de todos modos.

Puedo oírla respirar al otro lado, es el único sonido que interrumpe el silencio.

—Lamento no haber llamado antes. Tengo un verano ajetreado de verdad, pero sé que no es ninguna excusa.

—No hace falta que te disculpes. No soy una compañía muy divertida últimamente.

Sam podría corroborarlo... He estado subiendo y bajando sin parar como un puñetero yoyó. Animada. Triste. Animada. Triste.

Ella vacila, pero luego pregunta:

—¿Cómo te sientes? Quiero decir, tu estado de ánimo.

—Lo llevo bien la mayor parte del tiempo. Casi me he recuperado al cien por cien físicamente, pero no recuerdo nada de esa noche. Ni siquiera sé si quiero recordar.

—Será duro durante una temporada, pero luego parecerá más fácil. Lo prometo. Sé que te ayudaría entender lo que pasó, pero necesitas contar con un plan en caso de que eso no llegue a suceder nunca.

Si un desconocido me dijera eso me cabrearía, pero entiendo lo que Kate me está explicando, y además tiene toda la razón. Esa ha sido la parte más difícil: no saber por qué hice lo que hice. ¿Por qué me puse al volante después de haber bebido? ¿Por qué me lo permitió Cory? Pero, con toda franqueza, tal vez nunca lo sepa.

—Sé que las cosas mejorarán, pero llevará cierto tiempo —digo con calma, mientras mi mente se pierde en los «y si». La tierra de los «y si» resulta de lo más deprimente estos días.

—El tiempo es tu mejor aliado. No olvides eso.

Kate debería saberlo bien después de haber perdido a su novio, Asher, el año pasado. Es una persona asombrosa, un testimonio vivo de que a veces superar el dolor nos hace más fuertes.

—Intento no olvidarlo.

—Mira, me preguntaba si puedo venir a visitarte el sábado. Te echo de menos, y estoy segura de que te irá bien pasar un rato con una amiga.

La idea de ver a Kate casi me hace llorar. Sé que algunas de mis antiguas amigas han vuelto a la ciudad para pasar las vacaciones, pero ninguna se ha esforzado por verme. Ni siquiera Madison, aparte de aquel día en el hospital.

Lo más probable es que estén enfadadas conmigo. Es probable que se hayan enfadado para siempre.

—Eso sería genial —digo intentando que mi voz suene lo más normal posible.

—De acuerdo, pasaré por ahí hacia las diez para recogerte. ¿Qué quieres hacer?

—¿Ir a nadar?

—Eso suena fabuloso, porque creo que mañana va a hacer más de treinta grados. ¿Puedes enviarme tu dirección en un mensaje? Creo que estás a unas dos horas conduciendo desde casa, pero necesito saber a dónde ir a buscarte.

—Lo haré en cuanto colguemos.

—Genial. Me hace ilusión verte.

—A mí también. Hablamos entonces —digo apretando el teléfono con fuerza entre los dedos.

—Sí, hablamos —dice justo antes de colgar.

Cada vez que pienso que el sol no volverá a salir, brilla a través de las nubes, concediéndome un pequeño rayo de esperanza.

13

11 de agosto de 2013

Lamentablemente, esta es la primera vez que me pongo bañador en todo el verano. La parte superior me va un poco más floja de lo deseable pues mi cuerpo se ha adelgazado más de lo habitual, pero tras ajustar los cordones varias veces queda bien. Me pongo unos *shorts* cortados y gastados y una camiseta blanca sin mangas antes de recogerme el pelo en una cola de caballo.

Por segunda vez esta semana algo me tiene ilusionada, y no encuentro motivos para que vaya a acabar mal como la primera. Papá ha salido hace un par de horas, he oído su coche cogiendo velocidad por el camino de grava. Mamá está en casa, pero se ha mostrado soportable en los últimos días. Creo que se ha cansado de hacer de niñera y ha decidido darme tiempo para aclararme las ideas entre la niebla que me tiene ofuscada. Tenemos un tipo de relación que nunca me ha hecho sentir que podía abrirme y sincerarme con ella. Me he convencido de que prefiere que le cuente solo aquello que la llene de orgullo o represente algo de lo que alardear ante sus amigas. Tal vez solo sean imaginaciones mías, pero mi madre nunca ha hecho nada por contradecir esta idea.

Cojo la bolsa playera de encima de la cama y bajo las escaleras para preparar algo de comer antes de que llegue Kate. El lago al que quiero ir se encuentra en medio de la nada, así que mi plan es llevar un almuerzo ligero para comerlo ambas más tarde. Últimamente no me apetece demasiado comer, pero debo tenerla en cuenta a ella también.

Mientras saco la tostadora del armario, suena el timbre. Dirijo una mirada al reloj y advierto que solo son las nueve y media. Tras limpiarme las manos en la toalla, salgo de la cocina y veo a Kate a través de la ventana de la entrada.

Acelero el paso, ilusionada de verla por primera vez en unos meses. Cuando abro la puerta, me da un fuerte abrazo.

—Qué alegría verte —dice estrujándome un poco más.

—A mí también me alegra —respondo rodeándola por la cintura.

Tras varios segundos, me suelta. Dedica más tiempo de lo habitual a inspeccionarme, pero no tarda mucho en aparecer su habitual y cálida sonrisa. Aparte de haber adelgazado algún kilo, estoy igual que hace unos meses.

—Te veo bien—comenta.

—Hay días en que no me siento tan bien, pero me recuperaré. ¿Qué tal el viaje?

—Ha sido relajante, de hecho... Solo yo y Lifehouse.

Le cambia la sonrisa, una capa de tristeza la ensombrece. Me había comentado tiempo atrás que era el grupo favorito de Asher. Lo escuchaban a todas horas antes de su muerte. La música puede ser la llave para acceder a muchos recuerdos, buenos y malos.

—¿Estás lista?

—De hecho, ahora mismo estaba preparando algo para almorzar. Este lago digamos que está en medio de la nada.

—Todo el estado está en medio de la nada más bien —responde, echando una ojeada a nuestra recargada casa.

No es una de esas viviendas donde te encuentras cómoda nada más entrar. La mayoría de gente tiene la impresión de que no puede sentarse siquiera y acaba haciendo exactamente lo mismo que Kate ahora: mirar sobrecogida por esta entrada digna de museo. Es una mezcla de muebles caros bien tapizados y antigüedades en perfecto estado, todo impecablemente limpio.

—Ven a la cocina. Voy a acabar de preparar el almuerzo y así podremos irnos.

Asiente inspeccionando una vez más la estancia mientras da unos pasitos para seguirme.

—Qué casa tan bonita.

Me encojo de hombros mientras observo la cocina, tan limpia que podrías comer en cualquier superficie.

—No es mi estilo en realidad, pero mi madre le pone mucho empeño. Tiene que estar arreglada por si alguien nos visita.

—La casa donde crecí sin duda resultaba más acogedora.

Mientras acabo de meter las cosas en la pequeña nevera, Kate se apoya en la isla central y me informa de su verano con Beau. Resulta obvio mientras habla que se está conteniendo, temerosa de que su felicidad me provoque más tristeza. Oír las cosas divertidas que han hecho me hace pensar en Cory y en todo lo que estaríamos haciendo ahora mismo. Nadar. Salir en el barco de sus padres por el lago. Hogueras con amigos. Incluso cosas sencillas, como cogerle de la mano o inspirar su fragancia. Lo echo todo de menos.

—¿Lista? —pregunta.

—Desde luego que sí.

De camino al lago, bajamos las ventanillas del coche de Kate y dejamos que el viento enrede nuestras coletas perfectas. Todo es sencillo con Kate pues compartimos muchos intereses, dos chicas a las que nos gusta la simplicidad, que vivimos por lo que amamos en la vida.

—¿Y qué has estado haciendo? Dijiste que ya te sentías mejor —pregunta Kate mientras conduce.

Sujeta el volante con firmeza, con las manos en la posición correcta. Apenas aparta la vista un segundo de la carretera para valorar mi reacción.

—No he hecho casi nada hasta hace pocas semanas. Suelo quedar con una vieja amistad cuando tengo ganas de salir.

El pulso se me acelera solo de pensar en Sam y lo sucedido la última vez que quedamos. Aún veo la mirada en su rostro, el dolor en sus ojos. Si yo fuera una chica más fuerte, lo habría llamado ahora. Pero aún no puedo hacerlo.

—¿Sí? ¿Esa Madison de la que siempre hablas?

Niego con la cabeza, mirando nerviosa por la ventanilla del pasajero. Nunca le he hablado a ella de Sam, pero si hay alguien que pueda entenderme, esa es Kate.

—Se llama Sam. Somos amigos desde que yo tenía ocho años.

Cuando pienso en lo que un buen amigo debería ser, eso es Sam. Es más que un amigo cualquiera. Es la persona a la que cuento más cosas, con la que quiero pasar más tiempo.

Kate abre mucho los ojos, pero se recupera enseguida, concentrándose de nuevo en la carretera.

—Nunca antes lo habías mencionado.

—Perdimos el contacto durante un tiempo. Aparte de ti, es la última persona que me ha visitado en realidad.

—Es curioso que tenga que suceder algo malo para saber con quién puedes contar. Llegados a situaciones así, los verdaderos amigos son tan escasos como el amor verdadero —comenta.

—¿Crees que es posible encontrar el amor verdadero y la amistad verdadera en la misma persona?

Se vuelve para mirarme abriendo la boca, pero la cierra a continuación.

—Beau es así. A veces las amistades verdaderas se convierten en los mejores amores verdaderos.

Tiene razón. Con la amistad verdadera viene la confianza, y la confianza facilita entregar tu corazón... con la seguridad de que la persona que lo recibe no va a romperlo.

—¿Cuánto tardaste en empezar a salir con Beau tras la muerte de Asher?

—Mmm, pasaron siete u ocho meses. Si no hubiera sido Beau, no habría sido capaz de dar el paso tan pronto, pero hacía mucho tiempo que sentía algo por él. Resultó fácil porque era lo que quería mi corazón.

Le indico que siga hacia el norte por la larga pista de tierra que lleva hasta el lago que frecuento cuando no tengo ganas de encontrar antiguos compañeros del instituto.

Una vez está en el camino correcto, me animo a preguntarle lo que me intriga de verdad:

—¿Cómo sabías que era el momento adecuado para dar el paso?

Sin avisar, detiene el coche a un lado del camino y lo deja aparcado. Vuelve todo su cuerpo hacia mí y me mira como si fuera a contarme lo más importante que voy a oír en la vida.

—Pienso que mi corazón lo sabía antes de que mi cabeza se convenciera. Mi situación era diferente de todos modos. Sabía que la muerte estaba próxima, y para cuando llegó ya había pasado por varias etapas de dolor. Tuve tiempo de procesarlo mucho antes de que la muerte se hiciera realidad. No estoy diciendo que tú vayas a tardar más; creo que todo depende de cuánto se llevó Cory de ti. ¿Cuánto tendrás que recuperar para poder sentirte entera de nuevo antes de entregar una parte de ti misma a otra persona?

Suelto el aire que he contenido durante todo el rato que ha hablado y aparto la vista para intentar escapar a su mirada comprensiva. Juro que nació con una habilidad especial para interpretar la mente de la gente. A veces creo que sabe lo que estoy pensando antes de que yo lo diga.

—Siento algo por él. Algo que ya sentía antes de empezar a salir con Cory. Cosas que luego sentí estando con Cory... Es muy confuso, y por si no me sintiera bastante culpable por lo que pasó, esto lo empeora. Cuando quiero acercarme a él, cuando mi corazón se acelera por él, solo se me ocurre pensar que si Cory siguiera aquí todo esto ni siquiera sucedería.

—Si Asher siguiera aquí, es probable que no estuviera con Beau. Y si Asher no hubiera enfermado, es probable que no hubiera venido a Carrington. Si me paro a pensar en ello, no estaría con Beau si no fuera por Asher. Me salvó.

—¿Qué quieres decir?

Oigo todo lo que está diciendo, pero no estoy segura de lo que significa para mí.

—Deja de pensar en «y-si», y vive con lo que tienes. Si estás lista para dar el paso hoy mismo, pues adelante, ¡cómo no! Pero no permitas que te guíe otra cosa que no sea lo que sientes aquí —dice poniéndose la mano en el corazón.

Me apoyo en el reposacabezas y dejo que sus palabras calen en mí. Solo porque crea que Sam pueda ser el tío con quien quiero dar el paso, no significa que deba suceder ahora. Si las cosas que él me ha dicho son ciertas, esperará... Ya ha esperado.

—Gracias —digo, con lágrimas en los ojos.

—Estoy aquí para lo que sea, cuando quieras.

Sin vacilar, la acerco a mí para darle un abrazo. Me ha ofrecido la imagen del futuro más clara que he tenido en mucho tiempo. Tal vez no esté del todo definida aún, pero decididamente me estoy acercando. Hay mucha vida que vivir a lo largo del camino.

Desde que Kate se fue ayer me he dedicado solo a pensar en qué se supone que voy a hacer con el resto de mi vida. La charla que mantuvimos de camino al lago me abrió los ojos como no había sucedido en meses. Nuestras situaciones no son exactamente iguales, pero de todos modos ella me entiende mejor que nadie. Una tarde con Kate era justo lo que necesitaba, y para cuando me dejó en casa por la noche me sentía más decidida a aclarar por qué estoy aún aquí. Sobreviví al accidente por algún motivo, pero no fue para quedarme aquí sin hacer absolutamente nada.

Hubo un momento en que tenía toda la vida planificada, un camino desde el nacimiento hasta el día de la muerte. Sucedió algo que lo inundó y volvió imposible mantener el rumbo. Supongo que es lo que pasa cuando las cosas son demasiado perfectas. De hecho, cuanto más lo considero, menos perfecto parece. Empieza a parecer una fachada de perfección.

Esta noche solo quiero olvidar mi loca vida y escapar al prado para observar luciérnagas y contemplar el cielo nocturno. Son dos cosas que me hacen pensar en los momentos más felices y olvidar todo lo demás.

Cojo la vieja manta de franela del armario y salgo al exterior, cerrando la puerta con cuidado para no despertar a mis padres. He pensado en buscarme un sitio para vivir dado que no voy a volver a la universidad este semestre, pero para eso necesitaría un trabajo. No sé si aún estoy en condiciones de trabajar.

Mis chancletas resuenan con un sonido rítmico mientras cruzo nuestra propiedad en dirección a los campos, con la hierba rozándome los pies. El aire huele a los caballos que cría el vecino, mezclado con hierba recién cortada. Seguramente sea la mejor combinación posible.

Encuentro mi sitio habitual, donde la alta hierba impide que me vean, y extiendo la manta. En el minuto en que me acomodo sentada, me saco las sandalias de un puntapié y me rodeo las piernas con los brazos. Esta noche sopla una leve brisa, que levanta mi larga melena rubia por la espalda. Cuando los grillos inician su canto, me tumbo y cierro los ojos. Inspiro, conteniendo la respiración cinco segundos antes de volver a exhalar despacio. Lo repito una y otra vez, hasta que me inunda tal calma que podría quedarme dormida fácilmente. En estos momentos es cuando consigo conocerme a mí misma. A menudo pienso que nos obcecamos en intentar conocer a todo el mundo a nuestro alrededor y nos olvidamos de que tal vez no nos conozcamos lo bastante a nosotros mismos como para intentarlo con alguien más. Me he esforzado mucho en este aspecto, porque pienso que es la única manera de reescribir mi propia vida de un modo que me ofrezca algo parecido a la felicidad. Haría cualquier cosa por vislumbrarla de vez en cuando.

Mientras archivo mis pensamientos, el canto del grillo se desvanece, y sé que él está aquí.

Sin abrir los ojos, escucho las pisadas en la hierba aproximándose, cada una un poco más sonora que la anterior. Se me acelera el pulso solo de pensar en tenerlo cerca. Sé lo que él significa para mí, pero intento olvidarlo. Alguien debería haberme advertido de que es imposible olvidar a Sam Shea.

Las pisadas se detienen a mi altura, y percibo cómo se agacha él sobre la manta. Nunca pide permiso.

Aun cuando percibo el calor de su cuerpo a mi lado, mantengo los ojos cerrados. En el instante en que me rodea la mano con los dedos, respiro hondo por la nariz pero sin ofrecer nada más. Su brazo desnudo roza el mío, y noto que me mira. Sus ojos me queman la mejilla.

—He venido aquí cada noche desde el día del taller —dice, tan bajo que requiere toda mi atención.

Cuento con la quietud del aire nocturno para escucharle.

—Te he estado esperando —añade.

—He tenido tiempo para tomar perspectiva de las cosas.

—¿Sí? ¿Y qué te ha mostrado la perspectiva?

Abro los ojos y me vuelvo hacia él. Cuesta distinguir la expresión en su rostro, pero le conozco desde hace tanto tiempo que mi imaginación también sirve.

—Que tengo dos opciones.

Sam espera con paciencia a que yo siga.

—Puedo nadar en esta laguna de pesar durante el resto de mi vida o puedo dar los pasos necesarios para seguir adelante.

—¿Qué has decidido? —pregunta.

Sam Shea, uno de las personas más seguras que he conocido jamás, suena la mar de inseguro en este instante.

—La vida es demasiado corta, y todos nos merecemos una segunda oportunidad.

—Entonces, ¿sigues adelante?

He dedicado horas a pensar en esto la semana pasada, y si se volvieran las tornas y fuera Cory quien aún estuviera aquí, yo querría que fuera feliz. No me gustaría que anduviera cargando con la culpa sobre los hombros.

—No sucederá de la noche a la mañana, pero finalmente encontraré la manera de llevar una vida normal. Me gustas, Sam, pero no sé qué significa eso para nosotros. Quiero decir, no parece correcto actuar en consecuencia justo ahora.

El espacio que nos rodea permanece en silencio, solo el sonido de los grillos llena el aire.

—¿Entonces no dices que no?

—Digo que ahora mismo no. Necesito algo de tiempo para pensar qué quiero y a dónde me llevará. Hasta hace apenas unos meses, creía que lo tenía todo claro. Empezar de nuevo no es fácil.

—Aunque no estemos juntos, no quiero perder lo que tenemos. Las últimas semanas han sido una delicia... No pensaba que volvería a tenerte en mi vida.

Alzo la vista al cielo, intentando encontrar las palabras que hagan entender a Sam que él significa algo más.

—Estoy aquí. La cuestión es que no he decidido todavía qué versión te tocará a ti.

—Aceptaré cualquier versión que pueda tener.

Su mano cálida toma la mía, rozándome el dorso con el pulgar.

Simple. Sin complicaciones. Quiero que mi vida vuelva a ser así.

—Me gustaría dormir aquí bajo las estrellas algún día —anuncio de repente.

—Podemos hacerlo realidad.

—Entonces, ¿vendrás de acampada conmigo, Sam Shea?

Se apoya en el codo mirándome tan solo con la luz de la luna brillando sobre nosotros.

—Iré de acampada. Cielo, incluso compartiré mi saco de dormir contigo..., haré lo que quieras mientras esté contigo.

Sonriendo, me muerdo el labio inferior.

—Diría que me gusta esa idea.

Diría que, sencillamente, me gusta la idea de Sam.

14

15 de septiembre de 2013

Han pasado cuatro meses desde la muerte de Cory. Cada día siento menos tristeza y parece más viable una vuelta a la normalidad. Cory vive dentro de mí y siempre tendrá un pedazo de mi corazón, pero poco a poco tomo conciencia de que no puedo permitir que mi sentimiento de culpa me controle.

Si pudiera recordar todo lo que provocó la tragedia sería más fácil pasar página, pero tal vez eso nunca suceda. Cuanto más tiempo pasa, menos esperanzas tengo de recuperar algún recuerdo de ese día. Voy a tener que sobrellevar las cosas lo mejor que pueda.

Por desgracia, cuanto mejor empiezo a sentirme, más me cuesta soportar la convivencia con mis padres. Antes de irme a la universidad estaba demasiado ocupada con Cory y las cosas normales del instituto, pero ahora advierto lo distantes que los dos están entre ellos y conmigo. Pienso que tienes que sentir una soledad verdadera para reconocer esas cosas. Ya puedes estar rodeado de todas las personas del mundo, que eso no significará que tengas a alguien.

Desde que decidí no retomar las clases este semestre, he mandado solicitudes de trabajo. No hay demasiadas opciones en una ciudad pequeña, y dado que no soy la persona más popular aquí, no está dando resultados. Justo hasta ayer, no obstante, cuando la señorita Peters, propietaria de la única floristería de la ciudad, me llamó para decirme que necesitaba que alguien le ayudara con los repartos de la tarde. No es mucho, y solo cobro el sueldo mínimo, pero hace tiempo que he perdido el derecho a ser exigente.

Me pongo unos bonitos vaqueros y una camiseta negra, recordando que deberé llevar delantal mientras trabajo. Me tomo incluso la molestia de alisarme el pelo y ponerme maquillaje, pues quiero estar arreglada en caso de que tenga que hacer alguna entrega el primer día. Si voy a enfrentarme a la ciudad, tendré que esmerarme en causar la mejor impresión.

Cuando por fin es hora de salir, la duda me consume. ¿Y si no estoy preparada para esto? Durante años me oculté detrás de Cory. No era intencionado, sucedió gradualmente. Él me gustaba tanto que quería tenerle contento. Hacía lo que Cory quisiera, y al cabo de un tiempo sus aficiones acabaron siendo las mías. Veía a sus amigos más que a los míos. Vivía a la sombra de Cory, y ha llegado la hora de salir de ahí.

Cuando entro en la cocina, encuentro a mamá de pie ante el fregadero, aclarando los platos del desayuno. No le entusiasma demasiado la idea de que empiece este trabajo. Creo que me ha dicho más de diez veces que no necesito trabajar, pero esa no es la cuestión.

—¿Quieres comer algo antes de irte? —pregunta limpiándose las manos.

—He desayunado bastante. Me llevaré algún tentempié para más tarde.

Con lo nerviosa que estoy, alguien podría graparme la boca y poco importaría. No podría comer aunque lo intentara, porque me tiene preocupada cómo va a transcurrir la jornada. Nunca antes he tenido un trabajo de verdad.

—¿Seguro que no quieres que te lleve?

—Igual necesito mi coche para los repartos.

Mamá asiente, cruzando los brazos sobre el pecho.

—Lo sé. Solo me preocupo por ti.

Lo difícil con la gente que no siempre es sincera es decidir cuándo lo está siendo. Sé que me quiere. Sé que se desvela por mí, pero aún sigo oyendo en mi cabeza esa vocecita que repite que a mamá le preocupa mucho más la repercusión social..., le preocupa que yo la decepcione otra vez. Detesto incluso pensar de este modo.

Cojo una manzana roja de la fuente en la encimera y una botella de agua fría de la nevera antes de dedicarle una última mirada.

—Intentaré no tener más accidentes.

—No lo he dicho en ese sentido.

—Lo sé —digo en voz baja mientras salgo por la puerta.

El aire es húmedo, y el sol calienta al instante mi camiseta negra. Con suerte, solo quedan un par de semanas más de este clima antes de la llegada del otoño. Me apresuro a llegar hasta el nuevo coche «seguro» que mi padre me compró hace unas semanas. Es blanco, pequeño y fabricado en Estados Unidos. Y el detalle más importante, me lleva de un lugar a otro.

Ocupo el asiento del conductor y sujeto el volante calentado por el sol mientras inspiro hondo varias veces para serenarme. Me agobia conducir. Cada vez que lo hago, noto una diminuta semilla de temor enterrada en mí. Imagino que sería aún peor si recordara algo del accidente.

Una vez hago girar la llave, compruebo que el cinturón esté bien abrochado e inicio poco a poco la marcha por el camino de la casa. Las carreteras rurales me parecen las peores. El límite de velocidad es superior al permitido en la ciudad. El asfalto es estrecho, bordeado de gravilla a ambos lados, y en esta época del año los tractores empiezan a salir y ralentizan el tráfico en carreteras, por lo demás, tranquilas.

Hay solo cuatro kilómetros y medio hasta la ciudad. Ciento ochenta segundos. Menos de una canción en la radio. La primera vez que hice el trayecto, iba en modo ataque de pánico total. Mi psicólogo dijo que lo mejor sería que lo repitiera hasta que lograra rebajar la ansiedad; por lo tanto, realicé el recorrido cada día incluso sin motivo para ello.

Ahora lo llevo bien, aunque lo detesto de todos modos. Doy gracias a Dios por The Civil Wars y los potentes altavoces de esta cosa. Al menos tienen mi mente entretenida.

Hoy, mientras conduzco por el centro, tengo algo más de lo que preocuparme: mi primer día de trabajo. Conozco a la señorita Peters desde pequeña; por consiguiente, esto no tendría que ser tan duro. Es una mujer agradable y tranquila; confío en que también lo sea en la gestión de su tienda.

Después de aparcar, me tomo unos segundos para alisarme el pelo mirándome en el espejo retrovisor, más por nervios que por deseo de estar perfecta. Respiro hondo unas veces más, y con un rápido retoque de brillo en los labios ya estoy lista. *Puedo hacerlo*, me repito una y otra vez. *No es nada.*

La fachada de la tienda está decorada con un dosel a rayas blancas y negras donde se lee SIMPLE ELEGANCIA. He visto muchas veces el trabajo de la señorita Peters a lo largo de los años, y esas palabras lo resumen muy bien. Tiene talento, y fama de ser la mejor; es un honor contar con esta oportunidad, aunque solo sea para hacer repartos.

La campana tintinea cuando abro la puerta, alertando de mi presencia a cualquiera que se encuentre en su interior. Me acerco despacio al mostrador, absorbiendo la fragancia de las flores recién cortadas que llenan el local. Merecerá la pena venir a trabajar solo por entrar aquí cada día recibida por ese aroma.

—¡Hola! —saluda una voz desde la trastienda.

—Soy yo, Rachel.

Jugueteo con la correa del bolso, esperando instrucciones sobre qué hacer a continuación.

En menos de un minuto, la señorita Peters sale vestida con un sencillo delantal negro de SIMPLE ELEGANCIA, me tiende la mano y sonríe con la clase de bienvenida cálida que alivia parte de la tensión en cuello y hombros.

—Me alegro de volver a verte, Rachel. ¿Lista para empezar?

Le estrecho la mano y advierto qué pequeña es la suya y lo fría que está.

—Por supuesto. Solo debe decirme qué necesita que haga.

—Vamos a empezar con un poco de papeleo, y luego te enseñaré el sistema informático que empleamos para los pedidos. Si nos queda tiempo, te daré una minilección sobre flores por si alguien entra en la tienda y yo no estoy.

—Creo que podré con eso —digo mirando a mi alrededor a los refrigeradores que llegan hasta el techo, llenos de ramos de colores otoñales recién hechos. Me encantan los intensos rojos, naranjas y amarillos, tan deslumbrantes y bonitos.

—Sé que puedes, por eso te he contratado.

Sonríe de nuevo... y consigue que me sienta más cómoda. Como mínimo voy a tener alguien agradable con quien trabajar.

—Sígueme —dice, dejando que yo suelte su mano.

Pasamos la tarde con el papeleo de mi contrato y una orientación general sobre cómo responder al teléfono y atender los pedidos, así como el seguimiento diario del número de repartos.

Cuando estamos a punto de pasar al refrigerador de la trastienda para una lección sobre los tipos de flores que ofrecemos, suena la campana de la puerta. Por instinto, ambas nos volvemos a ver quién ha entrado, y para sorpresa mía descubro a Sam ahí de pie con las manos metidas en los bolsillos de los vaqueros. Una parte de mí se emociona al verle, y la otra siente cierta vergüenza por ser el primer día. Le dije que empezaba a trabajar aquí, así que no es ninguna casualidad.

—¿Qué desea? —pregunta la señorita Peters mientras yo me quedo paralizada.

—Hola —dice él mirando disimuladamente en mi dirección—. Me preguntaba si tiene narcisos. Solo necesito uno.

Si dijera que su petición me causa sorpresa me quedaría corta, pero cuando veo cómo se eleva la comisura de su labio, entiendo que tiene algo en mente.

—Tengo algunos por aquí, pero permítame traerle uno recién cortado del refrigerador de la trastienda —se ofrece la señorita Peters.

—Perfecto —contesta él sin apartar en ningún momento los ojos de mí.

La señorita Peters se vuelve hacia mí y eleva la voz justo lo necesario para que yo la oiga:

—Voy atrás un momento. ¿Por qué no intentas usar el ordenador para registrar la venta?

Mis ojos duplican su tamaño; hace apenas diez minutos que me ha enseñado el funcionamiento del programa.

—No te preocupes —añade—, no vas a estropear nada.

Y con eso, desaparece por la trastienda, dejando que me ocupe yo solita de la primera venta... Al menos, solo se trata de Sam.

Sin tiempo para recuperar la calma, descubro a Sam a mi lado apoyando con suavidad la mano en mi brazo.

—El ordenador esta por ahí.

—¿Qué haces aquí?

—Comprar una flor.

Me lleva poco a poco hasta la registradora, sin dejar en ningún momento mi brazo.

—¿Desde cuándo te interesan las flores, Shea? —pregunto rodeando el mostrador y librándome de su asimiento.

Se encoge de hombros.

—Desde que empezaste a trabajar aquí.

Entorno los ojos, y no obstante me río un poco para mis adentros. Es su manera de ver qué tal lo llevo, me percato ahora.

—Un narciso, entonces. ¿Desea alguna otra cosa aparte de eso?

Apoya los brazos en el mostrador mientras yo finjo buscar el narciso en el sistema informático. Lo he encontrado enseguida, pero mantener la mirada en la pantalla me da la excusa para no mirarle directamente. Consigue ponerme nerviosa de la mejor y la peor manera.

—Bien, me preguntaba si querrías venir al lago conmigo esta noche. Podríamos ver la puesta de sol.

—No sé. Después del trabajo tengo terapia...

—Normalmente acabas para las siete. Podemos quedar a las ocho.

Vacilo, no porque no quiera ver la puesta de sol con Sam, sino porque las cosas parecen diferentes desde que me dijo lo que sentía por mí. Ha sido respetuoso, me ha concedido espacio vital, pero le tengo siempre presente. Si supiera que no quiero saber nada de él, me importaría un bledo. Pero me gusta. Le deseo, diría yo.

—No sé —respondo finalmente.

—Por favor —ruega, haciendo un puchero.

¿Cómo puede negarse alguien a eso?

Sonrío, sobre todo por lo ridículo que está.

—Lo intentaré, pero no prometo nada.

—Si es lo más parecido a un sí que voy a conseguir, me conformo —dice sacando la cartera del bolsillo posterior.

La señorita Peters elige ese momento para salir con un único narciso envuelto en papel para flores verde claro. Consigue que una sola flor tenga un aspecto asombroso.

—¿Lo has encontrado? —pregunta tendiendo la flor a Sam.

—Sí, serán cuatro dólares y cincuenta centavos, por favor.

Sam me tiende un billete de cinco y yo, por mi parte, le devuelvo el cambio en la mano, momento que aprovecha él para rozarme los dedos. Lo noto más allá de la piel. Mucho más profundo. Tan profundo que asusta.

—Gracias —dice guiñando un ojo.

Se va andando hacia la puerta, pero antes de abrirla se da media vuelta.

—Y eso de esta noche... es en el embarcadero.

Y como si tal cosa, ya se ha ido, dejándome un poco agitada. Me excita la perspectiva de pasar más tiempo con él, pero también me turba. Todavía no estoy lista para nada en el apartado de las relaciones personales, o al menos no pensaba que lo estuviera hasta que me fijé en él. Sam trastoca todo lo que yo pienso que sé. Todo aquello de lo que he intentado convencerme hasta ahora.

Cuando echo una ojeada a la señorita Peters, advierto que sus ojos siguen también en la puerta. Es el efecto Sam Shea. Supongo que no discrimina a nadie por la edad.

Acabo el trabajo un poco antes de las seis y me dirijo a ver al doctor Schultz; su consulta está a pocas manzanas de distancia. Mis padres tardaron casi tres meses en convencerme para acudir a sus sesiones, pero ahora vengo con ilusión. Me están ayudando a superar el dolor y a ver a través de la niebla que me ofusca, pese a no haber logrado activar ningún recuerdo de aquella noche.

Siempre soy la última cita del día, pero pese a la hora me recibe con entusiasmo, o al menos actúa como si lo tuviera. Es algo incomprensible para mí cómo alguien puede sonreír después de escuchar durante horas los problemas de los demás.

—Rachel —me saluda al tiempo que me da un breve apretón de manos.

Casi tiene edad para ser mi abuelo, pero es muy bueno en lo que hace.

—Doctor Schultz.

—Toma asiento y empecemos —dice indicando con un gesto mi silla habitual—. Me he enterado de que hoy ha sido tu primer día de trabajo. ¿Cómo te ha ido?

Me aclaro la garganta, intentando cambiar de mi rol en la tienda de flores al de aquí; cambiar de guardarme las cosas a sacarlo todo fuera.

—Sí. Ha ido mucho mejor de lo que esperaba.

—Me alegra oír eso. Hace años que conozco a Gretchen Peters. Tengo la impresión de que te tratará bien.

—Me sentará bien salir de casa para alguna otra cosa aparte de eso. Sin ánimo de ofender.

Sonríe.

—Faltaría más.

Yo pensaba que la terapia consistiría en sentarme en un lugar con alguien que me diga todos los problemas que tengo y cómo arreglarlos. Por el momento no ha habido nada de eso, la nave la dirijo yo, con el doctor Schultz dándome algunas indicaciones sobre el rumbo a tomar. Es asombroso cómo ayuda un terapeuta solo con hacer la serie correcta de preguntas.

—Ha venido Sam mientras estaba trabajando —suelto saltando de inmediato al asunto del que me muero de ganas de hablar.

Una cuestión de la que he hablado bastante a menudo con el doctor, aparte del accidente.

—Oh —dice mirándome con curiosidad.

—Creo que él quería ver cómo estaba, pero además me ha invitado a ir al embarcadero esta noche para ver la puesta de sol.

—¿Vas a ir?

Bajo la vista a mis manos dobladas y advierto que ha saltado mi pintaúñas púrpura. No tiene sentido que me pinte las uñas si voy a trabajar en la floristería.

—No sé.

—¿Qué te hace dudar? Sales a menudo con Sam, ¿por qué es diferente esta vez?

Después de casi seis semanas de sesiones con el doctor sé que no va a decirme qué debo hacer..., sencillamente, me guiará hasta que llegue a mi propia conclusión. Me encanta cómo lo logra... la mayoría de veces.

—Es una puesta de sol, y siempre las he considerado románticas. Me parece demasiado pronto. Quiero decir, siento algo por Sam, y cada vez me cuesta más estar con él sin actuar en consecuencia. Es solo que no me parece lo correcto.

—Cuéntame por qué no te lo parece.

Vacilo mientras intento encontrar las palabras para describirlo. Me cuesta más de lo que pensaba.

—Si inicio una relación con Sam, algo más que una amistad, sería como si fuera a olvidarme de Cory, y no quiero.

—¿De verdad crees que eso es posible?

—¿Qué? —pregunto fruciendo las cejas.

—Olvidarlo. Por todo lo que me has contado, él constituía gran parte de tu vida.

Permito que sus palabras resuenen un poco más. Si mi vida se compone de una serie de relatos cortos, tal y como creía, Cory tuvo su historia. Tal vez incluso dos. Abarcó toda una fase de mi vida.

—No, nunca podré olvidarlo.

—Entonces, ¿qué es lo que te asusta en realidad?

Sacudo la cabeza mientras siento cómo sale la verdad a la superficie. No es algo nuevo para mí, pero he intentado enterrarlo. Resulta demasiado fácil atribuir todos los temores y las vacilaciones a la muerte de Cory.

—Perder a la única persona con la que he contado durante tanto tiempo.

—Ya veo —dice mientras se quita las gafas—. ¿Lo que sientes por él te hace pensar que tu vida podría mejorar si le permitieras... entrar en ella como él quiere?

—No hay duda de que podría hacerme feliz.

—Entonces tienes que pensarte las cosas, Rachel, pero te diré que no creo que esto tenga relación en realidad con estar preparada o no.

Al menos una vez cada sesión, me guía hasta alguna verdad. A veces detesto que resulte tan fácil, pero se lo agradezco de todos modos. Me lleva a algunos lugares mucho más rápidamente de lo que yo sola podría llegar.

15

Mis chancletas dan contra el viejo embarcadero de madera mientras me acerco hasta donde Sam está sentado. Cuando me hallo a escasos metros, se vuelve hacia mí sonriendo con picardía y encanto. No puedo verle los ojos porque los ocultan sus gafas de aviador, pero sé que está pensando que en cierto modo ha ganado la batalla. Y de alguna manera, es así.

—Confiaba en que vinieras —dice mientras tomo asiento a su lado.

—Nunca he rechazado un asiento en primera fila para una puesta de sol perfecta.

—Tal y como lo dices, parece que te hayan invitado a unas cuantas.

Me río nerviosa, agarrándome al extremo de la vieja plataforma de madera.

—De hecho, es la primera.

—Esperaba que fuera algo diferente, no una idea sobada más.

Alza la vista al despejado cielo azul con una bandada de pájaros moviéndose de un extremo a otro del lago y añade:

—¿Alguna vez te preguntas qué parecerá el mundo desde ahí arriba?

Ay, si él supiera cuánto pienso en ver el mundo desde un ángulo diferente.

—Tienen la ventaja de decidir dónde posarse —respondo—, y cuando las cosas se tuercen pueden volver a alzar el vuelo. Ojalá desaparecer fuera tan fácil para nosotros.

—¿Por qué ibas a querer desaparecer? —pregunta.

—Tal vez desaparecer no sea la palabra correcta —digo levantando las piernas y rodeándomelas con los brazos—. ¿Nunca deseas poder ir a otro sitio y olvidarte de todo? Coger y largarte como si el pasado no hubiera sucedido, así de sencillo.

Se retira las gafas de los ojos, permitiendo revelar la verdadera profundidad de sus emociones.

—No hay necesidad de largarse cuando todo lo que quieres está justo a tu lado.

La manera en que me mira, clavando sus ojos en los míos, no me permite apartar la vista como quisiera. Siempre me ha mirado como si le interesara lo que tengo que decir, como si yo fuera lo único que importa. Pero ahora noto algo más, y me cuesta llenar los pulmones de aire. Sus iris marrones calientan incluso mi núcleo. Sam me analiza como un hombre al que se le concede la capacidad de ver por primera vez..., y solo quiere verme a mí.

Ha atrapado mi corazón, lo noto..., percibo cómo utiliza su atracción para acercarme más a él, para aproximar mis labios a él. Un momento que se veía venir de lejos. Dos almas solitarias en su momento coincidieron en el prado, pero se unieron finalmente sentados al borde del lago. Cuando una historia no encuentra un final feliz, existe siempre la oportunidad de comenzar otra. No quiero continuar sola el resto de mi vida preguntándome cómo habría sido si hubiera tenido mi final feliz. Voy a ir en su busca.

Me roza los labios levemente, de forma tan fugaz que podría deliberar si calificarlo como beso o no. La intensidad es casi superior a mis fuerzas. Todo se anima en mi interior. Nunca he experimentado algo así. Incluso cuando retrocede unos centímetros para mirarme a los ojos, continúo sintiendo sus labios grabados en los míos. Me ha marcado. Sus labios se han adueñado de los míos. Su corazón posee mi corazón.

Con un solo beso me ha convertido en adicta, y ansío un segundo. Concentro la mirada en sus labios perfectos, insinuando que quiero más. Esa vez, Sam no da; toma, pegando su boca a la mía. Me coge la nuca con la mano como si temiera que fuera a desaparecer si me suelta. Tal vez él no sea consciente, pero me tiene..., le he entregado pedacitos de mí misma durante todos estos años. Solo tenía que reclamar el último fragmento.

Sin dejar de rodear mi nuca con los dedos, mantiene los labios pegados a mí. Sus labios se animan, mucho más ansiosos que la primera vez. Succiona mi labio inferior reteniéndolo entre los suyos y luego mete la lengua en mi boca. Aprecio el sabor a menta mientras se enreda con la mía. Es metódico, despertando mis sentidos para hacerme desear más. Agarrándole la camisa, lo atraigo hasta notar literalmente su corazón latiendo contra mí. Hay más emoción tras este beso de la que he sentido jamás. Me dice mucho sin palabras, como si llevara tiempo conteniéndose sin contarlo. Acaricia mi lengua cuidadosamente con la suya, como si hubiera deseado hacerlo durante mucho tiempo y ahora necesitara saborearla. Ojalá este momento durara eternamente..., tal vez sea posible. Toma mi mejilla en su mano encallecida y pasa el pulgar por el contorno de la mandíbula mientras ralentiza los movimientos.

Los labios se demoran un minuto más antes de pegar su frente a la mía.

—¿Sabes cuánto tiempo he deseado hacer eso?

Niego con la cabeza, reteniendo mi labio inferior entre los dientes en una tentativa de mantenerlos apartados de él. Sus ojos ardientes se clavan en los míos, encendiendo un fuego interior. Quiero saborear de nuevo esos labios contra los míos.

—Esa noche en que desapareciste con Cory en la fiesta..., por entonces ya te quería. Te he querido durante mucho tiempo. Sabía que si él te lo pedía, serías suya. Creía que él no te merecía, pero pensaba que yo tampoco —explica acercando los dedos a mi mejilla para apartarme el pelo del rostro.

Siempre había tenido la impresión de que Sam intentaba hacer el papel de hermano mayor conmigo. Por supuesto, a mí me parecía un tío guapo..., con los años aún está más guapo..., pero nunca pensé que me viera así. No entonces. Las cosas podrían haber cambiado si me hubiera dicho algo antes de aquella noche de la fiesta, pero hay que tratar de no pensar en cosas que no podemos cambiar, y estoy agradecida por el tiempo pasado junto a Cory. Sin él no sería la misma persona que soy hoy. Pensar en él ahora está echando a perder este momento, como un chaparrón en medio de un día de sol perfecto. Detesto que siga sucediéndome, pero parece inevitable.

Como no digo nada, él continúa.

—¿Recuerdas el último día que pasamos en el prado antes de que empezaras el instituto?

Asiento, conteniendo la respiración. Sam cierra los ojos como respuesta y pasa el pulgar por mi labio inferior.

—Casi te beso ese día. Deseaba hacerlo, pero me asustaba que tú no sintieras lo mismo; no quería arruinar lo que teníamos.

El corazón me da un vuelco. A lo largo de los años he pensado muchísimas veces en aquel momento. Todo lo que yo creí sentir aquel día está justificado ahora.

—Creo que todo sucede por algún motivo —susurro.

Lamento la manera en que lo he dicho en cuanto las palabras salen por mi boca.

—No me refiero a creer que Cory muriera por un motivo —añadó— pero pienso que el hecho de no poder estar juntos tú y yo por entonces responde a un motivo. Éramos demasiado jóvenes.

Me observa con curiosidad y con un indicio de dolor que antes no estaba en sus ojos. Los cierra mientras toma mi rostro entre sus dedos.

—Todavía me arrepiento de no haber expresado mis sentimientos. Podría haberte ahorrado mucho dolor..., a veces creo que una parte de todo por lo que estás pasando es responsabilidad mía.

—¿Qué quieres decir?

—Al menos, si hubieras estado conmigo podría haber controlado las cosas. Yo nunca te habría hecho daño ni hubiera hecho nada que pudiera lastimarte —dice abriendo los ojos.

Me aparto un poco, separando mi rostro del suyo por la necesidad de ponerme a la defensiva.

—No me hizo daño. Yo misma me hice daño.

Sam vuelve el rostro en la otra dirección hasta que solo veo sus ojos entrecerrados y el gesto pensativo que han adoptado sus labios.

—Lo siento. No debería haber sacado esto a relucir ahora. Mi sentido de la oportunidad ha sido siempre un desastre.

Cojo su mano entre las mías y atraigo su atención de nuevo hacia mí.

—La única manera de que esto funcione es que aceptes mi pasado, cada parte del mismo, y que lo deje como está. Quería a Cory. Aún quiero a Cory, y debes saberlo.

Apoyo nuestras manos unidas en mi muslo, sintiendo el roce de su brazo contra mi pecho.

—El amor no se esfuma por completo. En cierto modo, siempre querré a Cory... Necesito saber que lo entiendes.

Sam hace un gesto de asentimiento.

—¿Seguro que estás preparada para esto?

—No —respondo con sinceridad—, pero quiero intentarlo. Hay algo en esto que me produce buenas sensaciones, y estoy cansada de vivir de la forma en que he estado viviendo. Además, me gustas, Sam. Quiero explorar eso, pero necesito que vayamos despacio.

Sonríe, con esa sonrisa de gallito que tanto me gusta.

—Ir despacio es la única manera cuando algo te gusta y quieres saborearlo. Una vez seas mía, no voy a dejar que me dejes por nadie más. He esperado esto demasiado —dice, y lleva nuestras manos a su pecho—. Guardo cosas aquí que he conservado solo para entregártelas a ti. Te pertenecen porque eres tú quien me hace sentirlas.

Me inclino hacia él para besarle con dulzura, igual que me ha besado él la primera vez.

—No sabía que fueras tan romántico.

—Solo por ti. Eres la única persona que me hará serlo alguna vez.

Tengo la sensación de que mi corazón acaba de fundirse con el agua del lago; no obstante, lo siento todavía latiendo en mi pecho. Nunca en la vida habría imaginado esto, pero me percato de que lo deseaba. Inconscientemente, creo que lo he deseado durante mucho tiempo.

También me doy cuenta de que todo esto podría terminar mal; otro relato más de mi vida en el que acabo llorando sobre la almohada empapada en lágrimas. Pero Sam..., merece la pena intentarlo. Él es más que una constante en mi vida.

—Y así, ¿qué has planeado para esta noche?

—Pensaba que podríamos mojar los pies en el agua. Ver qué tal está.

—Pienso que ya nos hemos ocupado de eso —contesto apoyando la cabeza en su hombro.

Sam se inclina para besarme la frente.

—Supongo que lo único que queda entonces es observar la puesta de sol. ¿Te parece?

—Pues sí, merecerá la pena.

Sonrío sintiéndome más contenta de lo que he estado en mucho tiempo. La vida es un viaje, y hay pocos periplos sin giros equivocados y baches. Por primera vez en meses, finalmente estoy en el buen camino.

—Eh, Sam.

—Sí —contesta rodeándome los hombros con el brazo.

Me acurruco un poco más.

—¿Por qué has comprado el narciso?

—Ah, casi se me olvida —dice estirándose hacia el otro lado—. Lo he comprado para ti. Para felicitarte por el primer día de trabajo.

—Gracias, pero ¿no es como invitar a un batido a alguien que trabaja en una heladería?

Se ríe.

—Quería brindar por los nuevos comienzos, pero ya que no bebes, pasé al siguiente placer.

—No te sigo.

—Todas las flores tienen significado. ¿No has aprendido eso en el trabajo?

Niego con la cabeza, esperando a que continúe. Solo he pasado cinco horas en la tienda, ¿qué se cree?

—El narciso simboliza un nuevo comienzo.

—¿Cómo lo sabes? —pregunto arrugando un poco la nariz.

—Lo he mirado en Google.

—¿Has mirado significados de flores en Google? —pregunto observando su rostro iluminado por la luna.

Un bonito pliegue se forma en torno a sus labios. Diría que me gusta ser yo quien lo ha puesto ahí.

—A estas alturas deberías saber que haría cualquier cosa por ti —dice.

Convierte mi corazón en un arco iris vibrante después de pasar los últimos meses azotado por una tormenta rugiente.

16

22 de septiembre de 2013

La brisa estival agita mi pelo mientras conduzco de camino al trabajo con la ventanilla bajada. Ya llevo una semana en la floristería, y empieza a parecer algo cada vez más normal. Como cualquier otro lugar al que voy sin tan siquiera pensar en ello.

Y a Sam, lo veo cada día también. A veces quedamos en el lago y otras nos vemos en el prado. Estar con él me ha dado esperanzas, pero además me crea cierto conflicto.

Lo nuestro no va demasiado en serio, de eso nada, pero él dice cosas que aluden a algo más profundo, más trascendental. No es que yo no considere la posibilidad; es solo que me da demasiado canguelo. Cuando abres tu corazón a alguien, también lo abres a la posibilidad del desengaño. Eso es lo que más me asusta ahora; he pasado una vez por ese padecimiento, y no estoy dispuesta a exponerme de nuevo. Todavía no.

No ha habido un solo día que no haya pensado en Cory, pero a medida que pasa el tiempo, la carga se aligera en mi corazón. El dolor se alivia. Aunque la culpabilidad sigue viva en mi interior y pensar en él me pone triste a menudo, también soy capaz de pensar en los buenos recuerdos y sonreír. Y cada día encuentro que me perdono a mí misma un poco más.

Mientras estaciono ante la floristería dirijo una mirada al dosel de rayas negras y blancas. Aceptar este trabajo ha sido muy buena decisión. Me ha dado un objetivo. Nunca me había planteado trabajar con flores a diario, pero he descubierto que me encanta. La mayor parte del tiempo mi trabajo consiste en hacer feliz a la gente, me llena más que cualquier otra actividad que pudiera haber encontrado en esta pequeña ciudad.

Al entrar encuentro la tienda vacía, y eso significa por lo habitual que la señorita Peters está ocupada en la trastienda. Siempre va agobiada de trabajo, sobre todo los viernes y los sábados, por las bodas. En ocasiones, cuando dispongo de unos minutos libres entre hacer entregas y ayudarla a preparar encargos, la observo montar preciosos ramos. Mezcla colores que yo nunca habría imaginado combinados, pero el resultado es siempre maravilloso. Tiene un gran talento para visualizar cosas que a los demás no se nos ocurrirían.

El otro día la señorita Peters iba a tirar unas flores que empezaban a marchitarse. Entré y le pregunté si me dejaba jugar un poco con ellas antes de desecharlas. Me llevó un par de horas, pero creé un ramo de lavanda y rosas color amarillo tostado. Imaginé usando esos colores para mi boda, me recuerdan las flores que crecen en el prado.

Al abrir la puerta de la trastienda me encuentro a la señorita Peters montando coronas de flores. Los colores son intensos y profundos, de los que cabe esperar en otoño.

—Eh, Rachel, ¿qué tal el fin de semana?

—Bien —digo metiendo las manos en los bolsillos de los vaqueros—. ¿Qué tenemos en la lista hoy?

Corta el tallo de una rosa roja y, cuidadosamente, rellena con ella un hueco en la corona.

—Es la última corona que me queda, luego hay que llevarlas al cementerio.

—¿Al cementerio?

Hasta ahora nunca me había pedido que fuera allí. Normalmente se trata de ir al hospital, a oficinas o iglesias..., pero nunca ahí.

—Sí, una mujer llamó de fuera de la ciudad y quiere que ponga coronas de flores frescas en las tumbas de sus padres antes de que llegue el frío.

—Conforme —me apresuro a decir, inclinándome sobre el mostrador. No respiro igual de bien que hace dos minutos. No he vuelto por allí desde la primera vez, y no estoy segura de que me convenza la idea.

La señorita Peters deja las tijeras y se acerca a mi lado.

—¿Estás bien?

Asiento.

—Lo estaré.

—Si no te encuentras bien, ya me las arreglaré.

—No —respondo enderezándome—. Estoy bien.

Vuelve a su sitio en el mostrador para cortar el tallo a otra rosa, en esta ocasión blanca.

—Me preguntaba si estarías dispuesta a ir allí.

No me había dado cuenta de que ponía límite a su petición en función de mi reacción. Es comprensible... Pero han pasado meses y yo debería ser capaz de asumir esto, de estar cerca de Cory.

—Ya he estado por allí, pero es duro, ¿sabe?

—Me lo puedo imaginar.

Ella no suele hablar de su vida privada, pero sé que no hay ningún señor Peters. Cuando acepté el trabajo, mamá me contó que esta tiendecita siempre ha sido su vida. Visto desde fuera podría parecer triste, solitario, pero cuando observo su trabajo, lo entiendo. Es su pasión, su paz..., no necesita nada más.

La habitación continúa en silencio casi todo el rato, tan solo el tijeretazo ocasional llena el espacio. Pillo a la señorita Peters mirándome de vez en cuando, pero no dice nada. No es habitual en ella. Por lo general tiene alguna indicación que hacer, o algún comentario sobre historia y flores.

Cuando acaba la última corona, la sostiene en alto para asegurarse de que todo queda perfecto y simétrico. Siempre sé si algo le gusta por la cara que pone. Lo que ha hecho ahora debe de gustarle, porque una animada sonrisa se forma en su rostro.

—Ya están listas para el reparto —anuncia.

—Voy a empezar a llevarlas al coche. ¿Tiene instrucciones sobre el lugar del cementerio donde deben ir?

—Por supuesto. Lleva esta primero, y te preparé la hoja de entrega.

El olor a rosas recién cortadas llena mi nariz mientras salgo de nuevo al sol. No está nada mal que tu coche huela permanentemente a flores frescas.

Regreso al interior de la tienda y ya tiene la otra corona metida en una caja con una hoja de entrega pegada. Encima hay un ramo de gerberas de varios colores. Alzo la vista, confundida.

—Comentaste que eran tus favoritas —me dice—. Tómate el tiempo que necesites.

Los ojos se me llenan de lágrimas. Me quedo sin habla. He experimentado más atenciones en los últimos meses que en todos los años anteriores juntos.

—No tenía por qué hacerlo.

—Hay muchas cosas que la gente no tiene por qué hacer. Pero las personas que aun así las hacen son quienes consiguen cambiar las cosas. Recuerda siempre esto.

Me aprieta el hombro y desaparece tras la puerta del refrigerador. Ojalá tuviera algo con que corresponderle. Una manera de devolverle todas las cosas buenas que hace, aunque yo sepa que no espera nada a cambio.

Coloco la segunda corona y el ramo de margaritas en el asiento posterior antes de subir al coche para conducir hasta las afueras de la ciudad. Esta tarea de hoy me ha cogido con la guardia tan baja que agarro el volante con más fuerza de la necesaria. Planeaba venir aquí de nuevo en algún momento, pero no hoy. Tal vez tenía que pasar.

Detengo el coche junto al bordillo y aparco, inspeccionando el cementerio para ver si hay alguien más por aquí. Está tranquilo, a excepción de un jardinero en la distancia. Tras respirar hondo, salgo del coche y saco la primera corona del asiento posterior.

No es un cementerio grande, lo cual facilita localizar el emplazamiento de las tumbas de la pareja. Coloco el arreglo floral y vuelvo al coche a buscar la segunda, así como las flores que la señorita Peters ha preparado para mí. Estoy pensando en todo momento en lo que quiero decirle a Cory que no conseguí expresar la última vez. En esa ocasión la idea era dejar un trozo de nosotros con él, pero esta vez creo que tengo que llevarme conmigo una parte de mí. Se me ha concedido una segunda oportunidad y no puedo malgastarla. No es justo para ninguno de los dos.

Para cuando llego a la tumba de Cory, noto tal opresión que me siento mareada. Me consumen los nervios por lo que tengo que decir. Me preocupa que su madre o alguien más elija este momento para venir a visitar su tumba. Para esto necesito que solo estemos él y yo. Necesito que me oiga... solo a mí.

Arrodillándome ante la lápida que lleva su nombre, paso la punta de los dedos sobre cada letra.

—Sé que han pasado unos meses desde la última vez que vine por aquí, pero tenía algunas cosas que resolver, sobre todo por lo mucho que te he echado de menos.

Luego recorro con los dedos la fecha.

—No sé si puedes verme, pero si puedes, quiero que sepas que solo porque haya empezado a vivir de nuevo la vida no significa decir que me haya olvidado de ti. Siempre formarás parte de mí, me lleve donde me lleve esta vida.

Una ráfaga de aire esparce las hojas por la hierba. Me siento sobre mis talones, bajando las manos sobre el regazo.

—De todos modos necesitaba que lo supieras. Si pudiera elegir, siempre me quedaría contigo.

Incapaz de contenerme, paso los dedos por la fría piedra una vez más, grabando este diseño en mi piel.

—Te quiero, Cory Connors. Nunca lo olvides, pase lo que pase.

Cerrando los ojos, pronuncio una oración en silencio, pidiendo perdón una vez más y rogando a Dios que me ampare. Es la primera vez que ruego como una verdadera creyente; confío en que sirva de algo.

—Tengo que seguir con mi vida, Cory. He pensado mucho en ello, y si tú estuvieras en mi lugar, yo desearía que fueras feliz. Confío en que entiendas..., no significa que te quiera menos.

Seguramente no es necesario explicar mis sentimientos por Sam, pero así me siento mejor al respecto.

Antes de levantarme para irme, cojo las margaritas del suelo y las coloco con cuidado ante la tumba. Es un pedazo de mí que dejo aquí pero me llevo conmigo otro más grande, una parte que quiero ser capaz de entregar a otra persona algún día. Siempre pensé que encontraría a esa persona a la cual querer, para toda la vida. No todas las historias tienen que ser cuentos de hadas —eso lo entiendo ahora—, pero constatarlo ha sido un trago amargo.

Mientras camino de regreso al coche, me fijo en las fechas de las tumbas, advirtiendo que la mayoría de las personas enterradas aquí vivieron muchos años. Cory siempre destacará, siempre será de los más jóvenes, y la razón de ello siempre seré yo.

Había quedado con Sam en vernos por la noche después de cenar, pero no he sido capaz de ir..., no tan pronto. Tras la visita al cementerio esta tarde, tenía demasiadas cosas en la cabeza y volvían a dominarme los sentimientos de culpa por intentar pasar página. Aunque el motivo de la visita a la tumba era superar este estado, es como si hubiera echado antiséptico sobre una herida abierta. Curará más rápido porque yo misma lo he provocado, pero justo ahora quema como no hacía en meses.

Debíamos reunirnos a las ocho, supuestamente.

Estoy pendiente del reloj y a las 8:20 veo que entra un mensaje en el móvil. Es él, preguntando si voy. Empiezo a teclear una respuesta, pero tiro el móvil otra vez sobre la cama. Una vocecita en mi cabeza sigue rogando que salga, para superar la culpabilidad, pero no es tan fácil.

Me convierto en mi propia terapeuta y repaso las razones para ir y para no hacerlo. Al final, hay más razones para acudir a la cita. La mayoría tienen que ver con Sam. Con él siento que aún hay algo por lo que merece la pena vivir. Es mi luciérnaga, mi rayo de esperanza.

Exactamente a las 8:35 me levanto de la cama y cojo una sudadera del armario. Algo me dice que esta noche va a ser larga. Tengo muchas cosas que explicar, puentes que reparar.

Consigo cruzar el salón sin poner en guardia a mi madre, acurrucada con un libro. Medio espero verla salir por la puerta detrás de mí para preguntarme a dónde voy, pero atravieso el patio sin preguntas.

Me aventuro por el sendero que he abierto entre los campos de maíz, sin detenerme hasta encontrarme en el extremo de la zona de hierba que Sam y yo frecuentábamos de niños. El sol justo empieza a ponerse, y por consiguiente no me cuesta detectarle sentado al borde del arroyo, la imagen de un chico del Medio Oeste con camisa de franela roja y azul y vaqueros gastados. Mi corazón sufre una sacudida al verle, y aunque una parte de mí desea no haber venido aquí esta noche, la otra protesta por no haberlo hecho antes.

La mayoría de la gente le tiene por un tipo duro y terco que nunca llegará a nada en la vida, pero yo veo algo más. Está aislado, apartado de buena parte del mundo. Teme permitir que otros detecten sus puntos débiles, por eso prefiere esconderlos. Pero yo soy experta en el juego del escondite... y los veo casi todo el rato, la mayoría de veces ni siquiera intenta esconderlos de mí.

Está sentado junto a la orilla, con un brazo rodeándose las rodillas dobladas y el otro al lado, y con la mano sujeta con firmeza un botellín de cerveza.

Verle así es un puro tormento, pues sé que esta noche evita pensar en mí. Quiero cogerle y asegurarle que todo va a ir bien, que voy a esforzarme al máximo para no defraudarle otra vez.

Acelero el paso en su dirección, esperando que oiga mis pisadas. O no me oye o no le importa. Cuando me encuentro de pie junto a él, obtengo la respuesta. No aparta la mirada del agua, y comprendo que he echado por tierra los cimientos de la relación que justo empezábamos a construir. El dolor padecido va a durarle el resto de la vida, y detesto haberlo provocado yo. Detesto que mi propia necesidad egoísta de abordar a solas mis sentimientos le haya dejado así a él.

—Sam —susurro, colocándome a su lado.

Su silencio es absoluto, dice más que cualquier palabra. Le estudio, pero vuelve la mirada en la otra dirección, haciendo todo cuanto puede para evitar mis ojos.

No me queda otra opción que continuar hablando.

—Lamento haber llegado tarde. Hoy ha sucedido algo, no me parecía bien venir aquí, no sin aclararme primero las ideas.

—¿Se te ha estropeado el móvil? —pregunta aún sin mirarme.

—No me rechaces —ruego, apoyando vacilante mi mano en su hombro.

No pierde un segundo en apartármela como si fuera un insecto. Noto el rechazo en lo más hondo de la boca del estómago, un dolor y una náusea que forman una sola cosa.

—No lo hago —responde, volviendo con brusquedad la cabeza para mirarme.

—Y entonces, ¿qué es esto?

Mi voz suena tímida, un espejo de la incertidumbre que siento.

—Eres tú quien me rechaza. Eres tú quien intentas convencerte de que nunca vas a merecer ninguna otra cosa buena en la vida. Ya te has castigado bastante, ¿no crees?

Asiento, enredando mis dedos en la larga y verde hierba para mantenerlos ocupados..., para mantenerlos apartados de él.

—Hoy he ido al cementerio.

—Lo sé.

Sam traga saliva con dificultad, puedo seguir el movimiento de su nuez arriba y abajo, ofreciéndome un lugar donde enfocar la vista además de en sus ojos decepcionados.

—¿Cómo? —pregunto entrecerrando los ojos involuntariamente al mirarle.

Es lo que tienen las ciudades pequeñas. Las noticias pasan de un vecino a otro, como en el juego del teléfono. Al final, le llegan también a él.

—He llamado a la tienda para ver si te apetecía quedar conmigo para cenar antes de venir aquí. La señorita Peters me ha dicho que te había mandado al cementerio para un reparto.

Me observa, pero yo permanezco quieta y espantada, temiendo ver cómo acaba todo esto, no tanto por lo que yo haya hecho o dónde haya estado, sino porque desconozco la razón de que sea tan importante para él. He llegado tarde, y admito que tenía mis dudas, pero ahora estoy aquí, por él. Él es la única razón de que me encuentre aquí.

Sam sacude la cabeza, interrumpiendo momentáneamente el contacto visual antes de encontrar de nuevo mi mirada.

—Pensaba que estabas preparada para meter los pies en el agua. Me da la impresión de que vuelves a echarte atrás conmigo.

No puedo apartar la mirada. Sus ojos traducen todo lo que experimenta en su interior: tristeza y esperanza envueltas en una pesada capa de miedo. Esto último aún no lo había visto en él.

—¿Qué quieres de mí? —pregunto casi susurrando.

Se acerca a mí hasta que apenas unos centímetros separan nuestras bocas y lo único que veo son sus ojos marrones.

—A ti. No voy a disponer de otra oportunidad de hacerte mía, y quiero aprovecharla. Necesito que pongas el corazón en esto para que salga bien, necesito saber que cuento contigo por completo.

—Pensaba que ya nos habíamos puesto de acuerdo en eso. Despacio, ¿conforme?

—Voy despacio, pero me hace falta saber que avanzas conmigo.

—Es lo que he ido a hacer al cementerio hoy..., a avanzar. He recuperado una parte de mí porque quiero ser capaz de entregártela a ti. Quiero que constituyas la siguiente fase en mi vida. Pero debes recodar que, aunque deje atrás mi pasado, todavía tendré que pensar en él de vez en cuando. La gente revivirá mis recuerdos, los lugares también los activarán... Él formaba parte de mi vida, un capítulo importante. Siempre constituirá una parte de quien soy.

—Quiero que me tengas a tu lado. No soy la clase de tío que necesita que le den confianza constantemente, pero sí debo saber que esto no te exige demasiado. No quiero que todo lo nuestro acabe por algún estúpido error.

Sus palabras se apagan al final. Estira la mano para tomar mi mejilla.

Mis ojos se me inundan de lágrimas, y apenas tardan unos segundos en desbordarse.

—Estoy contigo ahora, ¿no es así? Si te pones exigente, yo me pondré exigente también, y para que conste, contigo no ha habido ningún error, jamás.

—Espero que siempre pienses así.

—El balón está en tu cancha, Shea.

El sol se está poniendo, pero alcanzo a ver la sonrisa formándose en su rostro bajo el relumbre naranja.

—Me gusta mantener cierto control —añade.

—Te conozco desde hace tiempo, no tienes que explicármelo... Pero no pases de mí.

—Nunca —responde antes de rozar mis labios con los suyos—. Pero pienso que debería llevarme un beso por cada minuto que me has tenido esperando. Esto no es exagerado, ¿verdad?

—No —susurro, mordiéndome el labio inferior—. Incluso te permitiré llevarte uno adicional, no sea que nos quedemos cortos.

—Esta es la mejor relación en la que he estado, de verdad.

Me río, secándome la última de mis lágrimas.

—Eso no es decir demasiado.

Me agarra la barbilla, con rostro muy serio.

—Lo dice todo.

—Demuéstramelo —digo articulando cada sílaba, con los ojos concentrados en sus labios.

Y así lo hace... Un beso por cada minuto que le he dejado esperando en el prado. Cuando acerca sus labios para el beso de regalo, yo ya no querría dejar de besarle... ni dejarle a él, por supuesto.

17

23 de septiembre de 2013

Las cosas no siempre son fáciles cuando una Clark sale con un Shea, pero tampoco eran fáciles cuando Sam y yo éramos solo amigos. Hemos decidido dar una oportunidad a este asunto nuestro, y yo confío en que mis padres se la den a él también. He vivido en este planeta demasiados años como para tener que ocultar algo que no es malo. Sam no es malo... Simplemente, ellos lo perciben como algo que no les gusta o que no entienden.

Anoche constaté su vulnerabilidad, ese lado suyo que no deja ver en realidad a otra gente, el lado que muestra la verdadera dimensión de su corazón, una ventana a su hermosa alma. No fue el sentimiento de culpa lo que me animó a dejar atrás mis recelos y darnos una oportunidad... La llama ardía en mi corazón, esa pequeña parte reconcentrada de mi pecho donde solo siento a Sam.

Estoy asustada. Asustada porque esto es un territorio nuevo por completo para mí. Cuando Cory y yo empezamos a salir no había una amistad previa con él, no había nada que echar a perder si las cosas no funcionaban entre nosotros. Con Sam, hay demasiado que perder. Durante muchos años, fue el único..., la única persona a la que yo podía contarle lo que tenía que decir, y que me respondía con preguntas para intentar diseccionar mis palabras. Era la única persona en quien yo percibía una preocupación sincera.

Ahora vuelvo a encontrarme en el mismo lugar..., él es el único para mí.

El teléfono vibra sobre el tocador y me obliga a salir finalmente de la cama caliente y confortable. Me bajo la camisola rosa para taparme el estómago mientras cruzo la habitación a trompicones para responder.

—Hola —bostezo, metiéndome el móvil bajo la barbilla para estirar los brazos.

—¿Acabas de despertarte?

Es Sam. Debería haberlo sabido ya que él y Kate son los únicos que todavía llaman alguna vez.

—Llevo un rato despierta... pero seguía echada en la cama pensando —sonrío, rozándome los labios con el pulgar mientras los recuerdos de anoche inundan mi mente.

—En mí, espero.

La diversión es evidente en su voz. Ojalá estuviera aquí para poder borrar a besos esa sonrisa de su rostro.

—Mmm. Podría ser. Aún estoy un poco aturdida a las... —Me detengo, mirando al despertador digital—: ¡Diez de la mañana!

—Te lo paso por alto porque es sábado. ¿No trabajas hoy?

—No, solo había una boda, y era fuera de la ciudad. La señorita Peters dijo que se ocupaba ella misma.

Me ofrecí, pero dijo que todo debía de estar perfecto en este caso. Un buen cliente, exigente, supongo.

—Por lo que parece, eres toda mía hoy. Vístete. Te recojo en treinta minutos.

Suena como un crío que se muere de ganas de enseñarme una gran sorpresa. Como si llevara una eternidad esperando este momento. Además, me tiene embobada de una nueva manera, y digamos que a mí me gusta.

—¿Vas a explicarme qué vamos a hacer para saber al menos qué ponerme?

—Vaqueros, botas y, preferiblemente, una chaqueta. Igual refresca un poco.

—¿No iremos de pesca, eh?

A Sam le encanta pescar. Es la única cosa que su padre hacía con él de niño, aparte de proporcionarle comida y un techo bajo el que vivir. Sé que iré de todas formas, por estar con él, pero no es una actividad que me vuelva loca.

—No, tengo algo mejor que eso.

—No sabía que hubiera nada mejor, según tus gustos.

Tras una larga pausa, se aclara la garganta.

—Puedo nombrar dos cosas mejores que la pesca.

Su voz no bromea como antes. Está nervioso; eso no puede ser bueno.

—¿Ah sí? Ya sabes que ahora tendrás que decírmelas.

—Bien, aparte de esta cosa que voy a enseñarte en cuanto menees el culo y te vistas...

—¿Sí?

Otra pausa, esta interrumpida solo por una profunda respiración. Sam no suele ser tímido cuando tiene que decir algo. Nunca.

—Tú.

Ahora me toca a mí seguir callada más rato de lo que es normalmente aceptable por teléfono. De súbito me siento como si hubiera subido a un tren en movimiento que va demasiado rápido para mi gusto. Quiero llegar a mi destino, sea el que sea, pero vacilo en cuanto al recorrido.

—Voy a prepararme. Estaré lista en media hora.

—Eh —dice—, no era mi intención asustarte, solo he sido sincero.

—Lo sé. Despacio, ¿vale?

—A paso de tortuga —susurra.

Cierro los ojos con fuerza, inspirando profundamente para controlar mi corazón acelerado.

—Te veo enseguida entonces.

—Adiós, Rachel.

En cuanto oigo que cuelga el teléfono, paso a la acción y me pongo unos vaqueros y una camiseta blanca que saco de la cómoda. Mientras me visto resuena en todo momento en mi cabeza la manera en que él pronuncia mi nombre. Me encanta su forma de decirlo, como si además de pronunciarlo lo sintiera también. No creo que mi nombre me gustara siquiera hasta hace justo un par de minutos.

Me sujeto el pelo en una cola de caballo y me doy una ducha rápida, permitiendo que el agua caliente mi carne de gallina. Las mañanas han refrescado mucho comparado con semanas atrás, pero no tanto como para encender la calefacción. Agua caliente y una taza de café funcionan a la perfección.

Tras salir de la ducha, me visto deprisa para no coger frío. Me salto casi toda mi rutina del maquillaje matinal y opto por aplicar solo crema hidratante, brillo de labios y rímel. Cuando acabo, me pongo la cazadora de cuero marrón y un par de botas a juego. Con un último vistazo al espejo de cuerpo entero, sonrío a mi reflejo, sintiéndome la misma de siempre después de un larguísimo tiempo.

Como la mayoría de sábados por la mañana, mamá está en la cocina haciendo pasteles. Hace tal cantidad de repostería que nuestra familia de tres miembros jamás podría comérsela, pero lleva buena parte a la iglesia el domingo. Dice que así se relaja después de una larga semana. En realidad no tengo claro a qué se refiere, ya que no trabaja.

—Anoche volviste tarde —comenta mientras saca una caja de huevos de la nevera.

—Llegué antes de medianoche.

Paso tan tranquila junto a ella para coger una manzana de la fuente de fruta. Cuando estaba en el instituto, no le importaba mucho lo que hiciera o la hora en que volvía a casa, mientras estuviera con Cory. Pienso que daba por supuesto que nunca me metería en líos estando con él. Es como decidir que algo va a saber bien solo con leer todos los ingredientes de algo, sin siquiera darle un mordisco. No aguanto a la gente que da por descontadas las cosas.

—Solo es que hacía mucho que no salías hasta tan tarde.

Rompe el huevo en el cuenco metálico, pero tiene la vista fija en mí.

—Intento vivir la vida. Él querría que yo fuera feliz.

Mi madre ladea la cabeza con una mirada más comprensiva.

—También es lo que yo quiero.

Nos miramos, dos mujeres que no hemos dedicado tiempo a observar el alma de la otra. Yo he sido demasiado tozuda como para usar gafas, y ella ha estado demasiado atareada huyendo de una reunión a otra. Se preocupa, pero lo muestra de una manera diferente a las madres que yo veía en la tele de niña, o incluso a algunas de las madres de mis viejas amigas. No significa que no me quiera..., solo es que le cuesta expresar satisfacción y gozo. Le interesa crear algo y enseñar los resultados.

—Lo sé, pero no quiero que te lleves una decepción conmigo. Ahora mismo no voy a la universidad, hago repartos para una floristería.

Apoya las manos en el mostrador sacudiendo la cabeza, y luego se acerca hasta donde me encuentro.

—¿De qué hablas? No me siento decepcionada.

—¿Estás segura?

Mi pecho sube y baja, mis emociones entran en ebullición..., acabarán transformándose en furia o en lágrimas incontrolables.

Mamá me coge por los hombros, obligándome a encontrar su mirada.

—Me alegra mucho que estés aquí, Rachel, así de sencillo. Pasé días en el hospital sin saber siquiera si te salvarías, y doy gracias a Dios cada día por tenerte en esta casa. Andando, hablando, intentando seguir con tu vida. Lo último que me preocupa ahora mismo es tu educación o carrera. Tienes años por delante para pensar en todo eso.

El balancín de las emociones se detiene en el lado del extraño sentimiento de tristeza feliz que me invade. Se me escapa una lágrima, pero el motivo es haber comprobado que he estado equivocada durante mucho tiempo respecto a algo. A veces, como ahora, es mejor equivocarse. Tal vez me haya estado equivocando todo el tiempo.

Mientras me seco la lágrima, solo consigo asentir con la cabeza, porque abrir los ojos sería como retirar la tapa de un recipiente que está boca abajo.

—Todo va a ir bien —dice, dándome un fuerte abrazo.

Me pregunto dónde estaba esta versión de mi madre durante toda la vida. No tiene sentido preguntárselo, porque nunca podremos recuperar esos años.

—No quería que pensaras que voy a vivir aquí eternamente y contentarme repartiendo flores, eso es todo.

Se aparta riéndose en voz baja.

—Aunque no te lleves muy bien con tu padre, tienes algo de su fuego interno. Sé que nunca te contentarías con hacer eso el resto de tu vida.

No puedo evitar reírme entonces junto a mi madre. Papá es un agresivo abogado, pero me ha pasado algo de su mordacidad.

El potente sonido de un motor llega del exterior y atrae nuestra atención hasta la ventana que da al camino de entrada. Me quedo boquiabierta... Sam va montado sobre un vehículo negro de dos ruedas, flanqueado por sus largas piernas..., o sea: una moto.

—¿Qué demonios está haciendo? —pregunta mamá con la mirada puesta en el mismo sitio que yo.

—Viene a recogerme.

—¿En eso?

Nunca en mi vida he tenido deseos de subirme a una moto. Siempre las he calificado de trampas mortales, sobre todo después de que un colega del instituto se estrellara con una al doblar una esquina y se diera un tortazo tremendo. De todos modos, Dios sabe que no voy a ser capaz de resistirme a subirme a la moto con Sam. Si me dijera que hay una cuerda invisible que asciende hasta las nubes, yo intentaría trepar por ella.

—Supongo que sí.

Antes de salir a reunirme con él, dedico una última mirada a mamá, aún boquiabierta.

—Gracias por esto de esta mañana..., de verdad lo necesitaba.

No estoy segura de si toma nota de mis palabras, pero no puedo demorarme mucho más porque Sam sube ya los escalones de la entrada. Mientras salgo a la puerta principal, una mezcla de nervios y excitación consume cada parte de mí. No puedo creer que vaya a montarme en una de esas cosas.

En cuestión de segundos, me encuentro en pie ante él. No recuerdo abrir la puerta ni cruzar el porche delantero; esta visión de él con los vaqueros tan ceñidos en los lugares correctos, cazadora de cuero negro y botas negras de motorista me tienen en modo zombi total.

—Me llamo Sam.

Pestañeo, inspeccionando todo su cuerpo hasta que mi mirada aterriza en sus ojos.

—¿Qué?

Se ríe. En cierto modo me gustaría borrar de su cara esa sonrisa sexy de gallito, pero me gusta demasiado.

—Me miras como si no tuvieras ni idea de quién soy, así que he pensado en ayudarte un poco.

—Pensaba que ibas a recogerme en tu coche. Ya sabes, una de esas cosas con cuatro ruedas... No esperaba esto —digo trazando un círculo con el dedo en dirección a donde está aparcada la moto.

—No me has pedido detalles.

No puedo evitar examinar cada centímetro del vehículo. El asiento es más estrecho de lo que pensaba, lo cual incrementa mi ansiedad. Y no es muy largo..., ¿cómo vamos a entrar los dos ahí?

—No parece demasiado segura. Tal vez deberías volver a dejarla y traer el coche..., puedo esperar a que regreses.

—Lo lamento, pero eso no va a pasar —dice con calma, tirando de mi cola de caballo.

Quiero rogarle, pero no tengo más argumento que esta-cosa-va-a-matarme. Mi mente es un diccionario con las páginas en blanco.

—Además de ti —dice—, es la única cosa mejor que la pesca. Vamos a subirnos aquí y a conducir sin ningún destino en perspectiva, así de sencillo.

Su tono es bajo, pero la voz resuena en mis oídos. Juro que podría salir de un monstruo con dos caras y aun así seguiría siendo sexy.

—¿Y si llueve?

Se mete las manos en los bolsillos alzando la vista al cielo.

—Está azul y despejado, con una probabilidad del cien por cien de que siga así el resto del día. Creo que podemos estar tranquilos.

Será puñetero. Es lo bastante listo como para no darme opción de discutir, y eso dice mucho, porque yo siempre estoy dispuesta a hacerlo.

—¿Estás lista?

Me pasa el casco, acariciando con los dedos mi pelo rubio agitado por el viento.

—¿Dónde está el tuyo? —pregunto.

Se encoje de hombros.

—Solo tengo uno.

—¿No es peligroso ir en moto sin casco?

—No. Si sucede algo, el casco no va a ser de gran ayuda... Al menos, no en la autopista.

Eso no es que calme mis nervios... en absoluto.

—Entonces, ¿por qué tengo que ponérmelo yo?

Quitándome el casco de las manos, coloca bien las tiras y me lo pone con delicadeza en la cabeza. Deja las manos ahí un ratito más de lo necesario.

—Porque así me siento mejor.

Voy a hacerlo, pienso mientras miro a través de la visera tintada. Voy a subirme en esta maquinita sin nada sobre nuestras cabezas, yendo a Dios sabe qué velocidad. En serio, esto no puede ser la idea de diversión de nadie..., ¿o sí?

Sam se sube a la moto, dejando espacio justo para mí detrás suyo.

—Ya que es tu primera vez, prometo ir por debajo del límite de velocidad. Y ahora, móntate.

Alguien debe haberme recubierto los pies de cemento mientras estaba ahí esperando, porque no puedo moverme. El miedo es una cosita muy loca, pero la única forma de superarlo es plantarle cara. Mi mente lo tiene claro, pero mi cuerpo funciona con otro programa.

—Levanta una pierna por encima de la moto y agárrate fuerte a mí.

Por su sonrisita diría que encuentra esto divertido. Ahora mismo noto cierto sentimiento de amor-odio hacia él.

Respiro hondo una vez más y levanto la pierna para centrarme en el asiento. Le rodeo la cintura con los brazos y hundo el rostro en su cazadora de cuero.

—¿Agarro demasiado fuerte?

—No, vas bien.

—Entonces, salgamos de aquí antes de que cambie de idea.

18

Mientras la moto sale por el camino de casa, me preocupa no mantener bien el equilibrio, pero es diferente a lo que esperaba. Aunque el asiento apenas tiene unos centímetros de ancho, voy muy cómoda, y cuanto más avanzamos más me relajo. Sam empieza lento, pero en cuanto dejo de agarrarme con tanta fuerza da un poco más de gas.

Hay algo liberador en todo esto, en recorrer millas de carretera despejada con el aire fresco dándome en cada parte del cuerpo. Llevamos una marcha cómoda, constante, como si nada más importara. El motor aúlla con fuerza y mantiene a raya pensamientos no deseados. Solo estamos nosotros ahora. No podría ser más perfecto. Dejamos atrás coches y casas según avanzamos, pero para mí es como si fuéramos las únicas personas existentes.

Apoyo la mejilla en la chaqueta de cuero, sintiendo el material liso y fresco contra mi piel. Es la combinación perfecta de olor a cuero y su colonia habitual.

Pasamos junto a millas y millas de campiña: campos esperando la cosecha, animales de granja como vacas y caballos, y también unos pocos lagos y ríos. Tal vez no le parezca mucho a la gente que vive en las montañas, pero esto ha sido mi hogar siempre. Apacible. Llano. Seguro.

Tras dos horas o así en moto, paramos en una de las ciudades pequeñas que existen en la zona. No es lo bastante grande como para necesitar semáforos; de hecho, solo encontramos un *stop* cerca del centro. Sam se detiene y aprovecha la oportunidad para apoyar su mano sobre la mía, frotando ligeramente la piel expuesta de mi palma.

—¿Vas bien ahí atrás?

—Perfecto —contesto estrechando su cintura.

—Sabía que te gustaría.

Y como si tal cosa, es el momento de ponerse en marcha de nuevo. Su mano deja la mía, y de inmediato anhelo tenerla ahí de nuevo. Estar con él en la carretera es íntimo de un modo que no podía imaginar. Su roce cálido es lo único que echo de menos.

Atravesamos más ciudades pequeñas antes de entrar en una algo mayor. No es que sea grande, para nada, pero al menos su centro está lleno de pequeños comercios y restaurantes de esos especializados que ya no encuentras en ningún otro sitio.

Sam detiene la moto en uno de los únicos lugares libres en la calle y apoya los pies en el suelo, volviéndose para mirarme con esas gafas de aviador rematadamente sexys que cubren sus ojos. Debo convencerle de que se las ponga un poco más a menudo.

—¿Tienes hambre?

Asiento notando el estómago vacío. He disfrutado tanto del viaje que no me he percatado de cuánto tiempo ha pasado.

—Baja, pero ten cuidado. Es posible que te tiemblen un poco las piernas.

Hago lo que indica, con cuidado al desmontar. Tenía razón en cuanto a las piernas; vibran como si aún rodearan la moto en movimiento. Para sentirme más segura, me quedo donde estoy, observándole mientras baja el pie de apoyo y luego levanta su pierna por encima de la moto.

Se queda en pie justo delante de mí, como una visión del atractivo personaje del chico malo que siempre me cautiva en las películas. Pero conozco bien a Sam. Pese a su aspecto de malas pulgas, esconde un corazón enorme dentro de ese amplio pecho. Un gran corazón que se ha preocupado por mí lo suficiente como para ayudarme a superar mucha mierda, incluso sin obtener demasiado a cambio.

Sujeta ambos lados del casco con sus grandes manos y me lo retira de la cabeza.

—Eso está mejor —dice colocándolo encima del manillar.

Cuando se vuelve, estira los dedos para apartarme el pelo de la cara.

—Estás sexy de la muerte con ese casco, pero prefiero mirar tu precioso rostro.

Me ruborizo al instante. Siempre ha sido sincero, pero nuestra nueva situación, esta relación medio de pareja, le ha dejado sin filtro alguno.

—Me gustan tus gafas —digo yo, retirando también el filtro de mis pensamientos por un momento.

Las baja lo justo para que pueda ver sus ojos.

—¿Estás coqueteando conmigo?

—Tal vez —respondo mordisqueándome conscientemente el labio inferior de una manera que sé que le vuelve loco.

Se sube un poco las gafas sobre la nariz y me coge por la barbilla, inclinando mi cara hacia él.

—He dedicado tanto tiempo esta mañana a intentar convencerte de que subieras a esta moto que he olvidado algo.

El fuego en sus ojos revela con exactitud de qué está hablando..., lo que está a punto de hacer. Quiero que me bese. No..., necesito que me bese. Cuando dije que quería llevar las cosas poco a poco, no me refería a tener que dejar de besarnos. Encuentro correcta esa parte de nuestra relación.

Me roza con el pulgar el labio inferior, provocándome un escalofrío que desciende por toda mi columna.

—¿Vas a besarme? Porque, si no es así, creo que ya es hora de comer algo —le digo con voz baja.

Le estoy provocando, y por las arrugas que detecto en los lados de sus ojos, él lo sabe. Este juego le gusta tanto como a mí.

—No acabo de decidirme —bromea—. ¿Por qué no me dices qué preferirías tú?

—Bésame, y luego dame de comer. Por favor.

Su boca forma una pequeña sonrisa mientras se lame el labio inferior con lengua veloz. Se acerca un poco más, despacio. Cierro los ojos y en mi mente comienza a sonar un canto de anticipación. El volumen sube y sube, hasta que su aliento caliente provoca un cosquilleo en mis labios. Y cuando finalmente nos tocamos, todo vuelve a detenerse. La música cesa y el único sentido que sigue activo es el tacto. Lo noto sobre mi piel y dentro de mi corazón. El único lugar vacío que él había reservado tiempo atrás ahora está disponible. Una parte de mí siempre ha estado ahí para él.

Cuando nuestros labios se rozan, Sam me toca ligeramente la nariz con la punta de la suya. Es una mezcla perfecta de gestos sexys y cariñosos que él repite, aproximando cada vez más su cuerpo hasta que nuestros torsos entran en contacto. Cuando estamos así, una parte de mí quiere más, pero sé también que, por el momento, esto es suficiente.

Se aparta un momento pero para restablecer el contacto segundos después, pegando su frente a la mía.

—Es solo el principio de lo que voy a enseñarte más tarde —susurra.

Mi cuerpo se tensiona. No sé qué significa esta promesa, pero podría ser demasiado en mi estado actual. Cory dejó un espacio vacío en mi interior, y sé que una parte podrá llenarse solo con el tiempo, pero también hay un hueco fruto de la pura soledad, que nunca desaparecerá a menos que ponga otro parche..., y no es que considere un parche a Sam.

—Eh —me dice—. Vuelve conmigo, preciosa.

Pestañeo un par de veces para despejar la niebla en mi cabeza.

—Lo siento, es que estoy...

—Eh, solo me refería a otro beso. Un beso mejor.

Me coge por la nuca mientras me besa en la sien, permitiendo que los labios se demoren ahí unos segundos.

—Vamos a comer algo.

Sin más palabras, entrelaza mis dedos y nos guía hacia la pequeña cafetería al otro lado de la calle: Bonnie's. No parece gran cosa desde el exterior, pero al entrar la encontramos a tope. Está decorada al estilo retro, con asientos de cuero rojos y adornos en blanco y negro, sobre todo fotos de viejas estrellas de cine y músicos. Es la clase de lugar en el que nada más entrar te apetece pedir hamburguesa, patatas y batido. Tal vez, incluso ponerte una gran falda circular rosa.

—¿Te parece bien? —pregunta.

—Desde luego.

Sonrío al ver a una camarera llevando una gran porción de tarta de manzana con una pila de crema de helado de vainilla encima. Es uno de mis postres favoritos.

Se nos acerca otra camarera con camiseta roja de Bonnie's. Lleva el pelo castaño recogido en un moño pulcro y redondo, y una sonrisa ilumina su rostro.

—Bienvenidos a Bonnie's. En cuestión de minutos quedará libre una mesa para vosotros.

—Gracias —responde Sam rodeándome la cintura con el brazo.

El aroma a patatas fritas y aros de cebolla invade mi nariz. Aunque no sea una devoradora habitual de comida basura, me cuesta resistirme a estas dos cosas. Delicias bien fritas.

—¿Rachel?

Miro hacia mi derecha y descubro a Kate andando hacia mí. ¿Qué cuernos hace aquí? Estamos prácticamente en medio de la nada.

—Eh —digo separándome de Sam para ir a saludarla.

Doy un abrazo a Kate y la estrecho con fuerza. Hace bastante que no la veo. Ella retrocede sin dejar de rodearme el antebrazo.

—¿Qué te ha traído hasta aquí? —pregunta.

Sonrío y echo una mirada a Sam por encima del hombro. Permanece de pie a solas con las manos en los bolsillos. Al ver que le miro, guiña el ojo y saca una mano para pasarse el pulgar por la comisura de los labios. No puedo evitar pensar en la sensación de tenerlos pegados a los míos hace unos minutos. Vuelvo la mirada hacia Kate y advierto que ella también sonríe.

—¿Y bien? —insiste.

Me aclaro la garganta mientras hago un ademán en dirección a Sam.

—Hemos salido a dar una vuelta en moto y queríamos parar a comer algo. Ni me he percatado de en qué ciudad estamos.

—Bienvenida a Carrington —dice saludando con las manos en el aire.

—¿No tendrías que estar de nuevo en la universidad? —pregunto.

—Teníamos un fin de semana de tres días, de modo que Beau y yo nos hemos venido a arrimar el hombro por aquí.

—¿Está aquí ahora? —pregunto, echando una ojeada en busca de mi antiguo compañero de habitación.

—Está trabajando con su padre, pero luego pasará por aquí. Vendrá dentro de media hora más o menos.

—Hace mucho que no hablo con él.

No me había percatado hasta ahora de lo mucho que echo de menos a Beau. Siempre tan sensato. Siempre haciendo lo correcto. Kate es una chica afortunada.

—Debes admitir que lo que echas de menos es verle solo con una toalla.

Kate se ríe, esforzándose por sofocar la risa con la mano. Esta chica me cae genial, y me encanta el sonido de felicidad que emana de ella; no es algo que oyera a menudo cuando la conocí por primera vez a principios del curso pasado.

Una mano se apoya en mi cintura desde detrás y me vuelvo hacia Sam, de pie ahora a mi lado.

—¿A quién echas de menos ver solo con una toalla?

Me mira entrecerrando los ojos, y Kate continúa con las risas. Me va a meter en un montón de problemas.

—A mi novio —estalla Kate.

Sam parece perdido mientras desplaza la mirada entre nosotras dos.

—Crecí sin hermanas, o sea que alguien va a tener que explicarme qué tiene de gracioso esto.

—¡Kate! —un señor mayor grita desde la pequeña abertura de la cocina—. ¡Listo!

Ella apoya su mano en la mía.

—Tengo que irme. Nos vemos luego antes de que os vayáis. No te atrevas a marcharte sin despedirte.

Una vez se va, Sam se planta ante mí, como si le hubiéramos olvidado en el camino hace ya un rato.

—¿Quién era esa?

—Kate. Una amiga de la universidad.

Asiente, y repite ese gesto de rozarse los labios con el pulgar. Cada vez que lo hace, quiero atrapar su mano con mis besos... Estoy convencida de que él también lo sabe.

—Y, cuéntame, ¿cómo es que estás tan familiarizada con el aspecto de su novio solo con una toalla?

Me muerdo el labio inferior, recordando el puñado de veces en que vi a Beau salir del baño con su atuendo favorito posterior a la ducha. Tras la primera vez, pensé que se tomaría la molestia de salir con ropa. Pero nunca se dio por aludido, o tal vez no le preocupaba.

—Fue nuestro compañero de habitación en la uni todo el pasado año, de Cory y mío.

He advertido que en los últimos meses me cuesta cada vez menos decir su nombre, pero decírselo a Sam queda raro. Es como hablar a un camarero sobre otro restaurante que te encanta en el otro lado de la ciudad.

—Mmm —dice rodeando mis dedos otra vez—, tendremos que esforzarnos en borrar esa visión de tu mente con algo mejor.

No me queda otro remedio que sacudir la cabeza. Los chicos nacen con este gen competitivo, crece con ellos según se hacen hombres. A veces, cuando se ponen celosos, resulta fastidioso, pero en este caso me mola bastante. Me gusta que quiera ser el único en quien pienso de esa manera.

—Puedes intentarlo —digo estirándome para darle un beso en la mejilla.

Suelta un gemido, llevándose a los labios nuestras manos enlazadas.

—Haré algo más que intentarlo.

Antes de que pueda responder, aparece la camarera de antes con dos menús en la mano.

—Seguidme —nos indica.

Nos lleva a un reservado junto a la ventana y deja los menús sobre la mesa. Me siento a un lado, y Sam, en vez de ocupar el asiento de enfrente, se coloca junto a mí.

A la camarera le cuesta disimular su diversión, pero probablemente no sea la primera vez que ve algo así. De hecho, nos sonríe como si fuéramos la gente más guay que ha visto en la vida.

—¿Puedo traeros algo para beber?

—Para mí un batido de chocolate y un vaso de agua.

Ella asiente y vuelve la atención a Sam.

—¿Para ti?

—Lo mismo.

—De acuerdo, os dejo que miréis el menú mientras traigo la bebida. Vuelvo enseguida.

Mientras echo una ojeada al menú, me percato de que incluye todo aquello con lo que pueda soñar un yonqui de la comida basura. Comida frita. Delicias heladas. El tocino es una opción incluida en prácticamente todos los platos. Va a ser difícil descartar cosas y limitarnos a lo que, de hecho, seamos capaces de comer.

—¿Qué vas a pedir? —pregunta Sam, girando el menú.

—Esa es la pregunta del millón. Quiero una hamburguesa y patatas fritas, pero los anillos de cebolla y el requesón también tienen buena pinta.

Una sonrisa se extiende por su rostro.

—¿Qué tal si nos pedimos una hamburguesa cada uno y luego un plato de picoteo variado para compartir? Incluye toda esa porquería frita.

—Vale, si insistes...

Cierro el menú e indico a la camarera que estamos listos. Cuanto más rato paso sentada en este lugar, más hambre tengo.

—Entonces, ¿a dónde vamos después?

—¿No quieres volver ya a casa? —me pregunta, y se inclina para acercarse un poco más, descansando la mano sobre mi muslo.

Le cubro la mano y froto sus nudillos con mi pulgar.

—Ir en la moto, de hecho, es una de las cosas más relajantes que haya hecho en la vida.

—Me alegra que opines como yo. No creo que esto entre nosotros fuera a funcionar si no pensaras así —bromea—. Nos dirigiremos de regreso a casa, pero siguiendo una ruta diferente. Y podríamos hacer un par de paradas por el camino.

—Tómate tu tiempo, nada me reclama en casa.

Se inclina para besarme justo cuando llega la camarera a nuestra mesa con las bebidas en la mano.

—¿Ya sabéis qué vais a pedir?

Sam se adelanta y pide por los dos. La boca se me hace agua solo de pensar en las delicias pecaminosas que pronto tendré delante de mí.

Cuando acaba, concentra su atención de nuevo en mí.

—Ya que te has adaptado a la moto con tal facilidad, me pregunto qué podemos animarte a probar ahora.

—No te emociones demasiado. Tengo mis límites, ¿sabes?

El espacio entre sus labios y mi oreja ya es casi inexistente.

—Los límites están para ponerse a prueba. Así crecemos como individuos..., obligándonos a hacer cosas que en circunstancias normales no haríamos.

Cierro los ojos y percibo su presencia aunque ni siquiera me toque, al menos no en este momento. No es que no quiera contestar, sino que mentalmente estoy cotejando todos los límites que me he impuesto a mí misma en la vida. Algunos son menos serios que otros, pero todos están incluidos en la lista por algún motivo.

—Nómbrame tres cosas que te asusten. Quiero saberlo para poder ayudarte a superarlas, porque nada debería interponerse en tu camino, eres demasiado buena para eso.

—Vaya conversación tan profunda para mantenerla en una pequeña cafetería, ¿no crees? —pregunto.

Mis ojos siguen su mirada mientras recorre la sala. Este lugar está lleno de gente, pero todo el mundo está enfrascado en su propia conversación. Nadie presta atención a lo que hacemos.

—Me parece un sitio seguro —dice concentrándose de nuevo en mí.

Suelto una exhalación, pues no veo escapatoria. Me tiene virtualmente atrapada en este viejo asiento de cuero rojo.

—Me da miedo estar sola. De hecho, es lo que más temo.

—¿Por qué dices eso?

Pienso de nuevo en los últimos meses. La estancia en el hospital, cuando no podía despertar. Las horas pasadas en el dormitorio con demasiado tiempo para pensar en todo lo que me había ido mal en la vida. Todas las noches hablándole a Cory sin oírle decir nada. Esos son los momentos que han dejado un poso de tristeza en mi interior, los instantes en que la opresión era tal en mi corazón que tengo suerte de no haberme ahogado por completo.

—Porque he pasado por ello.

—Confío en que no te sientas así ahora..., ni nunca más.

Advierto su gesto apenado, le he descartado de alguna manera, como si hubiera dicho que él no fuese suficiente.

Apoyo la cabeza en su hombro, sintiendo el cuero liso contra mi mejilla una vez más.

—Tú logras que me sienta como si tuviera de todo.

—Oír eso me alegra un montón, es la puta verdad —susurra besándome la sien—. ¿Qué más te asusta?

—Las alturas. Recuerdo una vez en que mis padres me llevaron a las montañas, y había un lugar desde el que se contemplaba la vista sin ningún tipo de baranda o barrera. Para mí fue como no tener control alguno. De súbito, mis pies y piernas dejaron de ser un sostén firme. Me alejé para sentarme en el coche, y ahí permanecí el resto de nuestra excursión por el Parque Nacional de las Montañas Rocosas.

Al contarlo ahora me siento una tonta. En el fondo sé que no va a sucederme nada a menos que alguien me empuje, pero eso no anula el miedo.

—¿Y cuál es la tercera cosa?

La sinceridad abre una ventana del alma..., admitir la última cosa podría significar abrir demasiado la ventana, en cierto sentido. Estoy a punto de contestar, pero la camarera deja nuestros platos sobre la mesa. Decididamente, no es el tipo de conversación idónea para este sitio porque las pilas descomunales de patatas fritas y aros de cebolla ya no tienen la misma pinta. La sensación de hambre y el estómago vacío de antes se han llenado de angustia.

—¿Querréis alguna cosa más por aquí?

Sam me mira, pero solo soy capaz de negar con la cabeza y poner una sonrisa falsa.

—Creo que estamos servidos —contesta Sam, apretándome la pierna con suavidad.

—Conforme, me pasaré otra vez dentro de unos minutos.

La observo alejarse, casi deseando que volviera y se llevara toda esta comida con ella o, mejor aún, que se quedara en el extremo de nuestra mesa para no tener que continuar con la conversación.

—¿No vas a comer? —pregunta Sam, atrayendo mi atención de nuevo.

—Mmm, sí. Solo estaba pensando, lo siento.

Me roza un lado de la barbilla, con un toque ligero y tranquilizador.

—Come. Seguiremos con esto más tarde. No me olvidaré.

Confío en que lo haga, porque creo que no soy capaz de mentirle, aunque tampoco quiero contarle la verdad. No le he explicado mi mayor temor. El que consume la mayoría de mis días.

Nuestra mesa se queda en silencio mientras me meto una patata muy caliente en la boca. Al principio mi cuerpo parece querer rechazarla, pero la delicia salada me conquista, y enseguida ansío más. Mi estómago se empieza a animar ante la idea de llenarse, de modo que doy un primer mordisco a la hamburguesa con queso, notando de inmediato el sabor mantecoso del bollo, que prácticamente se funde sobre la lengua.

—Qué bueno, ¿eh? —digo.

Cogiendo una servilleta, me limpio los extremos de la boca antes de mirar a Sam. Tiene un poco de kétchup en la comisura de los labios, pero no voy a decírselo.

—¿Qué?

—Haces esos soniditos gimientes después de cada mordisco —me dice—. Cómo molan.

Abro mucho los ojos.

—Qué dices, no hago ningún ruido.

—Que sí, que sí —se ríe—. Por cierto, se te ha quedado un trozo en la barbilla.

Horrorizada, me apresuro a coger de nuevo la servilleta para limpiarme la cara.

—¿Ya está?

—Espera —dice pasando el pulgar por el centro de mi barbilla.

Luego hace algo que jamás hubiera esperado: succiona el extremo del dedo entre sus labios. Me sorprende, pero también tiene un toque sexy.

—No puedo creer lo que has hecho.

—¿Qué? Sabe incluso mejor viniendo de tu piel.

Yo sacudo la cabeza y me meto otra patata en la boca, que empujo con un largo trago de agua.

—Consigues que cualquier locura quede guay —digo finalmente.

—Mientras me encuentres guay, no me importa qué haya hecho para conseguirlo.

Estoy a punto de responder, pero me interrumpe una nueva voz.

—Rachel.

Al alzar la vista de la mesa encuentro a Beau con vaqueros azules gastados y una camiseta blanca. Lleva el pelo revuelto, pero le queda muy bien. No ha cambiado nada.

—¡Beau! Cuánto tiempo sin verte. ¿Cómo te va?

Se encoge de hombros.

—Adaptándome. La universidad es diferente este año sin ti, y...

Su voz se apaga.

He estado tan absorta intentando recuperar mi propia vida que en ningún momento he pensado en cómo lo llevaría Beau. Él me conocía mejor incluso que Kate probablemente, solo por haber convivido tanto tiempo juntos. Sin duda, sabe más de mi relación con Cory que ella.

—Lo lamento. Ni siquiera había pensado en eso —digo, y hago una pausa para mirar un segundo a Sam, con la vista fija en Beau.

—¿Quieres sentarte?

Beau mira a Sam, quien finalmente hace un gesto de aprobación con la cabeza.

—Sí, mientras no interrumpa algo —dice.

—Por supuesto que no. De hecho, hace tiempo que quería hacerte un par de preguntas.

Beau se acomoda en el reservado, enfrente de nosotros, doblando las manos sobre la mesa.

—Dispara —dice.

—Voy a preguntarte esto sin rodeos porque en realidad no hay una manera fácil de hacerlo. —Hago una pausa para mirar a Sam, quien finalmente concentra en mí toda la atención—. El último día de clases... ¿nos viste antes de que saliéramos en coche de vuelta hacia nuestras casas? Aún no puedo recordar nada de lo que pasó después de la mañana.

Sam me rodea los hombros con el brazo, pero yo mantengo la mirada fija en Beau.

—Volví a casa justo cuando salíais para volver en coche a casa. Acababais de meter todo el equipaje en el maletero.

Siento cierta esperanza al instante.

—¿Te pareció que algo no fuera bien?

Niega con la cabeza.

—No, Cory te estaba ayudando con las últimas cosas. Hicimos planes de reunirnos un par de veces durante el verano y nos despedimos.

—¿Alguno de los dos mencionó una fiesta?
—No creo... Espera, justo antes de que os marcharais, Cory recibió una llamada. Al colgar mencionó el lago, y tú no parecías demasiado entusiasmada. Creo que dijiste algo así como: «Hablaremos de eso cuando hayamos llegado».

Las fiestas en el lago no eran otra cosa que competiciones de a-ver-quién-puede-beber-más. No era mi juego favorito, pero Cory no lo veía así. Yo siempre acababa pendiente de él para que no se pasara; nunca sabía cuándo parar.

—¿Recuerdas quién llamó?

Tal vez, si tuviera esa información, podría empezar a juntar las demás piezas. Se pasa las manos por el rostro.

—Sí, lo recuerdo, simplemente, porque pensé que era extraño que le llamara a él en vez de a ti.

—¿Quién? —pregunto con el corazón latiendo más deprisa.

Sam me coge la mano y me da un delicado apretón.

—¿De verdad quieres hacer esto ahora?

Le miro directamente a los ojos.

—Lo necesito. No voy a superar nada hasta que recuerde todo lo que sucedió esa noche.

Sam cierra los ojos y asiente.

—¿Quién? —pregunto otra vez a Beau.

—Madison.

No sé si he oído la palabra o la he leído en sus labios, pero me deja pasmada. Ella me juró que no había vuelto a casa hasta el día siguiente, ¿por qué iba a llamar a Cory para avisarle de una fiesta? ¿Había intentado llamarme antes a mí? Situaciones como esta me hacen desear conservar aún mi viejo móvil con las llamadas y los mensajes de texto en él. Tal vez hubiera algo ahí que me ayudase a aclarar todo esto.

—¿Estás seguro? —pregunto al final, tragándome el temblor en la voz.

—Estoy seguro.

Mientras asiento noto el mundo dando vueltas a mi alrededor. A veces, enterarte de algo lía aún más toda la situación. Así es como me siento ahora mismo. Nada de aquel día o noche tiene sentido, pero voy a seguir intentando aclararme hasta que lo consiga.

—¿Cómo te va, Rachel?

—Me voy recuperando.

Miro a Sam y consigo esbozar una sonrisa triste. Él, por su parte, está callado. Tampoco se me escapa su inquietud. Tal vez sea por tener delante a Beau, el chico de la toalla de triste fama.

—¿Qué tal va por aquí? —pregunta la camarera cuando reaparece en nuestra mesa.

—Bien —respondo, bajando la vista a mi plato casi intacto.

—¿Vais a necesitar un par de bolsas para llevar?

—No, gracias —responde Sam—. Déjalo aquí de momento. Tal vez comamos algo más.

—De acuerdo. Traeré la nota entonces.

En cuanto desaparece, Kate toma asiento al lado de Beau.

—Tengo un descanso de quince minutos. Vamos a aprovecharlo —dice.

Beau la rodea con el brazo y le da un beso en el centro de la frente, como le he visto hacer incontables veces antes. Son una de esas parejas con las que solo necesitas estar unos minutos para saber que lo suyo es para siempre.

Pasamos el descanso de Kate contando historias de nuestro primer año en la universidad. Nunca he dudado de que Sam se llevaría bien con mis nuevos amigos, pero se entienden incluso mejor de lo que esperaba. Kate da su aprobación; me doy cuenta por la manera en que nos sonríe a ambos.

En cierto momento, en medio de nuestras risas, Sam adopta un semblante serio y se inclina sobre la mesa. Beau y Kate me miran, preguntándose qué cuernos está haciendo, pero Sam tiene los ojos fijos en Beau.

Le hace una indicación para que se incline también hacia él. Beau así lo hace.

—Eres un tío majo, pero tendrás que llevar la ropa puesta cuando estés cerca de mi chica.

—¿Qué? —pregunta Beau frunciendo las cejas.

—Las toallas no son ropa.

La comprensión inunda los rasgos de Beau mientras Kate se pega a él tapándose la boca con la mano.

—Lo tendré en cuenta —replica él.

Las risas resuenan en nuestra mesa de nuevo. Da gusto estar aquí con nuevos y viejos amigos.

—¿Sabéis qué?, deberíais estar los dos orgullosos de Rachel. La he traído aquí en mi moto.

—No puede ser —comenta Kate boquiabierta de incredulidad—. Pensaba que odiabas esas cosas.

Me río.

—Así era hasta hace unas horas. Sam me ha convencido de lo contrario.

—¿Puedo verla? —pregunta Beau, ganándose una mirada inquisitiva de Kate. Entonces, añade—: Estoy pensando en comprar una... cuando acabemos la universidad.

—Vamos —dice Sam—. Les dará a las chicas unos minutos para hablar de sus cosas.

Me guiña el ojo como si supiera algo que yo desconozco y deja un par de billetes de veinte dólares sobre la mesa.

—Yo pago.

Kate se levanta para dejar salir a Beau mientras Sam se inclina hasta mi oído.

—Te espero fuera. Tómate todo el tiempo que necesites.

—Gracias —digo dándole un beso en la mejilla.

19

—¿Lo llevas bien? —pregunta Kate en cuanto los tíos no pueden oírnos.

Niego con la cabeza.

—No. Beau acaba de decirme algo que mi cabeza no acaba de asimilar.

—¿Qué te ha dicho?

—¿Recuerdas que mencioné a nuestra mejor amiga del instituto, Madison?

Asiente.

—Bien, Beau me ha explicado que llamó a Cory el día anterior al accidente para invitarnos a la fiesta que no consigo recordar. No me cuadra, porque ella me dijo que esa noche aún no había vuelto a nuestra ciudad.

—Tal vez Beau la haya confundido con otra persona. Fue una noche dura para todos.

En este instante confío en que sea esa la explicación, pero su novio parecía muy seguro de lo que decía, sin vacilación ni confusión. Ojalá se hubiera mostrado más vacilante, para poder aferrarme a ello con todas mis fuerzas. Todo en mí quiere creer que se ha equivocado.

—Lo dudo. Voy a intentar llamar a Madison cuando vuelva a casa —respondo en voz baja, sujetando los extremos de la servilleta.

—¿Puedo ver esa servilleta un momento?

Miro a Kate alzando una ceja mientras le tiendo el papel delgado y blanco. En esta mesa hay al menos otras diez servilletas, ¿por qué quiere la mía? La observo mientras coge el boli de encima de nuestra cuenta y empieza a garabatear.

—¿Qué escribes? —pregunto.

—Ya lo verás.

Mientras espero, echo un vistazo a la cuenta. Me siento fatal por hacer pagar a Sam por algo que casi no he probado. Al mirar su plato, advierto que él tampoco ha tocado demasiado lo suyo.

—Toma —dice Kate, tendiéndome una servilleta doblada—. Pero no lo leas hasta que llegues a casa.

La sostengo entre los dedos, muy tentada de llevarle la contraria.

—¿Por qué no puedo leerlo ahora?

Kate encuentra mi mirada con una advertencia en sus ojos, como haría una madre.

—Porque lo digo yo. Confía en mí.

Guardo bien la servilleta en el bolsillo de la cazadora, pero la idea de irme al baño y leerla a escondidas se me pasa por la cabeza. No soy buena para las sorpresas.

—Mira, tengo que volver al trabajo antes de que me echen la bronca. Volveremos a hablar pronto, ¿vale?

Asiento, poniéndome en pie para darle un abrazo antes de que se aleje demasiado.

—Te echo de menos.

—Me tienes al otro lado del teléfono —dice estrechándome con fuerza entre sus brazos.

—Intentaré recordarlo.

—Cuídate, Rachel.

Me suelta, y la echo de menos nada más verla alejarse. Es un rollo que vivamos a dos horas de distancia.

Mientras salgo a la calle, advierto cómo ha refrescado desde que nos subimos a la moto esta mañana, y a pesar de la previsión de Sam, los cielos se han cubierto de nubes. Busco la motocicleta y la detecto, con Sam apoyado en ella y las manos metidas en los bolsillos de los vaqueros. Lleva el pelo levantado en todas direcciones, pero le queda aún mejor de lo habitual... Y mira que es difícil que pueda estar más guapo.

—¿Listo? —pregunto mientras bajo del bordillo.

La comisura de su boca se eleva mientras sus ojos inspeccionan toda la longitud de mi cuerpo.

—¿Ya te he dicho lo bien que te sientan la cazadora y las botas? Estás la hostia de sexy.

—Tal vez lo hayas mencionado de pasada.

Mete los dedos en las presillas de mi cinturón, aprovechando para hacer palanca y tirar de mí hasta pegarme a él.

—Por si se me ha pasado, voy a repetirlo. Estás sexy de la muerte, Rachel, es la puta verdad, y no puedo creer que después de todos estos años..., de todo este tiempo, por fin seas mía.

Rodeándole el cuello con los brazos, me pongo de puntillas para darle un beso en el hoyuelo de la barbilla.

—Soy yo la afortunada.

Me devuelve el beso, pero en los labios. Me saborea despacio, como cuando dejas que se funda un pedazo de chocolate con leche en la lengua. Cuando se aparta, ansío su contacto al instante. Quiero su piel pegada a la mía de nuevo.

—Dado que nuestra relación es reciente, esta vez no voy a discutir contigo sobre eso, pero que conste que no siempre va a ser así.

Se acerca para darme un beso más, dejándome casi sin aliento cuando acaba.

—Quizá deberíamos ponernos en marcha —dice mirando al cielo—. Por lo que parece, el hombre del tiempo tal vez haya mentido.

—Vale. Igual podemos ir a mi casa y ver una peli o algo —propongo.

Ladea la cabeza. Sé lo que está pensando..., a mis padres les va a dar un infarto si ven entrar a Sam Shea por la puerta.

—O a tu casa —añado, y consigo que reaparezca esa sonrisa suya.

—Bien, eso sí suena como un buen plan.

Coge el casco del manillar y me lo pone con firmeza en la cabeza, asegurándose de que queda bien sujeto.

—¿Lista? —pregunta.

—De hecho tengo ganas de volver a subirme a la moto.

—Entonces, ¿por qué seguimos aquí de pie? En marcha.

Rodeándole fuertemente con los brazos, seguimos la misma ruta de antes para salir de la ciudad. Luego torcemos para tomar una carretera secundaria serpenteante, diferente por completo. Está bordeada de árboles adultos, que justo empiezan a cambiar de color con la llegada del otoño. Tengo que admitir que está precioso pese al cielo nublado.

Una vez más con el sonido de fondo del ruidoso motor, pienso en lo que ha dicho Beau antes en la cafetería. Sobre Madison y su llamada para avisar de la fiesta. Desde el día que estuvo en el hospital, hay algo en ella que no me cuadra. Hay algo que no me cuenta.

Tal vez llamara y luego no fuera capaz de regresar a tiempo para la fiesta. Tal vez no quiera contarme algo que sabe que me va a afectar, para protegerme. Sea lo que sea, quiero saber, quiero intentar juntar las piezas.

Mientras continuamos avanzando hacia casa, el cielo se oscurece. La sensación es diferente al conducir por aquí a estas horas, cuesta ver hacia dónde vamos. Empiezo a sentirme desorientada, y es entonces cuando regresan las antiguas sensaciones, la pena desesperanzada que he estado combatiendo. Visiones del rostro sonriente de Cory inundan mi mente. Cuesta imaginar que un suceso afecte tanto a una persona, pero es así. No aguanto este estado, mierda.

No tardo en volver a reconocer algunas de las casas junto a las que pasamos... No tiene que quedar mucho de trayecto, me digo a mí misma. Cuando tomamos una gran curva, el pánico invade mi pecho. No hay motivo, ningún pensamiento lo incita, pero de súbito me cuesta una enormidad respirar. Aunque sigo agarrando con fuerza a Sam, es como si no me sostuviera en absoluto. Mis brazos parecen de goma, y siento un hormigueo en el mentón. Entonces, mientras doblamos el último tramo de la curva, las oigo..., las voces. La mía y la de Cory.

—¿De qué hablas, Rachel? No soy yo quien la ha fastidiado.

Es Cory. Va sentado en el asiento del pasajero en mi coche.

—¿Yo? —grito. Me duelen los dedos por la fuerza con que agarro el volante—. Yo no he hecho nada malo. Eres tú quien la ha fastidiado. ¡Sé muy bien lo que he visto! —aúllo.

—¡Hazte a un lado y para el coche ahora mismo! Vamos a encontrar un sitio para hablar hasta que tu puta cabeza se convenza... Ni la he tocado, joder.

Furia. Solo pensarlo se me enciende la sangre. Vi algo aquella noche, algo que deseé poder dejar de ver. ¿Qué fue? Dios, ojalá recordara.

—¿Así que morrear su cuello con tus putos labios no es tocar? ¡Qué coño, Cory! ¡No soy idiota!

—¿Y ahora qué? ¿Mmm? ¿Vas a hacerme sufrir toda una semana o dos mientras aclaras la mierda en tu cabeza? ¿Y si paso de esperarte?

Me río, pero son lágrimas tristes las que surcan mis mejillas. Esto es maníaco, como si me estuviera volviendo loca.

—No, voy a llevarte a casa y pasaré las próximas semanas y meses convenciéndome a mí misma de que nunca exististe, porque ahora mismo es lo que deseo.
—¡Ostras, Rachel!
Cubre mi mano sobre el volante con la suya.
—Para-el-coche. ¡Ahora!
—No —digo derramando cada vez más lágrimas.
Luego sucede: su mano agarra la mía con más fuerza y, mientras intento librarme, Cory le da al volante. Alzo la vista al parabrisas y me sobreviene el pánico, mi coche da un viraje y se sale de la curva, descendiendo a continuación por un profundo terraplén. Se precipita deprisa, sin que yo pueda hacer nada al respecto.
—¡Mierda! ¡Mierda! —grita Cory, pero luego todo se queda en silencio. Todo se vuelve negro.

Me tiembla el cuerpo al recordar cómo fueron esos últimos segundos. La impotencia que sentí. De ahí esa sensación incesante de pérdida de control que siempre experimento. Supe lo que iba a pasar en el instante mismo en que el coche se iba por la hierba, pero no había nada que yo pudiera hacer para detenerlo.

Estoy tan perdida que no me percato de que Sam se ha hecho a un lado de la carretera. No me percato de que tengo los ojos cerrados hasta que advierto la oscuridad abrumadora. Me siento mareada, como si alguien me hubiera dado un tortazo en la cara e intento recuperar la estabilidad.

—Rachel, ¿qué pasa, cielo? Dime algo, por favor.

No solo la moto se ha parado del todo sino que Sam se halla de pie sujetando mi rostro entre sus manos. Quiero decir algo, pero estoy demasiado aturdida. Insensible. Eso es, no siento. Le veo, percibo su preocupación, pero soy incapaz de responder.

—Rachel, por favor. Por favor, cielo.

Me acuna entre sus fuertes brazos, sosteniéndome cerca de su cuerpo. En la distancia distingo una cruz de madera, rodeada de gastadas flores de seda y un osito de peluche. Es exactamente donde sucedió..., donde la vida de Cory encontró su fin.

Cada vez me cuesta más respirar mientras las lágrimas emborronan mi mirada. No tardo mucho en perder la sensibilidad por completo. Entonces, mi cuerpo deja de moverse y no veo nada.

20

Abro los ojos en un espacio oscuro y poco familiar. La única luz en la habitación es una farola que brilla a través de la ventana y destaca el contorno de un tocador al otro lado de la estancia. Hay una puerta a lo largo de la misma pared, pero no hago ningún movimiento en su dirección, pese a saber que esta habitación no es la mía.

Al estirar los brazos por encima de la cabeza me percato de que estoy en una cama caliente con una manta tapándome hasta el cuello. Me lleva un minuto ubicarme —recordar dónde me encontraba antes de esto—, y en cuanto lo hago, las lágrimas vuelven de inmediato. Algo malo de verdad sucedió aquella noche del accidente, antes incluso de que subiéramos al coche. ¿Qué creía haber visto Cory? ¿Qué vi yo? Me duele la cabeza de intentar recordar, y al cabo de un rato renuncio por completo. Ya tengo bastante lío en mi cabeza.

Si la memoria no me falla, lo último que le dije a Cory fue algo así como que deseaba que no existiera. Ni siquiera quiero imaginar qué le pasó por la cabeza mientras el coche se dirigía contra el árbol. ¿Rebobinaba mis palabras? Si ahora él se encuentra en un lugar parecido al cielo, ¿es eso lo que recuerda? ¿Puedes recordar cosas así en el cielo?

Volviéndome de costado, doblo una de las almohadas por la mitad y permito que se empape de lágrimas. Al enterrar la nariz en el suave algodón, me percato de que huele justo como Sam: esa mezcla a colonia y jabón que usa él. Inspiro, anhelando que siguiera aquí, y poco a poco regreso de nuevo a la oscuridad. En días como este, prefiero seguir ahí.

Intento darme la vuelta, pero un fuerte brazo me retiene en el sitio y un gran pecho pegado a mi espalda. No tengo que mirar para ver quién es. Reconozco la sensación de seguridad. El calor. La mezcla de firmeza y delicadeza en su contacto. Empujando un poco más, alineo mi cuerpo con el suyo; se adapta a la perfección.

—¿Estás despierta? —susurra, sonando medio dormido.

—Sí —respondo frotando su antebrazo con la mano.

Afloja el asimiento.

—Mírame, cielo.

Pese a notar la opresión de esta situación en el centro de mi pecho, hago lo que dice. Estoy demasiado cansada y débil como para otra cosa, y ya le he hecho pasar bastante.

Reconozco sufrimiento y preocupación en sus ojos incluso en la penumbra. Hay arrugas en sus extremos que hasta ahora no se detectaban con tal facilidad. Si en mi corazón o mente quedara sitio para algo más que mi tristeza y mi reflexión, me sentiría culpable por lo que le he hecho pasar.

Enreda los dedos en mi pelo mientras roza mi pómulo con el pulgar.

—¿Cómo te encuentras?

Sus palabras surgen deprisa, como si le preocupara que volviera a dormirme antes de obtener una respuesta.

Abro la boca, advirtiendo lo dolorosamente secos que tengo los labios. Es como estar otra vez en el hospital.

—Confundida y cansada.

—Anoche me diste un susto de muerte.

—Lo lamento. Recordé algo del accidente mientras tomábamos la curva, y perdí el control.

—Cuéntame.

Me pasa la mano por la mandíbula antes de peinarme una vez más el cabello con los dedos. Es agradable recibir su contacto.

—No puedo describirlo con palabras, aún no. Además, me siento como si llevara días sin dormir, tengo la boca muy seca.

Sus grandes manos descienden para tomar mi barbilla.

—Cielo, deja que te ayude, por favor.

—Necesito tiempo. Por favor..., ten paciencia conmigo.

Desliza los dedos por mi nuca mientras me besa la sien. Con ese sencillo contacto se desvanece parte de la tensión acumulada en mi cuerpo, como huellas en la arena borradas por una ola que llega a la playa.

—Te traeré un poco de agua. Incorpórate un poco.

Se da la vuelta para salir de la cama antes de que yo pueda protestar por perder el contacto de su cuerpo caliente contra el mío. Su forma desaparece deprisa a través de la puerta, dándome justo el tiempo para percatarme de que solo lleva un par de *shorts* de gimnasio... sin camiseta. Si esto hubiera pasado ayer, me habría levantado de un salto de la cama para apreciar mejor sus abdominales marcados y tonificados, pero hoy es una de esas fechas que quedará incluida en la lista de peores días.

—Aquí tienes —dice reapareciendo.

Me apoyo en los brazos para coger la botella de entre sus dedos.

—Gracias.

Trago el agua fría hasta que desaparece la sensación de que me han pasado papel de lija por la boca.

—¿Qué hora es? —pregunto percatándome de lo oscuro que está fuera.

—Casi las tres de la mañana.

—¡Oh, Dios mío! —chillo sentándome del todo—. Mi madre va ponerse echa una furia.

—Eh —dice Sam metiéndose en la cama a mi lado—, la he llamado antes. Sabe que estás aquí y que estás bien.

—¿No le habrás dicho lo que pasó, verdad?

Veo un futuro de horas y horas de terapia. Cientos de preguntas que no necesariamente sé responder. Ahora que las cosas empezaban a parecer normales otra vez, todo tiene que desmoronarse.

—Por supuesto que no. Cree que te has quedado dormida en el sofá y que yo no quería despertarte.

—Ya..., apuesto a que ha colado —comento con ironía—. Lo siento.

Me rodea con su fuerte brazo y me besa en lo alto de la cabeza.

—Tenerte aquí a mi lado me compensa de todo. Además, se lo tomó mejor de lo esperado.

—Mmm, no suena propio de ella —mascullo, apoyando la mejilla en su pecho.

No resulta tan cómodo como una almohada, pero es más reconfortante. El equivalente a tener una cálida manta de lana. Quiero acurrucarme pegada a él y no moverme de ahí.

—Duérmete otra vez. Podemos hablar por la mañana —me tranquiliza, pasándome la mano despacio por el pelo. No tardo demasiado en notar cómo se desvanecen mis preocupaciones. Dormir es la única escapatoria verdadera..., ahí donde te invaden los pensamientos de la nada.

21

24 de septiembre de 2013

Lo que recordé anoche en la moto se repitió en forma de sueño mientras dormía. Básicamente soñé lo mismo, no recordé más ni menos, pero era como si lo viera de modo diferente. Era más doloroso. En vez de ser yo quien vivía en el sueño, lo observaba desde fuera.

Detestaba cómo hablaba a Cory.

Detestaba la ira que me inspiraba.

Detestaba el dolor físico que sentía incluso durmiendo, pese a haber sucedido meses atrás.

Todo era insoportable, y me aferro a la esperanza de que no sucediera así en realidad, que solo fuera una invención de mi mente. Pero no puedo engañarme. Todo ha sido demasiado vívido, demasiado real. Además, no puede ser una coincidencia que lo haya recordado en el lugar exacto donde mi coche se salió de la carretera. Provocó una reacción que desearía que no se hubiera activado.

Mirando a mi espalda, veo a Sam durmiendo detrás de mí. Así con los ojos cerrados, sus largas pestañas oscuras quedan resaltadas; sus carnosos labios ligeramente fruncidos están separados. Es una tentación estirar el brazo, acercar sus labios a los míos, rogarle que me haga olvidar. Pero no me merezco un tío como Sam. Cuanto más rebobino mis acciones con Cory, más siento que no me merezco nada remotamente parecido a esto.

Como si él supiera que lo observo, parpadea hasta abrir los ojos, fijándolos de inmediato en mí. Tienen el tono marrón más bonito y enternecedor que haya visto jamás. Ojalá pudiera perderme en ellos por completo y permitir que me arrullaran como una nana, pero eso no es posible.

—¿Cómo has dormido? —susurra.

—Bastante bien —miento, tragando las emociones que han estado importunándome toda la mañana.

Se sienta apoyando todo el peso en un brazo.

—¿Estás llorando?

—Solo me estoy adaptando a la luz —me apresuro a responder.

Me he obligado a dejar de llorar un rato antes, consciente de que él no tardaría en despertar, pero no lo he logrado lo bastante pronto.

—Detesto verte llorar —dice acunando un lado de mi rostro en su mano—. Cuéntame. Deja que te ayude.

Cierro los ojos para bloquear la luz y a Sam.

—Qué cansada estoy.

—¿De qué?

—De todo. De sentirme optimista acerca de cómo van las cosas en un instante y que se me venga el mundo encima al siguiente.

Desliza los dedos por mi mejilla.

—Quiero que te sientas mejor. ¿Qué puedo hacer?

—Nada.

Con un rápido movimiento quedo envuelta en sus brazos, mientras me roza la frente con sus suaves labios. Es todo cuanto debería necesitar justo ahora, y aun así él no es suficiente. Encontrarme aquí en este estado aún me da más ganas de llorar, y no debería ser así.

Lo que de verdad necesito es tiempo para superar esto, pero no puedo pensar con él tan cerca. Quiero chillar. Quiero llorar sobre mi almohada. Lo único que quiero es desaparecer donde nadie pueda encontrarme..., estar sola.

—¿Puedes llevarme a casa? —pregunto pegando mi mano a su pecho.

Lo hago con desgana. Quiero estar aquí, pero no. De hecho, ¿a quién estoy engañando? Ya no tengo puñetera idea de lo que quiero o necesito.

—Deja que te prepare primero el desayuno.

Intenta atraerme de nuevo hacia su cuerpo, pero me opongo, empujando con más fuerza su pecho.

—Por favor, Sam. No me encuentro bien.

—Rachel...

—Por favor —interrumpo.

Me suelto, incorporándome apresuradamente contra el viejo cabezal de madera.

Se aparta la sábana y se pone en pie junto a la cama, pasándose los dedos por el pelo revuelto.

—Me sentiría mejor si no tuviera la sensación de que huyes de aquí.

—No huyo. Solo necesito ir a casa, ¿vale? Debo superar esta mierda que se ha acumulado en mi puñetera cabeza. No tiene nada que ver contigo..., ¡nada que ver con nosotros!

Mi voz se eleva a un nivel inesperado, pero no puedo evitarlo. La situación me supera ahora mismo.

—Dame unos minutos. Voy a ponerme algo de ropa, y después te llevo a casa.

No espera a que yo diga algo. Se mete por la puerta del baño antes de pronunciar incluso su última palabra.

Al retirar las sábanas me percato de que llevo la ropa de ayer, con excepción de la chaqueta de cuero. No puedo hacer mucho por mi persona aquí. Estoy segura de que mi cara y mi pelo están hechos un desastre, pero tampoco importa, porque en cuanto llegue a casa voy a meterme al instante en la ducha y dejaré que el agua se lleve todos los recuerdos de anoche.

Rodeo fuertemente con los brazos mis piernas dobladas y apoyo la mejilla en mis rodillas. El área del ático donde se halla la cama de Sam tiene paredes de un tenue gris y el toque de color de varias obras de arte abstracto en ellas. No es como imaginaba su habitación en realidad, pero aun así sigue siendo él: audaz y simple de todos modos.

Se abre la puerta del baño y sale Sam con unos *shorts* de campaña limpios y una camiseta de Bob Marley. Sigue con el pelo revuelto, pero esta vez con un toque de experto.

—¿Lista? —pregunta metiendo los pies en un par de chancletas.

—Solo voy un momento al baño. Dame dos minutos.

—¿Quieres una camiseta limpia o algo para cambiarte?

—Está bien así —contesto saliendo de la cama—. Total, voy a meterme en la ducha en cuanto llegue a casa.

Asiente mientras se pasa la mano por su atractivo rostro sin afeitar. Se siente frustrado por mi causa, tal vez un poco decepcionado conmigo. Es obvio, porque no me mira directamente a los ojos.

—Voy a guardar la moto. Sal cuando estés lista.

—Vale.

Desaparece, igual que un pequeño residuo levantado por un tornado. Al instante deseo poder contener en parte la frialdad de mi actitud, pero no puedo. El pasado es algo con lo que convivimos porque no se puede borrar. Para ciertas cosas no hay reformas ni segundas oportunidades.

El baño de Sam consiste en una ducha pequeña, un inodoro y un lavabo con pie. Nada sofisticado, pero moderno. Tras alisarme la ropa para disimular las arrugas, extraigo una línea de dentífrico sobre mi dedo e intento refrescarme la boca.

Tras enjuagarme contemplo mi reflejo en el espejo. Se ha desvanecido la mayor parte del maquillaje de ayer, solo queda una mancha de rímel debajo de cada ojo. Me da un aspecto agotado, como el de una madre con un bebé recién nacido o una universitaria después de empollar toda la noche para un examen. No me queda nada bien.

Después de echarme un poco de agua fría por la cara, voy a buscar a Sam. Una parte de mí quiere calmar los ánimos, quedar de buenas y despejar dudas, pero mi parte egoísta quiere dejarlo como está. La única manera de obtener el tiempo necesario para superar el torbellino creado por esta reciente escena recuperada es apartar a Sam lo suficiente.

Cruzo la sala de estar y cojo la cazadora del respaldo del sofá mientras sigo andando. Al llegar a las escaleras, oigo el suave ronroneo del Camaro. El trayecto entre su casa y la mía es de apenas cuatro minutos. Son cuatro minutos poco apetecibles, porque no sé qué decir. Cuatro minutos, probablemente, de un silencio incómodo.

Al salir veo su coche justo ante la entrada. Pese a la ligera tintura de los cristales, distingo su perfil a la perfección. Está sentado con la muñeca apoyada en el volante y la mirada al frente, fija en el parabrisas. Tiene la frente arrugada, y es evidente que se muerde el interior de la mejilla. Está tan sumido en las profundidades de un océano de pensamiento que no me oye llegar hasta que abro la puerta. Solo entonces alza la vista, pero su expresión preocupada y pensativa no cambia.

—¿Estás bien? —pregunta.

Asiento y me ajusto el cinturón de seguridad sobre el hombro. Lo considero solo una mentira a medias; estoy bien físicamente. Es solo mi cabeza la que no está en el lugar adecuado.

Pone en marcha el coche y apoya la mano derecha en el espacio del asiento que queda entre nosotros. Creo que confía en que se la coja. Quiere seguridad, pero yo no puedo ofrecérsela ahora mismo. Ni siquiera soy capaz de convencerme a mí misma de que todo vaya a ir bien.

—Puedes contar conmigo cundo te sientas capaz de hablar —dice con calma mientras salimos a la carretera que conecta el camino de su casa con la mía.

Una parte de mí desea que me hubiera levantado de la cama y regresado a casa a pie en vez de quedarme viéndole dormir. Habría sido infantil, pero más fácil.

—Lo sé.

—Y no voy a dejar que sigas así eternamente.

Mientras tomamos el camino, mantengo la vista en la casa al final del mismo. Se forma un hueco en mi estómago al ver el coche de mamá aparcado ahí. Confiaba en entrar y subir a mi habitación sin tener que hablar con nadie.

Cuando el Camaro se detiene, me suelto el cinturón de seguridad y busco la manilla, ansiosa por evitar más situaciones incómodas.

Me rodea el codo con su gran mano antes de que yo tenga ocasión de intentarlo.

—Rachel.

Sam siente cómo me alejo..., yo misma siento que me pierdo.

—¿Sí?

—¿Puedo verte esta noche?

No vuelvo la vista. No soy capaz.

—Llámame más tarde, ¿vale? —respondo.

—Mírame.

Su voz vibra como el vidrio de una ventana durante un terremoto leve. Me detesto por esto, por darle esperanza y luego arrebatársela.

Noto aún más tensión en el estómago cuando me vuelvo hacia donde se encuentra sentado este hombre extremadamente guapo y frágil, observándome con expresión de sufrimiento. *Me detesto.*

—Todo en mí dice que no te deje salir de este coche. Dime que vas a coger el teléfono luego cuando te llame.

Intento esbozar una sonrisa, pero en vez de ello me tiembla el labio. La verdad siempre encuentra la manera de salir a la superficie.

—Si llamas, contestaré.

—Rachel...

—No, tienes que creerme. Solo necesito unas horas para mí misma.

—De acuerdo —dice aflojando el asimiento—. Acabo de conseguirte y no voy a renunciar a ti.

—Ni quiero que lo hagas.

Me inclino sobre el asiento y le beso la mejilla. Es un beso rápido, y cuando me suelta, abro la puerta y salgo antes de que pueda retenerme otra vez.

—Hasta luego —digo.

Sam se despide pero aún parece inseguro.

—Hasta luego.

Tras cerrar la puerta, me apresuro por los escalones de la entrada y desaparezco por la entrada. Apenas la he cerrado cuando mi madre aparece en el vestíbulo con el delantal rodeando su cintura.

—Parece que hayas pasado mala noche.

Me encojo de hombros, cruzando los brazos en torno al pecho.

—Es lo habitual después de dormir con la ropa puesta.

—No hablaba en realidad de tu ropa. Parece que te hayas llevado un palo emocional —dice dando dos pasos hacia mí—. Lo lamento, no quería sonar así de brusca. Solo estoy preocupada por ti.

—Me pondré bien. Estoy cansada, eso es todo.

Empiezo a andar hacia los escalones, pero su voz detiene mis pasos.

—¿Ha pasado algo con Sam?

Seguramente espera a que le diga que sí para poder insistir en lo malo que es para mí salir con alguien como él. Si supiera lo positivo que es estar con Sam. Es demasiado bueno para mí.

—No, mamá, no ha sucedido nada con Sam.

Asiente y se pasa la mano por la barbilla.

—¿Quieres que llame al doctor Schultz?

Mi primera idea es responder que no, pero luego vacilo. Tal vez él me diga que todo era una ficción que se ha colado en mente. Mi mayor temor formando un relato real.

—Sí, puedes llamarle.

Sin más palabras, continúo subiendo el resto de escaleras y me meto en mi habitación. Tras quitarme la ropa la tiro de cualquier manera por el suelo antes de encerrarme en el baño. Ha sido una larga noche, pero confío en que el agua caliente se lo lleve todo.

Tras graduar la ducha hasta la postura más caliente que mi piel puede aguantar, me meto y dejo que el agua corra por mi cara, en buena parte como las lágrimas que corrían poco antes. Está casi hirviendo, pero me gusta el dolor. Es algo en lo que concentrarme, aparte de los insoportables zarandeos de mi corazón.

¿En qué momento se torció mi vida así? En una noche pasé de ser la chica que lo tenía todo a perderlo todo. No parece justo, pero supongo que la vida tampoco es justa. Y precisamente cuando pensaba que he ido a parar a un sitio mejor, vuelvo a sentirme desarraigada. Me pregunto si siempre va a ser así..., si esa noche va a obsesionarme siempre.

—¡Rachel!

—Estoy en la ducha.

—Dice el doctor Schultz que podría verte hoy más tarde. ¿A las seis va bien? —grita mamá desde el otro lado de la puerta.

Me deja bastante sorprendida que el doctor quiera verme en domingo, pero no voy a discutir.

—¡Va bien!

Apoyo las manos en la pared, rogando en silencio que mamá se vaya, que me conceda el tiempo que necesito.

—¿Todo bien ahí dentro?

—¡Estoy bien! Solo quiero acabar de ducharme. ¡Por favor!

—Vale, vale. Voy a la ciudad entonces, te veo dentro de un ratito.

Una vez vuelve el silencio, regreso a mi lugar bajo el agua caliente, dejando que corra por mi piel hasta que mis dedos parecen pasas arrugadas. Cierro el grifo y me paso la toalla por el cuerpo, tomándome un momento para detenerme ante el espejo y mirar el intenso tono rosado de mi piel. No duele tanto como parece.

Después de secarme con la toalla, me pongo unos pantalones negros de hacer yoga y una camiseta sin mangas y me paso el peine por el pelo. Luego, de puro agotamiento, me dejo caer sobre la cama y me quedo dormida, consciente de que no hay mejor manera de que se me pase todo esto.

22

Cuando me despierto por fin parece que solo haya dormido unos pocos minutos, pero al mirar el reloj, me percato de que han pasado horas. Me espanto, pensando en que llego tarde al trabajo, y luego recuerdo que es domingo; la tienda no abre los domingos.

Estirando los brazos por encima de la cabeza, me siento un poco mejor que antes. Aún noto la opresión en el corazón, pero es un dolor más sordo. Una molestia menor. Normalmente lo martirizo con mis pensamientos, y si consigo desconectarlos, el sangrado disminuye. Ojalá existiera una tirita permanente.

Mientras salgo de la cama, oigo el teléfono vibrando encima del tocador. Lo cojo y advierto que tengo una llamada perdida de Kate, seis de Sam y catorce mensajes sin leer, por no mencionar los seis mensajes de voz.

Permanezco tumbada en la cama y decido escuchar primero los mensajes de voz.

«Ey, Rachel, soy Kate. Solo llamaba para decirte que me encantó verte ayer y para saber que has llegado bien a casa. Hablamos pronto.»

Lo borro y tomo nota mentalmente de que la llamaré más tarde. Vuelvo a acercar el móvil a mi oreja y espero a oír el siguiente.

«Rachel, soy Sam. Pensaba que ibas a contestar cuando llamara. —Se ríe en voz baja—. De cualquier modo, llámame cuando oigas esto. Solo necesito oír tu voz, de verdad.»

Creo que este tío me gusta en serio, pero oír la dulzura en su voz me recuerda que seguramente estaría mejor con otra persona. Alguien que no esté pasando por toda esta mierda en su vida.

«Ey, te he llamado hace una hora y aún no he sabido nada de ti. Entenderé que hoy no tengas ganas de hablar, pero al menos mándame un mensaje para saber que estás bien.»

Doy a borrar y paso al siguiente.

«Por favor, llámame. Creo que ya he dicho lo demás que quería decir.»

Con cada mensaje, su voz suena más desesperada. Detesto hacerle esto.

«Si no tengo noticias en los siguientes treinta minutos, voy a ir a casa de tu madre. Joder, me haces parecer un crío. Por favor, hazme una llamadita.»

La frustración sigue ahí, pero ahora suena surcada de irritación. Hace que vuelva el dolor a mi pecho, tanto que ni siquiera quiero oír el último mensaje, pero debo hacerlo. Es obvio que me he vuelto una aficionada al autotormento.

«Eh, Rachel. He hablado con tu madre y me ha dicho que estás durmiendo. ¿Puedes hacerme una llamada cuando despiertes? Regálame unos segundos de esa voz tuya.»

El último mensaje suena más calmado, y me calma a su vez, pero la vocecita en el fondo de mi cabeza empieza a parlotear de nuevo. Esa estúpida vocecita jamás me da tregua. ¿Y de qué ha hablado Sam con mamá? ¿Qué le ha dicho? ¿Sabe mi madre todo lo que sucedió anoche? En el fondo, sé que Sam no me haría algo así, pero la racionalidad no se impone últimamente.

Repasando por encima los mensajes que ha escrito Sam, advierto que transpiran el mismo tono que los de voz. Una serie de textos cada vez más cargados de pánico seguidos de uno final más equilibrado.

Pienso en llamarle, incluso pongo el dedo sobre su número, pero lo aparto cuando me percato que no tengo nada que decir. Aunque el fuego en mi corazón se ha extinguido parcialmente tras unas pocas horas de sueño reparador, ya puedo volver a sentir las llamas encendiéndose. Ojalá la culpabilidad se desvaneciera para no regresar nunca.

Sentándome en la cama, cojo la vieja libreta rosa de la mesilla y busco la primera página en blanco. Siempre paso unos minutos observándola tontamente antes de que las palabras empiecen a tomar forma. Necesito situarme en el lugar adecuado, el lugar más profundo del alma, y sacar lo que hay oculto ahí.

Cuando estás perdida, encuentras lo único que te falta por experimentar.
Puedes estar sumida en la tristeza y te encuentras en la felicidad.
Sumida en lamentaciones, te encuentras en el perdón.
La clave para encontrarte viene del interior...
Nadie te la va a facilitar.
... Quién dijo que la vida fuera a ser tan fácil.

Cuando miro el reloj, pasan unos minutos de las cinco. Doblo la página y salgo de un brinco de la cama para buscar ropa limpia antes de dirigirme a mi visita con el doctor Schultz.

—Rachel, ¿estás despierta?

—Sí —respondo gritando, repasando los jerséis amontonados a un lado del armario. El otoño siempre ha sido mi estación favorita porque el clima es perfecto para los jerséis. No hace calor, no hace frío, justo la temperatura ideal. Incluso esto ha cambiado. Ya nada parece bueno como antes.

Por cuestión de tiempo, elijo un fino jersey negro de cuello vuelto que no me he puesto en casi un año. Está arrugado, pero eso ni me inmuta. El negro se adapta a cualquier estado de ánimo, o al menos eso dicen. Para mí básicamente es una elección simple, que no requiere pensar. Lo combino con unos vaqueros gastados y voy corriendo al baño para echarme agua fría en la cara y así acabar de despertarme. Bien podría pasar durmiendo el resto del día, pero eso solo retrasaría lo inevitable.

Me doy un rápido repaso en el espejo, y estoy lista. Sin pasarme el cepillo por el cabello. El rostro, sin retoques, con ojeras rodeando mis ojos azules. Varios meses atrás, me habría importado; ahora no.

—¡Rachel!

Mamá debe de captar cuánto necesito esta sesión, porque no ceja en su empeño. No tiene nada de qué preocuparse, porque hasta yo misma soy consciente de lo mucho que necesito hablar con alguien.

—¡Ya voy!

Cojo los botines negros que están tirados de cualquier modo por el suelo y me los pongo a toda velocidad.

Me doy prisa, porque si vuelve a gritar mi nombre una vez más juro que perderé los nervios. Y ya están a punto de explotar.

No me sorprende demasiado verla esperando al pie de la escalera.

—¿Quieres que te lleve?

—No —contesto al pasar por su lado.

—Ojalá me contaras qué te preocupa. No te he visto así desde que...

Me detengo, con la mano pegada al vidrio incrustado en mitad de la puerta de entrada.

—No lo digas, ¿vale? No lo llevo demasiado bien en este instante.

—Lo siento, no me había percatado de que...

Sacudo la cabeza. Tal vez, de algún modo intento sacudir el dolor.

—Está bien. Recordé algo cuando Sam y yo íbamos en moto anoche, y ya no sé qué es real.

Cuando permanece callada más rato del que yo esperaba, miro atrás por encima de mi hombro. Parece triste, le brillan los ojos. No es mi habitual madre segura y de ojos brillantes.

—Detesto verte pasar por todo esto.

—Al menos no puede empeorar —respondo con una sonrisa triste.

Intenta imitarme, pero no lo consigue.

—Las cosas mejorarán, lo prometo —responde.

Asiento. No estoy convencida de eso, y menos en este instante.

—Debo marcharme, o llegaré tarde.

—Llámame si necesitas algo.

Se despide con la mano y yo salgo por la puerta, respirando el fresco aire otoñal. Debe de haber llovido antes, porque la tierra está húmeda y las hojas huelen a almizcle. En días así deseo vivir en la ciudad para poder ir a pie y aclararme la cabeza, pero tengo que conformarme con hacer en coche el breve trayecto con la radio a toda pastilla.

Una vez me encuentro conduciendo por la desierta pista, bajo la ventanilla una rendija para disfrutar un poco más del olor a lluvia. Inspiro mientras escucho «You» de Keaton Henson. Intento concentrarme solo en la letra, pero cada palabra y cada frase me llevan a un pensamiento más profundo. Veo las cosas más claras que en las últimas veinticuatro horas. El accidente no sucedió porque yo hubiera bebido. Yo no transformé un momento de pura inocencia en la peor tragedia posible. Los dos tuvimos nuestra parte de culpa. Cory y yo nos peleamos por algo aquella noche..., ninguno de los dos habríamos debido ir en ese coche, al menos no en el estado en que estábamos.

Al acercarme al primer *stop* de la ciudad ralentizo la marcha y veo una moto en la distancia. Mi coche podría haber cruzado la calle con tiempo suficiente, pero espero y veo pasar a Sam. No le he llamado ni le he enviado mensaje alguno; por lo tanto, hasta este preciso instante en que sus ojos encuentran los míos, lo más probable es que imaginara que sigo durmiendo... No hay manera de que pueda esconderme ahora.

Espero verle dar la vuelta, pero continúa avanzando por la calle sin mirar atrás. Su figura se empequeñece hasta desaparecer por completo.

Sé que debo llamarle más tarde para aclarar esto. Contarle el motivo tras este silencio. Creo que lo entenderá, o al menos eso espero.

Una bocina suena atrás dándome un sobresalto. Miro con cuidado en ambas direcciones y luego piso el acelerador. Unos segundos después estoy aparcando en una vacía calle del centro. Si hubiera anochecido, resultaría inquietante. Sin gente. Sin coches. Con tiempo lluvioso.

Me retiro unos mechones de la cara y me paso los dedos bajo los ojos cansados. Dios, confío en que el doctor me ayude a sentirme mejor. No puedo seguir así.

Cuando tengo un pie fuera de la puerta, suena el móvil. Al mirar la pantalla, veo el nombre de Sam. El estómago se me revuelve solo de pensar lo que debe de estar cruzando por su cabeza, pero como ya llego unos minutos tarde a la cita, doy a la pantalla de no contestar y meto otra vez el teléfono en el bolso. El doctor Schultz no va a esperar eternamente, más teniendo en cuenta que me ha hecho un hueco en domingo.

Al entrar en el pequeño edificio de oficinas, me sorprende verle sentado tras el mostrador de recepción.

—Hola, Rachel, no sabía si ibas a venir.

—Lo siento. Me he distraído un poco por el camino.

Sonríe con afecto.

—No pasa nada. Me alegra que hayas venido. ¿Vamos para mi despacho entonces?

Estoy a punto de responder que sí, pero recuerdo lo oscuro y uniforme que es su despacho. Muebles de cuero negro, escritorio de madera oscura y una pequeña ventana al callejón. Es profesional, pero preferiría quedarme aquí, con la lluvia golpeando el gran ventanal.

—¿Podemos sentarnos aquí? Me gusta observar la lluvia.

—En otras circunstancias diría que no, pero ya que estamos a solas tú y yo aquí, haré una excepción —responde juntando las manos formando un triángulo ante él—. Toma asiento y cuéntame qué te trae hoy por aquí.

Miro por la sala de espera vacía y escojo al final una silla enfrente de la ventana. Apoyada en el respaldo, cruzo las piernas y luego las vuelvo a descruzar. Nada hace que me sienta lo bastante cómoda.

—Anoche me volvió de súbito un recuerdo. Al menos creo que fue eso.

Rodea el escritorio y ocupa un asiento en diagonal con respecto a donde me encuentro.

—¿Quieres hablar de lo que sucedió en tu recuerdo?

Los ojos se me llenan de lágrimas.

—Recordé lo que provocó el accidente. Cory y yo nos estábamos peleando, y su mano acabó en el volante —digo mientras me saltan las lágrimas—. Si el recuerdo es correcto, dije cosas que ojalá no hubiera dicho.

Apunta una nota rápida en la libreta.

—¿Recuerdas por qué peleabais?

—En realidad, no —digo negando con la cabeza—. Quiero decir, mencioné algo, él mencionó algo, pero no recuerdo lo suficiente como para llegar a una conclusión.

—El modo en que sucedió, ¿hizo que te sintieras peor acerca del accidente?

—Me enteré de que no fue todo culpa mía. Si él no hubiera agarrado el volante, creo que no habría pasado nada. Pero, por otro lado, no puedo creer las cosas que solté. Básicamente, le dije que prefería que no existiera.

Se me hace un nudo en la garganta mientras bajo la mirada a mis manos dobladas. Cuando alzo la vista, él me observa con atención.

—Pero en realidad no hablabas en serio, ¿verdad?

—¡No! —grito, pestañeando para contener las lágrimas mientras alzo la vista hacia los azulejos del techo—. No se me ocurre ninguna persona en el mundo a la que le desee eso.

—Entonces, ¿por qué crees que lo dijiste?

Su tono es más bajo de lo habitual. Es lo que hace siempre cuando piensa que me estoy aproximando a algún tipo de revelación. Me ha ayudado a llegar a unas cuantas.

—Estaba enfadada —digo concentrándome en el doctor de nuevo—. Estaba enfadadísima.

Hace rodar la punta de la pluma sobre su labio.

—¿Por qué estabas enfadada?

—No lo sé..., eso es lo más frustrante.

Y me consume el hecho de que tal vez no llegue a recordarlo nunca.

Asiente, retirándose las gafas de los ojos.

—¿Es eso lo que más te inquieta de ello?

¿Lo es? No tengo ni puñetera idea. Me sobrevino con demasiada dureza y rapidez anoche como para pensar en serio en ello. Me inquieta la irritación. Me inquietan las cosas que recuerdo haberle dicho. Pero no es lo peor..., no para mí.

—Que las cosas no fueran tan perfectas como yo creía. Siempre he estado ciega en lo que a Cory se refiere, y creo que, si me hubiera quitado la venda un tiempo antes, tal vez él seguiría aquí.

Me paso el dorso de la mano por las mejillas, limpiándome los lagrimones de agua salada. Quizá hubiera sido mejor no recordar nada. Me iba tan bien... con Sam.

El doctor Schultz se inclina hacia delante, colocándose las gafas en la nariz.

—¿Qué necesitas para superar esto?

Por eso he venido aquí.

—Supongo que necesito aceptar lo que no puedo cambiar. De hecho lo llevaba bastante bien hasta ayer... Es algo más que debo procesar.

—¿Y cómo vas a hacerlo?

Bajo la vista hasta la mesita de centro que me queda delante. Justo encima hay una de esas revistas de famoseo, llena de verdades a medias. Una pareja joven sale en portada: él es la superestrella pop del país; ella, una actriz con mucho futuro. Parecen asquerosamente felices mientras él la alza en sus brazos. Eso no es lo que más me llama la atención..., es la miradita de él al contemplarla. La manera en que eleva sus labios. El modo en que extiende las manos sobre la parte más baja de la espalda.

No puede disimularse el amor.

—Sam me ha estado ayudando —digo dirigiendo otra mirada a la feliz pareja—. Consigue que se desvanezcan mis preocupaciones.

—¿Será capaz de ayudarte a pasar por esto?

Encojo los hombros.

—Si le dejo.

El doctor se levanta de la silla y se acerca al ventanal poniéndose en jarras con las manos sobre los pantalones holgados que cubren sus caderas.

—Ya ha salido el sol —se limita a decir.

Desde que he llegado, ha dejado de llover y se ha formado un arco iris en un extremo de la ciudad. Es lo más bonito que he visto en mucho tiempo.

—Así es.

—A veces, para que deje de llover solo hace falta tiempo, pero mira lo que puede suceder después —comenta, y se da media vuelva hacia mí—. La vida es muy parecida.

Confío en que tenga razón.

23

El mundo es un lugar precioso si abres los ojos y miras. De todos modos, a veces la fealdad se planta ante ti y tienes que esquivarla para poder enfocar de nuevo el color y la luz. Quienes dicen que esta belleza no existe, sencillamente, carecen de la fe necesaria para buscarla. Está ahí. Incluso yo la he visto.

Esta noche la belleza se encuentra sentada al otro lado del fuego con una manta de franela rodeando sus hombros. Le he ignorado todo el día. Me convencí de que no le necesitaba, de que él no me quería. No ha funcionado..., todos los indicadores me llevaban de vuelta a él. Aunque intente no pensar en Sam, lo hago de todas formas. Lo tengo enterrado profundamente bajo mi piel, en mi corazón y alma. Es la constante en mi vida..., el único que ha seguido ahí pase lo que pase. Cuantas más veces me salva, más creo que estará ahí siempre.

Durante un largo rato, me quedo a cierta distancia y me limito a observar su quieta figura en la distancia. Durante todo el rato que llevo aquí, tiene la mirada fija en las altas llamas del fuego. Su falta de movimiento dice mucho de sus emociones. Está desolado, tanto que parece que todo haya dejado de importarle. Como si hubiera llegado a un punto en el que observar el fuego ardiendo furiosamente fuera la única manera de quemar el tormento en su interior.

Mientras doy unos pasos lentos y vacilantes en su dirección aprecio mejor la escena a su alrededor. Hay una pequeña tienda oscura, una nevera y la única silla plegable ocupada por él.

Mientras me acerco, se me revuelve el estómago. Con cada paso se oyen mis botas estrujando la larga hierba. Esto está tan silencioso que oiría un susurro desde metros de distancia. Él tiene que oírme llegar, pese a la gorra de punto gris que cubre sus orejas. ¿Y si no quiere verme aquí? ¿Y si he quemado el último resto de confianza que tenía depositada en mí?

—Sam —digo en voz baja, temerosa de que al hablar demasiado alto él me conteste del mismo modo.

Por un momento brevísimo, alza la vista hacia mí sin que su rostro registre emoción alguna, pero igual de rápido aparta la mirada.

—Si no me quieres aquí, solo tienes que decirlo. Por favor.

No puedo ocultar ya nada. Ha desaparecido el velo que cubría mi cara. Mis emociones ya no manchan solo mi manga; van escritas en todo mi estúpido jersey de diseño. Me tiembla el labio. Igual que la voz. Le necesito de tal forma en este instante que lo único que puedo hacer es rogar en silencio para que aún no haya renunciado a mí.

De nuevo puedo ver todo su rostro, pero no dice una sola palabra. Abre la boca, pero cuando sus ojos captan mi expresión angustiada, la vuelve a cerrar. Está librando una batalla, probablemente similar a la que libro yo entre mi corazón y mi cabeza.

—Solo tengo una silla —dice finalmente, bajando la vista a la botella de cerveza entre sus dedos.

—Si estás dispuesto a escucharme, no me importa permanecer en pie.

Sacude la cabeza.

—Siempre has sido tozuda.

Espero en silencio a que diga algo más, a que me haga saber que no le molesta mi presencia aquí. Sigue debatiéndose, pero yo percibo la situación poniéndose de mi lado. *Por favor, que se quede así.*

Observo cómo da un largo trago a la cerveza, pasándosela por la boca un par de veces antes de tragar.

—Habla. Estoy escuchando.

—Lamento no haber contestado a tus llamadas.

Da otro largo trago antes de encontrar mi mirada.

—Estaba preocupado por ti.

—Debería haberte enviado un mensaje, pero no sabía qué decir.

—Lo único que quería era saber que estabas bien. No es mucho pedir, Rachel.

La rabia explota dentro de mi pecho. Quería desaparecer un solo día. Un puñetero día para resolver mis sentimientos de culpabilidad y resentimiento, y esto es lo que he conseguido. Lo peor de todo es sentirme como si nadie me entendiera jamás. Aunque Sam parece a punto de lograrlo a veces, ni siquiera él me comprende en todas las ocasiones. Esto me deja en otro mundo; un mundo solitario. No puedo seguir así. Sencillamente, no puedo.

—Estoy bien —susurro mientras me vuelvo en dirección a mi casa.

Doy zancadas seguras, y por mucho que quiera volver la vista atrás, no lo hago. No soy una persona tan fuerte en este instante.

La mayoría de decisiones que tomamos tienen consecuencias, pero el resultado en este caso tal vez sea más de lo que estoy dispuesta a aceptar. Nuestra capacidad para enfrentarnos a esas cosas nos da fuerza en la vida.

—¡Rachel!

Sigo andando, consciente de mi reacción tozuda. No quiero perder los papeles, al menos no ante su mirada. Sé que ya he perdido esta batalla.

—¡Rachel, para!

Su voz suena más próxima... Me acerca como si enrollara un sedal. Su presencia es mi debilidad. Me detengo y vuelvo la cabeza en su dirección. Su forma alta se eleva sobre mí, dejándome bajo su sombra.

—Ha sido un largo día. Si no puedes perdonarme por necesitar cierto espacio vital, tal vez esto no vaya a funcionar —digo.

Mi corazón late deprisa mientras intento interpretar su mirada bajo la luz de la luna.

Descansa la punta de los dedos bajo mi barbilla. Es un contacto ligerísimo, pero me mantiene sujeta como una cadena.

—Quiero que hables conmigo. Si esto entre nosotros de verdad significa algo para ti, necesito que me dejes entrar para poder ayudarte.

Hablar de Cory con Sam no parece normal. Pero quiero a Sam más de lo que quiero algo parecido a la normalidad.

—Necesitaba tiempo para pensar sobre lo sucedido anoche. A nadie le hace gracia recordar algo así, Sam. Saber qué sucedió en esos últimos minutos fue la hostia de doloroso.

Sam se desplaza a un lado mientras acaricia ligeramente mi mandíbula.

—Ven a sentarte conmigo.

Asiento, aún en contacto con sus dedos, y dejo que su fría mano coja la mía. Nos lleva de regreso al fuego. No hará más de diez grados aquí esta noche, y mi piel acoge con beneplácito el aire caliente.

Sam se sienta en la silla solitaria y me coloca sobre su regazo.

—Así está mejor —dice acariciándome el cabello con la nariz.

—Nunca antes habíamos hecho fuego aquí.

—Confiaba en que mi primera hoguera en el prado fuera contigo, pero renuncié a ello hace un par de años.

Apoyo la cabeza en su hombro, sintiendo su aliento cálido contra mi cuello.

—Este es el lugar más relajante de la tierra. Se está mejor que en el lago.

—Eso es porque el resto del mundo no lo ha descubierto todavía.

—Y confío en que no lo haga nunca.

Reposa su mano en lo alto de mis muslos.

—Cuéntame, Rachel.

—¿Estás seguro de que quieres oír esto?

—Siempre quiero oír lo que tengas que contar —explica, besándome la piel debajo de la oreja.

Cierro los ojos e inspiro. Empieza a levantarse un poco de aire fresco, lo siento contra las mejillas.

—Cuando tomamos la curva anoche, recordé parte del trayecto en coche con Cory la noche del accidente. Estábamos discutiendo sobre algo, y dije algunas cosas..., cosas que ojalá pudiera retirar. Cosas que nunca deberían resonar en la mente de una persona antes de morir.

Estrecha mi cuerpo con brazos aún más fuertes.

—¿Recuerdas de qué discutíais?

—No —respondo, clavando la vista en las brillantes llamas naranjas. Sus brazos se relajan—. Pero le dije que ojalá no hubiera existido nunca. Esas fueron mis últimas palabras antes de que muriera, Sam.

—Estoy seguro de que ambos dijisteis cosas que ojalá pudieran borrarse.

Las lágrimas brotan en mis ojos.

—Pero yo soy la única que puede pensar en eso ahora. Él no está aquí por esa estúpida discusión, y ni siquiera puedo recordar de qué se trataba.

Roza mi lóbulo con los labios.

—¿Recuerdas qué provocó el accidente?

—Sí —sollozo acercándome más a él.

—Es algo que la policía no consiguió aclarar en su momento..., el motivo de que tu coche saliera de la carretera.

—Estábamos en plena bronca, y cubrió mi mano sobre el volante con la suya. Intenté apartársela, pero él agarró con fuerza el volante y el coche dio un brusco viraje. Sucedió demasiado deprisa, no pude reaccionar, no de forma adecuada.

—No es culpa tuya, cielo. Ni su culpa. Fue una noche de circunstancias adversas.

Desliza los dedos hacia arriba para rodearme el estómago.

—La gente me odiaría si supiera lo que le dije.

—Nadie tiene por qué saberlo.

—¿Crees que debería contar a mi padre cómo sucedió el accidente? —pregunto.

Me da un beso en la mejilla. Labios fríos. Piel fría.

—No va a cambiar nada. Tú no hiciste nada malo.

—¿Crees que recordaré en algún momento todo lo que sucedió esa noche? —pregunto.

—¿Quieres hacerlo?

—Pienso que debería recordar para que todo lo demás tenga algún sentido. Ahora mismo, no son más que un puñado de retazos esparcidos sin pegamento.

A nuestro alrededor el aire vuelve a calmarse. Lo único que puedo hacer es mirar hacia delante y olvidarlo todo. Quiero librarme de la preocupación que agita mi interior.

Sam no ha salido huyendo en dirección contraria. No me ha juzgado. Creo que la mente exagera los problemas, los empeora mucho. Encontrarme ahora con Sam en nuestro lugar favorito calma las cosas, todo está bien aunque en realidad no sea así exactamente.

—Eh, Sam, ¿por qué no te has parado antes cuando me has visto en la ciudad? —pregunto por fin.

—Quería que acudieras tú a mí cuando estuvieras preparada —responde besándome un lado de la cabeza.

—Pero luego llamaste...

—Lo sé —interrumpe—. De regreso a casa, pensé, o tal vez imaginé esperanzado, que quizá habías venido a la ciudad en mi busca.

—Lo lamento —digo, apoyando la cabeza en su hombro.

Tengo la impresión de que últimamente solo sé decepcionar a la gente. Es un cambio demasiado acentuado para una chica que ha pasado la mayor parte de la vida intentando contentar a todo el mundo.

—¿Recuerdas cuando estábamos en la cafetería de Carrington y me preguntaste qué tres cosas me daban más miedo?

—Sí —susurra él.

—Nunca te expliqué la última.

Hago una pausa para inspirar hondo.

—Me aterroriza la idea de perder otra vez a alguien que me importa —continúo—. Te tengo aprecio, Sam. No permitas que te aparte, no soportaría perderte.

Roza mi melena por la espalda, acariciándome con la nariz el lado del cuello.

—No me voy a ningún lado.

Los dos nos quedamos callados mientras me abraza acurrucando el rostro contra mi cuello. Lo único que puedo hacer es cerrar los ojos y absorberlo todo. Sam. La fragancia de la madera ardiendo en la fogata. Los chirridos de los grillos. Por momentos así la gente se arriesga a sufrir un desengaño..., y enamorarse merece la pena.

—Quédate conmigo esta noche —dice finalmente, estrechándome con un poco más de fuerza.

—No creo que...

—Por favor. Dijiste que querías ir de acampada. Esta es tu oportunidad.

Casi había olvidado la noche en que le dije que quería ir de acampada; desde entonces han pasado muchas cosas. Con franqueza, me apetece estar aquí con él al aire libre, porque si vuelvo a meterme en casa, todos esos sentimientos no deseados aflorarán de nuevo. ¿Cómo puedo decirle que no?

Estoy cansada de no tocarle, de no ver sus ojos.

—¿Cómo de sólida es esta silla?

—Nos sostiene a los dos, ¿no?

Si esta silla puede sostenernos con mi espalda pegada a su pecho, también puede sostenernos conmigo mirándole de frente. Rodeo sus dedos para levantarle las manos de mi cuerpo y me aparto deprisa de su regazo. Noto sus brazos estirándose hacia mí, pero soy demasiado rápida.

Estudia mi rostro con sus ojos de párpados caídos.

—Por favor, quédate conmigo.

Su voz suena grave, sexy y exigente, con un pequeño matiz gimiente. Es el único empujón que necesito.

—De acuerdo —respondo, sentándome a horcajadas con cuidado sobre su regazo.

Le rodeo la nuca con las manos para juntar nuestros cuerpos como el pegamento. El fuego arde en el centro de sus ojos, pero yo lo noto sobre todo en sus manos: en la manera en que me coge el trasero como si su único empeño fuera protegerlo. Nuestros pechos entran en contacto, dos corazones danzando juntos al mismo ritmo.

—¿Te importa si te beso? —pregunta.

Desliza los dedos por mi espalda, enredándolos en mi pelo.

—¿Desde cuándo pides permiso?

—Desde que no sé si este es el momento adecuado.

Acerco mis labios, dejándolos un milímetro por encima de los suyos.

—Es el mejor momento. Los besos son la mejor medicina.

—Sí —dice rodeando con sus manos la parte posterior de mi cabeza—. ¿Qué dosis hará falta?

—¿Por qué no empiezas por aquí? —susurro tocándome con el dedo el extremo izquierdo de la boca—. Y te diré cuando me encuentre mejor.

Sonríe.

—Tendrás todo lo que pidas.

Aún noto mi piel caliente por el fuego, pero cuando sus labios entran en contacto con los míos siento el frío contraste. Todo se intensifica mientras Sam desplaza los labios de un extremo al otro, dejando un rastro hormigueante y eléctrico a su paso. Mi corazón se derrite. Ni siquiera Cory podría mejorar esto. Es la magia peculiar de Sam. Sus labios parecen una varita mágica. Mi pulso se acelera como parte del truco.

Cuando se aparta, detesto que lo haga. Detesto perderle.

—¿Te parece que pasemos la noche dentro? Se estará más cómodo que en la silla.

—No sé. De hecho, estaba bastante a gusto —respondo.

Se sonríe mientras me pasa el dorso de los dedos por la mejilla.

—¿Y si te prometo que puedo mejorarlo?

Una promesa así se la voy a dejar cumplir. Él es el arco iris al final de la tormenta. Distingo ahora con claridad los colores brillantes y cambiantes.

Mientras me aparto de él, apenas siento las piernas.

—Ven —dice poniéndose en pie. Y con un movimiento rápido, me levanta en volandas para llevarme a la tienda—. Siempre he querido hacer esto.

—Podría acostumbrarme.

Se inclina para darme un beso en la mejilla.

—Lo permitiré.

Me deja en el suelo y se arrodilla para abrir la cremallera de la portezuela. Va a ser la primera vez para mí, la primera noche que duermo en una tienda, pero la simplicidad y la soledad de todo ello me excita.

—¿Has dormido aquí en el prado alguna vez? —pregunto.

—A veces, cuando sencillamente necesito escapar de todo, me vengo aquí.

Sostiene la lona para mantener abierta la puerta y me indica con un movimiento que entre.

—Tienes tu propio apartamento —digo mientras me agacho para pasar al interior de la tienda.

—Eso forma parte de mi vida. Si me quedo allí, no logro escapar de todo como aquí.

Cuando los dos nos encontramos dentro, vuelve a subir la cremallera y se pone en cuclillas sobre un extremo de la colchoneta hinchable. El espacio es mucho mayor de lo que parece desde fuera. La colchoneta, del tamaño de una cama doble, ocupa casi toda la superficie. Hay además un farolillo que emite una suave luz.

—Tengo otro pantalón de chándal y una camiseta adicional si quieres.

—¿Intentas disfrutar de espectáculo gratis, Shea? —bromeo, notando lo coloradas que se me ponen las mejillas con la insinuación.

—No —dice metiendo la mano en su talego—. La primera vez que intente eso, o algo más, será en mi cama.

—Oh. —La exclamación se me escapa mientras cojo sin mirar las cosas que me tira—. ¿Y qué problema hay con esta cama?

No sé de dónde ha salido la pregunta. No he venido aquí por eso..., no es algo para lo que aún esté preparada.

—Porque he estado reservando mi cama para una chica especial. Cierta chica. No he esperado todo este tiempo para liarme con ella en una colchoneta hinchable.

Me deja boquiabierta. Siempre tan franco, el muy puñetero. Se ríe y gatea para darme un beso.

—Voy a salir a apagar el fuego. Tú mientras tanto cámbiate, regresaré en unos minutos.

Mientras sale de la tienda, no puedo apartar la mirada de su perfecto trasero y la manera en que se le ajustan los vaqueros. No creo que sea el tipo de tío que va al gimnasio a diario, pero tanto trabajo en el taller da resultados.

Cuando le pierdo de vista, me quito deprisa la ropa y me pongo los suaves y cálidos pantalones que me ha dejado. Tienen ese tacto gastado del algodón que se adapta como una segunda piel. Lo mejor de todo es que huelen exactamente como él; limpio pero sexy.

Mientras espero, permanezco tumbada en la colchoneta y miro a través del techo de malla. Ofrece una vista perfecta de las estrellas que están encima; mejora cualquier hotel de cinco estrellas en el que haya estado con mis padres.

—Parece que te has puesto cómoda.

Estoy tan ensimismada con las constelaciones de estrellas que no le oigo entrar.

—No me había percatado de que estas cosas vienen con un techo de estrellas incorporado.

—Es uno de sus muchos placeres. ¡Y pensar que me costó menos de doscientos dólares!

Me desplazo, haciendo sitio para que gatee y se ponga a mi lado.

—Si viniera con baño y cocina, casi podrías vivir en una de estas tiendas —comento.

—Hasta que llega el invierno —dice, echando su lado del saco de dormir sobre nosotros dos—. Sube la cremallera.

—¿Por qué? Se está bien así.

—Te dije que compartiría contigo mi saco de dormir, y hablaba en serio. Así que sube la cremallera.

Lo dice como si fuera una orden en vez de una petición. Por esta vez encuentro bien que haga de jefe. Estar tan cerca de él me proporcionará seguramente la mejor noche de sueño en mucho tiempo. Hago lo que pide, y luego acomodo mi cuerpo junto al suyo. Sam se pone de costado. Yo permanezco boca arriba.

—¿Te encuentras mejor? —pregunta, rodeándome la tripa con el brazo.

—Mucho mejor, pero ¿sabes qué iría bien?

—Mmm.

—Algún beso más de esos que me has dado fuera.

Mientras lo digo intento no mirar embobada sus labios, pero no puedo evitarlo. Algo tan perfecto se merece una contemplación atenta.

—Si eso es todo lo necesario, levanta la cabeza.

Hago lo que me pide y permito que deslice los brazos debajo de mí. Pasa los dedos por los mechones de mi larga melena rubia y sus labios generosos descienden sobre los míos. Es una gozada, es lo correcto. No hay nada mejor que un beso bajo las estrellas, sobre todo en compañía de alguien que te hace sentir parte de un nuevo esquema. Con Sam, formo parte de la constelación más brillante y valiosa.

24

Al salir al exterior bajo el aguacero, la lluvia me da en la cara. Ha sido un largo día de repartos con este mal tiempo, y por suerte esta es la última entrega. Dado que es el primer empleo que tengo, empiezo a apreciar por fin el concepto de viernes y por qué todo el mundo lo espera con tal ilusión. No es que me desagrade el trabajo, lo cierto es que me gusta, pero es agradable disponer de días para hacer lo que quieras. Sobre todo, es agradable poder estar más tiempo con Sam.

Han pasado cinco noches desde que dormí bajo las estrellas con él. Aunque hiciera fresco, estar en sus brazos dentro del gran saco de dormir me proporcionó la mejor noche de sueño en muchísimo tiempo. Sus besos cariñosos y dulces ayudaron también.

Nos hemos propuesto vernos cada día, bien sea quedando para comer o viendo juntos una peli en su casa después del trabajo. El tiempo refresca demasiado como para seguir en el prado, aunque, después del último fin de semana, espero ansiosa repetirlo el próximo verano.

He pasado cada noche en mi propia cama, y me he quedado dormida con pensamientos de Cory y la discusión que mantuvimos. Intento enterrarlos pensando en Sam, pero no resulta tan fácil si él no se encuentra a mi lado. Sam me ayuda a olvidar.

Cuando por fin llego a las puertas del hospital, tengo la camisa empapada y mi pelo está hecho un verdadero asco. Es lo que pasa con este trabajo: es prácticamente imposible llevar un jarrón lleno de flores y un paraguas al mismo tiempo. No hay manera de abrir así una puerta.

El hospital me saluda con ese olor que tanto odio y los colores institucionales que desprecio.

—Rachel, ¿eres tú?

Me vuelvo hacia la zona de espera, y descubro a la madre y la hermana de Cory ocupando dos sillas.

Me acerco vacilante, agarrando con mano firme el jarrón de vidrio.

—Hola —saludo, logrando esbozar algo parecido a una sonrisa.

—Pensaba que habías vuelto a la universidad —dice la señora Connors recorriendo con la mirada mi desmelenado aspecto.

En esta pequeña ciudad cualquiera lo sabe todo acerca de las idas y venidas de los demás. Cabe la posibilidad de que no esté enterada, pero también es probable que quiera darse el gusto de oírme admitir que, aparte de malograr, la vida de Cory..., también arruiné la mía.

—Me he tomado un año sabático, para ayudar a la señorita Peters en la tienda —contesto, cambiando el peso sobre mis pies con nerviosismo.

—Ya veo.

Se produce un incómodo silencio a continuación. Tal vez debería haber seguido andando y decirle que no podía demorarme con la entrega.

Me siento una tonta buscando algo que decir.

—¿Y qué os trae por aquí?

—Oh, Craig tenía que hacerse unas pruebas. Estamos esperando.

El padre de Cory tuvo problemas de corazón un par de años antes. Precisó cirugía para limpiar una oclusión.

—Espero que todo vaya bien.

Hace un movimiento con la mano como si no fuera nada.

—Es solo rutina. Cosas de la edad.

Cuanto más rato llevo ahí, más relajada me siento, pero aún espero la siguiente patada. La que seguramente reservan para darme en los dientes.

—Bien, me alegro de veros. Mejor entrego estas flores antes de que alguien llame preguntando dónde están.

Me pongo a andar, lista para largarme antes de que mi suerte se agote, pero la señora Connors me detiene sin darme tiempo a ir muy lejos.

—Rachel, ¿puedo hablar contigo un segundo?

Me paro, pero no consigo darme la vuelta. Todo mi cuerpo se ha puesto tenso.

—Solo quería decirte que lamento la manera en que actué en el cementerio. Sé que esto no es fácil para ti; por lo tanto, confío en que al menos entiendas por qué reaccioné así.

Solo entonces me atrevo a mirarla a la cara. Me ha ofrecido un pequeño y blando cojín como amortiguador.

—Lo entiendo, y confío en que sepa que lo siento muchísimo. Ojalá las cosas hubieran ido de otra manera, pero es imposible volver atrás —digo.

—Lo sé —contesta con un temblor en el labio inferior—. Solo que le echo de menos, ya sabes.

Asiento. Cada día veo u oigo algo que también me lleva a echarle de menos. Dentro de cincuenta años seguiré pensando en él. Cuesta olvidar las primeras experiencias.

—Gracias por la caja, por cierto. No todo en su interior era mío, pero dudo que quiera que le devuelva ese artículo —digo con vacilación, esperando ver algún indicio de mala intención en sus ojos.

Toda esta cuestión de la caja me ha tenido fastidiada desde el momento en que la abrí, por mucho que intente olvidarlo.

La señora Connors frunce el ceño, y yo respiro hondo al ver su gesto. No tiene la menor idea de lo que hablo.

—Sea lo que sea, quédatelo. Estoy segura de que él querría que lo conservaras.

Después de todo este tiempo, hablar de su hijo aún crispa su rostro. Está a punto de llorar, y automáticamente provoca idénticas emociones en mí.

—En fin, creo que mejor sigo con lo que me traía aquí.

Ella asiente.

—De acuerdo, ojalá te vea pronto.

—Lo intentaré.

La interacción entre nosotras resulta demasiado incómoda como para volverse habitual, pero al menos a partir de ahora no temeré toparme con ella por la ciudad.

Me acerco al mostrador de la recepcionista para dejar las flores y luego me apresuro hacia la salida. Quiero estar en cualquier lugar que no sea este, no solo por la gente que hay aquí dentro y que me espanta; son los malos recuerdos que guarda este lugar. No sucedieron cosas malas aquí, pero me enteré de ellas entre estas paredes. El olor, el color, todo me hace pensar en cuestiones que preferiría olvidar.

Cuando salgo de debajo de la protección del toldo el aguacero ha cobrado fuerza, empapando lo que aún no había mojado antes. Al menos esta vez puedo correr, ya que no transporto nada en las manos. Doy al botón para abrir el coche en cuanto lo distingo y me meto en él tan rápido que solo unas pocas gotas entran por la puerta.

Durante varios minutos me limito a escuchar la lluvia contra las ventanas del coche con la cabeza recostada en el asiento. El sonido me calma. No sé qué me ha alterado más, si el hecho de toparme con la familia de Cory o que el encuentro fuera mejor de lo esperado. Prepararme para lo peor ha sido casi tan duro como el hecho de afrontarlo.

Es algo que he aprendido en los últimos tiempos. Las cosas rara vez resultan tan malas como yo pensaba. Tengo capacidad de recuperación..., soy más fuerte de lo que creía.

Justo cuando estoy a punto de regresar a la tienda para fichar y largarme a casa, vibra el teléfono. Al sacarlo me doy cuenta de que es Sam. Debe de haber acabado de trabajar ya.

Sam: ¿Te preparo cena esta noche?
Rachel: Pensaba que no cocinabas.
Sam: Pido una pizza riquísima.

Va a ser la tercera vez esta semana que Sam «prepara» la cena para mí. Es buen plan. Mejor que una incómoda cena en casa con mamá mirando la silla vacía de papá.

Rachel: Eso sí. Salgo ahora del trabajo. Hacia las 6:30 en tu casa. ¿Ok?
Sam: O antes.

Sam es toda la motivación que necesito para salir del aparcamiento. Pasar la noche acurrucada en el sofá junto a él, escuchar la lluvia. Él es una de las mejores cosas que han sucedido en mi vida. Siempre estaré agradecida a mamá por invitar a las damas de la iglesia aquel día hace casi doce años.

Las primeras veces que estuve en el apartamento de Sam no me sentí demasiado cómoda. Ahora entro ahí como si el lugar fuera mío. Sin llamar. Sin andar de puntillas. Cuando llego a lo alto de las escaleras, rozo la puerta con los nudillos, no para que conteste, sino para hacerle saber que voy a entrar.

Siempre está en la cocina..., también esta noche. Vaqueros azules y camiseta blanca de manga larga ajustada a la musculatura. Ni zapatos ni calcetines. Con franqueza, es una visión de pura sexualidad humana sin trabas. Me alivia que en los tiempos de las charlas de Educación Sexual no mencionaran nada de este cosquilleo en el estómago que acompaña la atracción; es mucho mejor cuando te coge desprevenida.

—Eh —dice acercándose al umbral, donde me encuentro paralizada.

La mejor parte de su saludo es el beso. Cogerá mi barbilla con dedos encallecidos y acercará sus labios a los míos abriendo los ojos. Hasta hace unos días, yo siempre besaba con los ojos cerrados. Pensaba que era mejor así, pero Sam me ha enseñado que puedes sentir mucho más si lo haces con ojos y labios simultáneamente. Veo en lo más hondo de él y le siento aún más al absorber la calidez de su mirada marrón.

Sam consigue que las horas parezcan segundos. Consigue que me pierda en él, tiene esa capacidad.

Cuando se aparta, una sonrisa se extiende por su rostro.

—No es muy educado que te bese antes de darte la ocasión de decir hola.

—Por mí ya está bien. Me gusta tu manera de decir hola —digo, mordiéndome el labio inferior.

—Bien, ¿te he dicho lo sexy que estás? Sé que me lo he saltado.

—No te agobies, a mí también se me ha olvidado mencionarlo.

Me coge por las caderas para acercarme hacia él.

—Tus ojos lo dicen todo.

—¿Tanto se me nota?

—Sí —dice pegando sus labios a los míos—. Pero por mí está bien. Si no veo esa chispa algún día, me preocuparé.

Esta vez, cuando se encuentran nuestras bocas, no pierde el tiempo y se apresura a enredar su lengua con la mía. La mueve con habilidad experta, noto cada movimiento en otros lugares aparte de la boca. Tenemos las caderas pegadas, todo lo cerca que dos personas con la ropa puesta pueden estar. Lo noto todo, en especial su creciente erección contra mi estómago. No es la primera vez que pasa, y mentiría si dijera que no me hace anhelar algo más.

Ralentiza sus movimientos y acaba con un suave besito en mis labios.

—La cena está lista.

—Nos la podríamos saltar.

—No he trabajado como un burro para nada.

Me guiña un ojo y me coge de la mano para llevarme a la cocina. No hay nada sofisticado en nuestras cenas juntos; normalmente las pasamos sentados con las piernas cruzadas en el sofá.

—Esta vez he pedido una pizza vegetal, ya que mencionaste que la pepperoni era grasa.

—¿Y si no me gustan las verduras?

Inclina la cabeza a un lado.

—¿En serio, cielo? Si es así, tendremos que pasarnos a los cereales.

—En tal caso, prefiero los integrales.

Entorna los ojos y abre la puerta de su diminuta nevera.

—¿Qué quieres beber?

—Agua —respondo.

—Si coges los platos, yo llevo las bebidas.

En muy poco tiempo hemos adquirido este ritmo relajado, casi hogareño. No se deja irritar por demasiadas cosas, y por lo tanto le cuesta poco aceptar mis rarezas..., que son unas cuantas.

—¿Qué vamos a ver esta noche? —pregunta, dejando dos botellines de agua en la mesita de centro.

—Saltémonos esta noche el programa sobre cocinas antihigiénicas —contesto.

—Aquel pollo pringoso en parte es el motivo de que pidiera pizza vegetal.

Al final se decide por *El fugitivo*. Cuando acaba ya no queda pizza y hemos vaciado los vasos. Estamos tumbados en el sofá uno al lado del otro con las piernas enredadas. Me doy la vuelta en sus brazos y veo una intensidad irresistible en sus ojos.

—¿Por qué me miras así? —digo curiosa.

—¿Recuerdas cuando me preguntaste a qué tenía miedo?

Asiento contra su pecho, pegando los labios a su suave camiseta. Toma un lado de mi cara entre sus manos, dirigiendo mis ojos hacia él.

—A perderte. Me daba miedo volver a perderte.

—No creo que te dejara nunca.

—Lo hiciste —susurra, con voz cargada de dolor—. Cuando empezaste a salir con él fue como perderte, porque eras lo único que quería.

Trago saliva, deseando ansiosamente rodearle con mis brazos y decirle que no voy a dejarle por nada.

—Ahora creo que las cosas suceden por algún motivo. Si años atrás me hubieras pedido que estuviéramos así los dos, no creo que siguiésemos ahora juntos. Cometí muchos errores, pero he aprendido de ellos; por lo tanto, te llega una versión mejor de mí.

—Me gustaba la versión antigua, y me gusta la nueva. Por eso sé que esto es algo especial de lo que nunca quiero prescindir. Joder, Rachel, hace demasiado tiempo que te quiero.

Pega sus labios a los míos, sosteniendo mi rostro en sus manos y estirando mi labio inferior con sus dientes antes de soltarme.

—¿Lo sientes cuando te beso?

—¿El qué? —susurro observando sus labios.

—Lo que significa —dice cogiéndome la mano para llevársela a su corazón—. Cuando te beso, sale de aquí. Me tomo mi tiempo porque planeo hacerlo solo contigo durante el resto de la vida; ya no me asusta perderte.

—Sam, prometiste ir despacio.

—Y lo estoy cumpliendo, como tú quieres —dice tomando mi barbilla en su mano.

Sigue con la boca la línea de mi mentón y desciende por el cuello hasta el punto sensible bajo mi oreja. Resulta asombroso, provoca un cálido hormigueo en mi columna.

Una vocecilla en mi cabeza dice que nos tomamos las cosas demasiado deprisa, pero mi cuerpo explica a gritos una historia diferente por completo. Me siento predispuesta a escuchar esta segunda versión.

Antes de percatarme de lo que pasa, me encuentro en brazos de Sam, transportada en volandas hasta su cama. Deberían sonar alarmas de advertencia, pero no. Quiero esto, quiero sentir lo que me hace sin todas estas ropas entre nosotros.

Me deja en pie, y noto el colchón tras mis rodillas.

—Sé que quieres esto. Lo percibo por la manera en que late tu corazón contra mi pecho. Pero si quieres que me detenga, debes decírmelo ahora. No será posible dar al botón de pausa una vez empiece.

Esto no es sencillamente pasar página; es un capítulo nuevo por completo. Con Cory esperé todo un año antes de dar este paso e, incluso entonces no estaba tan segura como ahora de lo que sentía por él. He ido conociendo a Sam a lo largo de doce años, sus puntos fuertes y los débiles, sus pensamientos y dilemas. Durante doce años, le he querido..., no siempre del mismo modo, pero lo he amado.

Estoy enamorada de este atractivo chico, aunque me espante demasiado decírselo.

Asiento.

—Deseo esto tanto como tú.

Sube los dedos para ocuparse deprisa de los botones de mi blusa blanca. Aguanta mi mirada en silencio, ensimismado. Solo la manera en que me mira ya es casi suficiente para ponerme a llorar, lo digo en serio. Algunas chicas esperan toda la vida a que les llegue su cuento de hadas, y el mío se encuentra ahí delante, de pie ante mí.

Desliza las manos por mis hombros para quitarme la camisa. Me encuentro ante él sin otra cosa que un sujetador color carne... que, desde luego, no habría escogido de haber sabido que esto sucedería esta noche.

—Eres sexy a más no poder... He soñado una y otra vez que sucedía esto, pero de todos modos no te imaginaba así.

Meto los dedos bajo su camisa, recorriendo sus abdominales tonificados. Cuando no me parece suficiente, cuando quiero sentir más piel en contacto con la mía, le saco la camisa por la cabeza, exponiendo por completo su fuerte pecho y su estómago tenso.

Sam me acaricia el cuello, alzando los pulgares para frotarme el mentón.

—Cuando te miro, veo ahí todo lo que espero en la vida. Me toca a mí demostrarte ahora lo buena que puede ser tu vida.

Acerca sus labios despacio, con los ojos fijos en mí bajo sus pesados párpados. Es cariñoso y tierno mientras estira un labio mío y luego el otro antes de tapar del todo mi boca. No me inquieta la intimidad de lo que está a punto de suceder —tenemos suficiente confianza—, pero me preocupa desconocer qué le gusta y qué no. Mis experiencias probablemente no sean equiparables a las suyas, pero confío en que el nivel de nuestros sentimientos sea suficiente para subsanar eso.

Ganando confianza gracias a su contacto cariñoso, deslizo los dedos hasta el botón de sus vaqueros y, a tientas, procuro soltarlo. Cuando lo logro, tiro de la cremallera y bajo los pantalones sobre sus caderas. Por lo visto es un hombre al que le van los calzones negros..., como me lo imaginaba en cierto modo, sabiendo lo que sé de él.

—Estás sonriendo —dice rozando ligeramente mi clavícula con los nudillos.

—Me lo pones fácil —respondo de puntillas para besar el hoyuelo en su barbilla.

Me retiene ahí, colocando los dedos bajo mi barbilla para acercarme los labios a él. No hay necesidad de que me enseñe lo buena que puede ser la vida, ya lo percibo yo sola. En lo profundo de mi pecho..., reside ahí.

Me suelta los vaqueros y baja el ajustado tejido por las piernas.

Sus largos dedos vuelven arriba, danzando expertos por mis costados.

—Túmbate en la cama, cielo.

Mi pecho palpita con fuerza mientras me siento sobre el borde del colchón, desplazándome hacia atrás despacio sobre las suaves sábanas de algodón. Sam sigue levantado al pie de la cama, empapándose de mi cuerpo casi desnudo. Permanecemos así un rato, observándonos los dos. Sintiendo los dos. No hay vuelta atrás ahora.

Mis ojos continúan fijos en él mientras se acerca al cabezal y saca un pequeño y delgado sobre del cajón superior. Tal vez sí esté un poco nerviosa. No es mi primera vez, pero en cierto modo es como si lo fuera.

Se hunde su lado de la cama cuando gatea hacia mí. Sam podría estar flotando por el aire, porque es lo único que veo.

—Voy a besar cada centímetro de tu piel, y luego, cielo, voy a asegurarme de que también me sientes por dentro. Especialmente, aquí —dice besando el punto en mi pecho ubicado justo encima de donde late mi corazón.

Estiro los brazos y enredo los dedos en su cabello.

—Sam, por favor.

No se limita a besarme ahí, hace el amor a mi piel con cada caricia de su boca. El rastro llameante que dejan sus labios desciende por mi estómago, por el interior de cada muslo... hasta llegar a la punta de mis pies. Es lento y sensual. Para cuando vuelve de regreso hasta mis labios, ya estoy suplicando más.

Mi nerviosismo se ha disipado de nuevo, y cuando Sam se apoya en sus talones para bajarse los calzones, soy toda expectación. Observo cómo rasga el sobre y desenrolla con cuidado el condón. Qué cuerpo tan hermoso el suyo.

—Voy a ir despacio —susurra, inclinándose sobre mi cuerpo.

Cuando me besa, noto su erección en mi entrada. Y cuando finalmente suelta amarras, contempla mis ojos mientras me penetra. Lentamente. Por completo. Casi quiero llorar..., nunca ha sido así.

—¿Bien? —pregunta.

Asiento levantando la cabeza para rozar sus labios con los míos. Es la seguridad que Sam necesitaba. Es perfecto de momento..., uno de esos instantes que siempre recordaré. Vuelve a salir lentamente hasta dejar solo la punta dentro de mí, y luego entra de nuevo muy poco a poco, de modo muy parecido a la primera vez. Es una pauta que repite con besos suaves intercalados, pero cuando mis músculos se relajan me penetra con más fuerza, más rápido. Noto cada movimiento, cada emoción transmitida entre nosotros.

Al llegar a ese punto en que crees que no quieres que esto acabe jamás, de lo maravilloso que es, la tensión crece en mi núcleo. Cada vez que él se entierra en mí por completo, yo me acerco más y el estremecimiento crece. No tardo demasiado en experimentar el orgasmo más fuerte y asombroso que he tenido en la vida. Retuerzo los dedos de los pies y arqueo la espalda. Pierdo todo el control. Soy toda suya, nadie puede afirmar lo contrario.

—Oh, Dios mío, cariño, qué sensación, joder. ¿Sabes lo maravilloso que es esto? —gime, y con tres rápidos movimientos sigue mi ejemplo hasta alcanzar la dicha.

Enterrando la cabeza en mi cuello, repite gimiendo mi nombre una y otra vez. No sabía lo sexy que sonaba hasta ahora, saliendo de sus labios en su momento más vulnerable.

Permanecemos así durante lo que parece una eternidad: dos cuerpos empapados en una capa de sudor, estremecidos por las secuelas de un intercambio sexual asombroso.

Sam sale de mí poco a poco, sosteniéndose con sus brazos por encima de mi cuerpo.

—Siento que siempre hemos estado destinados a llegar aquí, Rachel. Tal vez el camino haya sido largo, pero me alegra que por fin lo hayamos conseguido. Estaba escrito que serías mía.

Paso las manos por sus fuertes bíceps.

—No me voy a ningún lado.

25

A veces, después de haber visto las partes feas de la vida, cuesta creer que aún exista belleza. Y si vives en la fealdad cierto tiempo, acabas convencida de que en realidad la belleza nunca existió. Vivir en la oscuridad juega malas pasadas a tu mente y te agota el alma, y cuando por fin empieza a relucir de nuevo la luz, pasa un tiempo hasta que los árboles se ponen verdes y brotan las primeras flores. La oscuridad es a la luz lo mismo que el invierno a la primavera.

Con Sam vuelvo a florecer, es exactamente lo que necesito. Y este sentimiento queda grabado en piedra mientras sus labios descienden por mi pecho desnudo. Aprecio la ternura sobre mi piel, como un pétalo de rosa siguiendo un sendero entre mis senos.

—Rachel —susurra contra mi piel—. ¿Eres consciente de lo bien que sabes?

Lo único que consigo proferir es un gemido mientras él continúa el recorrido descendente, depositando besos ligeros como plumas alrededor del ombligo.

—Tu piel sabe a fresa —sigue ronroneando, con voz llena de deseo, como un hombre a punto de saborear algo que lleva años anhelando.

Arqueo la espalda cuando su cálida boca se sitúa entre mis piernas. Me han tocado ahí muchas veces, pero no de este modo. Es íntimo, sexy, y me libera de una manera que nunca creí posible.

Parece que solo existamos los dos, flotando en una nube, sin peso por debajo ni por encima de nosotros. Enredo los dedos en su pelo, estirando lo justo para convencerle de que lo que hace es bien recibido. Y cuando me acaricia el clítoris con la lengua, noto que la nube se eleva aún más. Mi cuerpo sucumbe, comprimiendo las paredes. Y Sam me acompaña, salpicando mi piel con las caricias de sus labios.

Cuando aparta la boca, abro los ojos y lo encuentro mirándome. Incluso con la habitación a oscuras, distingo el deseo en su mirada, brillando ardiente a través de la luz mortecina de la estancia.

—Esta vez, cuando te haga el amor, quiero que me mires. Quiero que veas lo que siento. Quiero ver lo que sientes —dice, y baja los labios hasta los míos.

Sabe igual que yo mientras me besa con maestría, haciéndome anhelar el resto de su cuerpo. Anoche me enseñó lo buenas que pueden ser las cosas, lo que me he estado perdiendo sin su compañía. Mi verdadero amigo y compañero del alma.

—Sam —gimo mientras recorre la línea de mi mandíbula.

Continúa la exploración por el cuello, pero en vez de emplear los labios sigue con la lengua una línea que desciende hasta mis pechos, tomándose cierto tiempo para lamer cada pezón. Me lleva hasta el límite, y estoy lista para saltar porque sé que él me sujetará. Siempre lo ha hecho.

Con un movimiento lento y largo, me penetra y, por costumbre, yo cierro los ojos. Siempre he pensado que haciéndolo podía concentrarme en la sensación de la piel pegada a la piel..., que eso lo mejoraría todo. Anoche me demostró lo contrario.

Me acaricia la mejilla con el dorso de los dedos.

—Mírame.

Obedezco, abriendo los ojos a él. Es entonces cuando empieza a moverse, creando una fricción deliciosa entre nuestros cuerpo unidos. Solo aparta esos preciosos ojos marrones de mí cuando baja sus labios hasta mi cuello. Succiona, mordisquea y juguetea sin dejar de embestir su cuerpo contra el mío.

Cuando ya ha saboreado bastante, apoya las manos en la cama para contemplarme mejor.

—¿Sientes lo bien que nos amoldamos, preciosa? Tu cuerpo está hecho a mi medida.

Asiento y arqueo la espalda para que profundice todavía más. Es imposible que Sam se adentre aún más, pero yo lo sigo anhelando. Cuando quieres algo, lo quieres al completo.

Se me acelera la respiración. Estoy muy cerca, arrastrada por la euforia que te domina antes de alcanzar la cúspide definitiva. Le agarro con fuerza por los hombros, para hacerle saber que mis paredes están a punto de ceder.

—Aguanta, preciosa. Quiero correrme contigo —susurra, pasándome los dedos por los antebrazos, hasta que nuestras manos se entrelazan finalmente.

Cuando acelera el ritmo, a mí me cuesta más y más contenerme, y él lo sabe. Es tan evidente como la pasión en sus ojos.

—Sam, por favor —gimo, estrechando sus dedos entre los míos.

Se inclina para besarme, succionando mi labio inferior.

—Vamos allá, pero no apartes la vista de mí.

Con una última embestida gime, y mis paredes se aferran a su miembro. Me esfuerzo por mantener los ojos abiertos, fijos en él, y por la manera en que Sam los abre, veo que supone un esfuerzo también para él.

Cuando mis músculos dejan de apretar, se derrumba sobre mí, sin soltar mis manos.

—Podría quedarme así tumbado todo el día.

—¿Y no querrías repetir lo que acabamos de hacer?

—Intercalaríamos algunas sesiones.

—¿Sí?

—Sí —responde soltándome las manos para peinarme el cabello con los dedos—. Al menos, unas pocas veces.

Sale de mi cuerpo y permite que yo me ponga boca abajo. Aprovecha la oportunidad para depositar más besos ligeros como plumas en la parte superior de mi espalda. Coloco una de sus almohadas entre mis brazos e inspiro su fragancia. Así debería ser cada mañana. Sin ningún otro pensamiento aparte de lo mucho que creo haberme enamorado del tío que tengo echado a mi lado. Me ha demostrado que realmente hay vida después de la muerte. Una vida diferente. Yo he cambiado, soy bastante más madura que la chica de antes.

Sam se entretiene con los labios en mi cuello, y luego me susurra al oído:

—Siempre cuidaré de ti. Lo sabes, ¿verdad?

Hay algo en lo que dice —y por cómo lo dice— que me hace abrir de golpe los ojos y me acelera el corazón. Regresan las voces, más ensordecedoras que nunca, pero esta vez no oigo a Cory. Es Sam.

—Eh, ¿por qué corres?

Me cuesta respirar y me esfuerzo por ver en la oscuridad. Unos fuertes brazos rodean mis hombros, resulta imposible escapar. Mi espalda queda comprimida contra un gran pecho musculoso.

—Suéltame, tengo que largarme de aquí.

—Mírame, Rachel. Estoy aquí, y siempre cuidaré de ti. Lo sabes, ¿verdad?

—Sam —susurro sin necesidad de volver la cabeza para saber a quién pertenece la voz—. ¿Qué estás haciendo aquí?

—Ahora mismo, parece que te estoy salvando de algo. ¿De qué huyes?

Me vuelvo y apoyo las manos en su pecho. Hacía mucho tiempo que no estaba tan cerca de él. Mi relación con Cory se interpuso entre nosotros. Fue un separador. Una división. Sam era mi mejor amigo, Cory se convirtió en mi novio, y se odiaban. No había espacio lo bastante grande para los tres. Estar tan cerca de Sam casi me hace olvidar que estoy escapando de algo.

La escena de hace unos minutos regresa a mi cabeza. Me invade con dureza, como un martillo neumático en mi corazón. Mis rodillas flaquean y Sam me rodea con los brazos para sostenerme.

—¿Qué coño ha pasado, Rachel? Háblame.

Alzo la vista, pero es difícil distinguir su rostro bajo el cielo nocturno. Estiro la mano y paso los dedos por su mandíbula rectangular, notando su barba de pocos días contra mi piel.

—Algo que no puede solucionar la Osa Mayor —susurro.

Sam me retira un pequeño mechón de pelo para colocarlo tras la oreja.

—Lo lamento, me...

—Rachel, ¿qué coño está pasando? ¿Es aquí donde has estado toda la puta noche? —aúlla una voz desde la distancia.

Toda la sangre se precipita por mi cabeza. Cory.

—¡Rachel! ¡Rachel!

Estoy boca arriba, con Sam sentado a horcajadas sobre mi cintura, sujetándome con fuerza por los hombros. Estoy del todo aturdida por las réplicas de las voces. Dominan temporalmente mi cuerpo y mi voz mientras proceso cada parte del recuerdo. He intentado muchas veces visualizar lo sucedido la noche del accidente, pero nunca había imaginado algo así..., con Sam presente. ¿Por qué no me lo había dicho? Si estaba ahí, ¿por qué iba a ocultármelo?

Mi visión se aclara. Sam me está observando, su frente y pelo están empapados de sudor. Lleva la preocupación y el pánico escritos en su rostro como si se tratara de un relato de terror.

—Estabas allí —consigo farfullar finalmente—. Estabas allí y no me lo dijiste.

Él abre mucho los ojos y sujeta con menos fuerza mis hombros. No necesita preguntar de qué hablo. Lo sabe..., se nota en cada músculo de su cuerpo.

—Deja que te explique.

—¡Apártate de mí! —grito empujándole el pecho, pero pese a la rabia que me invade no puedo moverle. Los dos estamos desnudos, pero no me importa. Es lo último que mi puñetera mente tiene en cuenta ahora. En los últimos meses he construido mi vida en torno a algo que de repente se desmorona, o tal vez nunca fue terreno firme, en absoluto.

—Dame solo dos minutos. Por favor.

Me duele el corazón solo de mirar a Sam. No porque absorba su padecimiento, sino porque me recuerda el sufrimiento que ha provocado en mí. Mirarlo me recuerda lo bien que iba todo, y cómo me llenaba el corazón. Hasta hace unos minutos, Sam Shea era la persona en la que más confiaba del mundo. Sin embargo, ahora es alguien en quien no confío para nada.

—Ni siquiera puedo mirarte. Esto ha sido un error.

Baja la barbilla a su pecho, con ojos abrumados por la pena y la frustración mientras se aparta de mí. ¿Por qué no ha sido capaz, sencillamente, de ser sincero conmigo? ¿Tanto cuesta? Se sienta, dejando colgar las piernas sobre un lado de la cama, y apoya los codos en sus muslos desnudos.

—Intentaba protegerte.

—¿Protegerme? —chillo, levantándome de la cama, recogiendo la ropa del suelo por el camino—. Llevo meses intentando recordar qué sucedió aquella noche, y en todo momento has tenido en tus manos una pieza del rompecabezas, Sam.

—No pensaba que esta fuera la pieza determinante.

Agarro deprisa mi sujetador y me pongo la blusa, abrochándola en tiempo récord.

—¡Importa! ¡Claro que importa, joder! Tal vez..., tal vez mis padres tenían razón en todo momento.

Me observa mientras me pongo los vaqueros evitando el contacto visual directo. Se pasa la mano por el pelo, luego la baja por la nuca, pero sin dejar su sitio en la cama.

—¿Es el final? ¿Se acaba lo nuestro por esto?

Suena derrotado, resignado.

Me pongo las botas y recorro la habitación en busca de la cazadora.

—Ni siquiera ha empezado. Una relación no puede construirse sobre una mentira. En tal caso, todo el asunto no es más que una gran mentira.

—No me rechaces, Rachel. Haré lo que me pidas si dejas que te explique.

Rodeo la cama desde mi lado, agitando las manos delante de él. Me veo enloquecida del todo en este instante, sin posibilidad de recuperar la compostura de forma inmediata.

—¿No lo entiendes? El motivo de que Cory y yo nos peleáramos fue que me vio contigo. No importa por qué corría esa noche. Eres la causa del accidente.

Después de ver su rostro retorciéndose como un metal calentado, ya no soporto más. No voy a hablar más. No voy a pelear más. Cojo mi cazadora del respaldo de la silla y me apresuro a encaminarme hacia la puerta, pasando de Sam. Cuando tengo la mano en el pomo, vuelvo la vista por última vez.

—Dime solo una cosa. ¿Qué hacías aquella noche ahí? No has ido a una de esas fiestas en años.

Se estremece de forma visible y baja de la cama con la sábana gris alrededor de la cintura. Apenas unos minutos antes me habría dejado impresionada, pero ahora ni siquiera soporto mirarle.

—Antes de toparme contigo, estaba con Lidia Mathers.

Lidia es un año más joven que yo y es diferente a las chicas con las que he visto a Sam a lo largo de los años, pero de todos modos no me cuesta imaginarla convirtiéndose en una de sus últimas conquistas. Resulta un poco extraño que estuviera con ella, pero es lo que menos me preocupa.

—¿Alguna vez fue esto real para ti? —pregunto, dejando que la primera lágrima corra por mi mejilla—. ¿Estabas tonteando conmigo como con cualquier otra?

Se adelanta hasta quedarse a medio metro de mí. Estira la mano, anhelando tocarme, pero se contiene. El movimiento es doloroso para ambos.

—Nada ha sido más real jamás.

Asiento, y me doy la vuelta para evitar sus ojos entrecerrados.

—Cuando pienses en esto dentro de unos años, no creas ni por asomo que yo te aparté. Tú y tus mentiras lo han provocado. Debo irme —concluyo con calma, abriendo la puerta y desapareciendo.

Me produce cierta satisfacción oír el portazo tras de mí. Quiero que sepa que estoy enfadada. Quiero que se sienta como yo.

Cruzo el taller, sin preocuparme por volver la vista atrás para asegurarme de que no me sigue. Cuando salgo al frío aire matinal, me rodeo la cintura con firmeza con los brazos. El trayecto desde su apartamento hasta mi casa no es exactamente corto, sobre todo con este clima, pero no hay posibilidad alguna en el infierno de que acepte que él me lleve. Además, necesito pensar, intentar suprimir la náusea en el estómago. Justo cuando creía que por fin las cosas pintaban mejor, esa estúpida nube oscura vuelve a formarse sobre mi cabeza. Empiezo a pensar que va a perseguirme de modo permanente haga lo que haga, vaya a donde vaya.

Muevo los pies deprisa sobre la hierba intentando pasar por alto la irritación que siento entre las piernas por lo de anoche y lo de esta mañana. Nunca me había sentido tan próxima a alguien, pero en cuestión de minutos me lo han arrebatado todo. Es diferente a lo que sucedió con Cory, porque Sam sigue aquí. Si quisiera, podría tenerle. Pero no puedo, después de lo que ha hecho.

Según me acerco a mi casa, siento alivio al ver que el coche de mamá no está en la entrada. Al menos podré subir las escaleras y esconderme en mi habitación sin que me pregunte sobre mis mejillas surcadas de lágrimas. Parece que vuelvo al lugar en que me encontraba hace unos meses. Un paso adelante, dos pasos atrás... o, en este caso, diez pasos atrás como mínimo. Pero en esta ocasión, en vez de culpabilidad, la que tira de mí hacia atrás es una rabia abrumadora. Sam era la última persona que esperaba fuera a hacerme daño.

26

La vida cambia deprisa solo con girar una llave. La llave correcta puede abrir la puerta que da paso a algo fantástico, pero la errónea puede dejarte paralizada. Lo único que yo quería era ser feliz. De pequeña, pasaba horas viendo pelis de Disney en las que niñas como yo acababan convertidas en princesas, eran felices y comían perdices. Quiero esa parte..., la del final feliz.

Al llegar a casa esta mañana me he dado una larga ducha caliente, en un intento de eliminar de mi piel los recuerdos de Sam. No quería recordar su contacto ni su olor. Quería librarme de todo eso, pero aun después de salir de la ducha, Sam sigue ahí. Nunca voy a olvidar lo que compartimos la noche pasada.

He permanecido echada sobre las suaves sábanas de algodón la mayor parte de la tarde intentando olvidarle, pero solo consigo pensar en lo que sentía bajo su cuerpo desnudo anoche. Me hizo cosas que no creía posibles, cosas que percibía muy por debajo de la superficie de la piel. Cosas que me cuesta olvidar ahora, pese a la rabia que bulle en mi interior.

—¡Rachel, la cena está lista!

He conseguido evitar a mamá todo el día gracias a que se ha ido a ayudar en una función parroquial, pero ahora no va a ser posible. Si no bajo, subirá ella. Haga lo que haga, lo tengo mal. Llevaba toda la semana andando como una adolescente atolondrada; eso se ha acabado de repente. Cojo la chaqueta de punto negra y me la echo encima de la camiseta gris. Poco importa mi aspecto.

Tras alisarme las mallas negras, bajo las escaleras despacio, intentando retrasar lo inevitable. Mamá no está al pie de la escalera como yo pensaba, pero oigo el ruido de los platos que mueve en la cocina. Inspiro hondo y voy para allá haciendo todo lo posible por forzar una sonrisa. No es fácil ahora mismo.

—¡He intentado llamarte antes! —grita en cuanto oye mis pies descalzos en el suelo de la entrada.

—Estaba durmiendo.

Es una media verdad... o media mentira. Depende de cómo se mire. Lo cierto es que he tenido el móvil apagado todo el día porque quería evitar las llamadas de Sam en caso de que intentara contactarme. El teléfono sigue enterrado en el fondo del bolso y no planeo sacarlo hasta recuperar la cordura necesaria para enfrentarme a ello.

—¿Quieres comer aquí o en el comedor? —pregunta mamá mientras me voy al otro rincón de la cocina.

Está de espaldas, escurriendo los espaguetis del puchero.

—Aquí está bien —respondo ocupando uno de los taburetes que rodean la isla central.

Se vuelve de inmediato al oír mi voz.

—¿Pasa algo?

Me detengo, apoyando la mano abierta sobre el frío granito. *¿Cómo lo consigue?*

—Espera. ¿Volviste ayer a casa?

Niego con la cabeza, deseando no ser tan transparente.

Inspecciona mi cuerpo con la mirada.

—¿Es Sam? ¿Te ha hecho daño?

Sí y sí, pienso para mis adentros. Solo que no es lo que ella está pensando. Sam no forzó nada. No me arrebató nada que yo no quisiera darle. Sencillamente, abusó de mi corazón, cortándolo en pedacitos y haciendo papilla con él.

—Nos hemos peleado. Se ha acabado.

Encojo los hombros, pues me cuesta admitirlo. En serio empezaba a pensar en Sam como alguien que siempre formaría parte de mi vida.

—¿De verdad? —dice arrugando la nariz—. Ahora que comenzaba a caerme bien, al menos por la manera en que te ha cambiado. Era un gusto verte sonreír de nuevo, Rachel.

Una sonrisa... Al fin y al cabo, ¿qué es exactamente lo que la provoca? ¿Que nos sentimos bien? ¿Es porque la vida va bien y creemos que no puede mejorar mucho más? Seguro, eso creía yo, pero ahora la sensación se ha esfumado.

—A mí también comenzaba a caerme bien —susurro, describiendo círculos en torno a los pequeños diseños del granito.

—¿Qué ha sucedido?

Sirve pasta en dos platos y luego coge el puchero con su salsa casera para espaguetis. Es uno de sus mejores platos, pero esta noche no tengo hambre. La comida es lo último que me preocupa.

—No me digas que de verdad quieres hablar de esto, mamá...

Se detiene, dejando el puchero de nuevo sobre la cocina.

—Pues, de hecho, sí. Después del accidente no me necesitabas, pero quiero que me necesites ahora.

Vacilo. Ya que se lo he contado, ahora no puedo retirar lo dicho. Últimamente hay muchas cosas que no puedo retirar.

—Recordé algo de la noche del accidente —digo fijando la vista en el plato lleno de pasta que coloca ante mí—. Sam estaba allí.

Mamá junta las cejas y pregunta:

—¿Estaba allí en el momento en que recordaste?

—No... Sí, pero me refiero a que se encontraba en la fiesta de la noche del accidente.

—¿Y no te lo había contado antes?

—No. Es la razón de que Cory se enfadara conmigo, mamá. Hace unos días recordé los últimos minutos previos al accidente. Cory estaba muy alterado, furioso conmigo. Agarró el volante, y cuando yo intenté apartar su mano, el coche dio un viraje y se fue contra los árboles.

—No entiendo. ¿Por qué estaba enfadado?

Cerrando los ojos, cuento en silencio hasta que disminuyen mis palpitaciones.

—Porque me vio con Sam.

Mamá forma una «O» perfecta con los labios y deja el tenedor en el plato.

—¿O sea que estabas con Sam esa noche?

Apoyo los codos sobre el mostrador, acomodando la barbilla en mis manos.

—No, no creo. Yo corría escapando de algo y acabé en brazos de Sam. Solo que no recuerdo por qué corría.

Mamá coge el paño colgado ante el fregadero y se limpia las manos. Está pensativa. No puedo creer que le haya explicado todo esto cuando apenas he compartido confidencias con ella en toda mi vida.

—Encuentro increíble que no te lo contara —dice por fin, sentándose en el asiento a mi lado.

—Igual que yo —contesto moviendo la pasta con el tenedor.

Permanecemos sentadas en medio de este silencio incómodo, contemplando nuestros platos. Ninguna de las dos llega a dar un bocado, pero la comida sirve de distracción. Sigo demasiado dolida y cabreada como para meterme algo en la boca.

—¿Puedo decirte algo? —pregunta, apartando su plato.

—Soy toda oídos.

Mamá sonríe entonces. Es algo excepcional de verdad.

—Ahora suenas como tu padre.

Me estremezco.

—Detesto cuando dices eso.

—Lo lamento. Sé que no es tu persona favorita, y que él podría haberte apoyado más en estos últimos meses, pero su intención es buena. Si no fuera un buen hombre, no me habría casado con él.

—¿Qué ibas a decirme?

—Solo que nunca pensé en Cory como la persona con la que estabas destinada a compartir la vida. Querer a una persona no siempre la convierte en la mejor opción. No parecía en realidad el tío con quien ibas a lograr dar lo mejor de ti.

—¿Es eso lo que hace papá por ti?

Aparta la vista, y yo sé la respuesta al instante.

—Creo que mejor recojo la cocina. ¿Quieres que te guarde la cena para más tarde?

—No —digo empujando el plato—. Me parece que me voy directa a la cama. Ha sido un día largo de verdad.

—De acuerdo. Te irá bien dormir.

Dejo el taburete y me ajusto el jersey sobre el pecho. La cena no ha ido como yo creía en realidad, pero no ha estado necesariamente mal. Al menos ahora, mamá lo entenderá cuando me vea andando alicaída por casa durante las siguientes semanas o meses. Esto va a quedar como el año que siempre querré olvidar. Amaba a un tío..., no, mejor dicho, a dos, y los perdí a ambos. En algún momento no voy a poder soportar todo esto.

Cuando subo a mi habitación, ha oscurecido del todo. El otoño tiene sus partes positivas, y que oscurezca temprano es una de ellas. Antes de meterme en la cama, me acerco a la ventana y alzo la vista a las estrellas. Por lo general, cuando las miro pienso en Sam, y en esta ocasión no es diferente. No obstante, en vez de hacerme sentir que todo va a ir bien, las estrellas me devuelven la inquietud nauseabunda de esta mañana. Sin duda, es algo que no puede solucionar la Osa Mayor.

Voy sentada en el asiento del pasajero de mi coche. Cory ocupa el del conductor, con la muñeca apoyada en lo alto del volante.

—¿Por qué te contraría tanto ir a esta fiesta?

—No sé. Acabamos de volver a casa, y quería pasar tiempo a solas contigo.

Aprieta la mandíbula.

—Llevamos meses fuera, Rachel.

Así es. Hemos estado en la universidad, pero siempre parece haber gente a nuestro alrededor. Beau. Kate. Emery. Los colegas de borracheras de Cory. Siempre hay alguien.

—Tal vez sea que estoy cansada, solo eso —digo hundiéndome en el asiento.

—Mira, lo siento. Mañana iremos al lago los dos solos.

Estira la mano hasta la mía sobre el asiento y la sensación de fastidio se desvanece. Cory consigue eso..., siempre me ablanda.

—Supongo que puedo transigir.

En cuestión de un minuto nos encontramos avanzando por una pista de gravilla que conduce hasta un gran prado de hierba. Está lleno de coches, y en el claro, mis antiguos compañeros de clase rodean un gran fuego. Pensaba que les echaría de menos al irnos a la uni, que serían difíciles de sustituir, pero no ha sido el caso. He conocido gente con la que he conectado a un nivel más profundo..., gente más parecida a mí. Venir aquí ahora ya ni siquiera suena divertido.

Bajamos ambos del coche y nos encontramos en la parte posterior. Cory me rodea los hombros con el brazo y guía nuestros pasos hacia la multitud, deteniéndose un instante para besarme en un lado de la cabeza.

—Nos iremos temprano, ¿vale?

Me relajo contra él, alzando la mano para entrelazar sus dedos.

—Te lo recordaré.

—No espero menos.

Todo el mundo nos mira según andamos hacia la fogata. Siempre ha sido así. Somos «la pareja». Creo que todos están esperando a que nos separemos o nos casemos. Me atrevería incluso a decir que hay alguna apuesta al respecto. Detesto toda esa atención; solo significa más presión.

—Voy a buscar algo para beber. No te alejes mucho, ¿vale? —me dice.

—Te espero aquí.

—Buena chica —susurra, besándome una última vez.

Así es como acaba este sueño, con él alejándose de mí. Noto una sensación de desazón en el estómago, pues sé que fue nuestro último beso.

Aparto las sábanas y voy dando tumbos hasta el baño sintiendo la necesidad de despertar del todo de este sueño. Enciendo la luz mortecina de encima de la ducha, lo suficiente para ver mi reflejo en el espejo sin irritar mis ojos cansados. Agua fría..., eso es lo que necesito para librarme de esto.

Graduando el chorro hasta su posición más fría, junto las manos y las pongo bajo el agua. Espero a que se llenen para rociármela por la cara. Me siento más viva, pero no es suficiente. Meto las manos bajo el agua fría de nuevo y repito todo el proceso un montón de veces. Cuando lo dejo por fin, las manos se me han quedado dormidas por la temperatura del agua.

Este recuerdo me ha traído a la mente cuánto nos habíamos distanciado Cory y yo. Solíamos ser inseparables. Como la sal y la pimienta. Como el helado y el chocolate caliente. Como las palomitas y las películas. Las cosas fueron cambiando paulatinamente hasta que ya no me asustaba tanto la idea de perderle, sino la idea de Cory en sí. Nadie debería aferrarse tanto tiempo a una idea: o bien se convierte en realidad o bien se abandona, porque las ideas sin un esfuerzo o una creencia tras ellas son solo pensamientos.

Por primera vez me percato de que, si pudiera hacer retroceder las manecillas del reloj, no regresaría sola a la noche del accidente. Regresaría al primer semestre de universidad y abandonaría la idea.

27

La normalidad sienta bien. La llevo como un abrigo de diseño cuando entro en la tienda de la señorita Peters. Los dos días que he pasado alicaída por casa, hundida en mi propia culpabilidad, han servido para que este local parezca un rincón del paraíso.

—Eh, Rachel, ¿qué tal el fin de semana? —saluda sonriente al verme mientras sale del refrigerador.

—Ha estado bien —miento.

—Como todos, ¿no? Me pregunto si ya he disfrutado bastante o si aún está por venir lo mejor.

Pienso en lo que dice, tiene sentido, pero también pone en marcha mi cabecita. ¿Ya han pasado mis mejores días? La culpa y la rabia, ¿son lo único que me queda?

—¿Qué tenemos para hoy? —pregunto atándome el delantal.

Necesito una distracción en este momento.

—Bien, tengo unas cuantas entregas listas para ti en el refrigerador. Creo que hay dos para el hospital y otra para una oficina.

—¿Quiere que las lleve ahora o más tarde?

Alza la vista al reloj.

—¿Por qué no las llevas ahora? Si surge algo más, puedes hacerlo después.

—Haré lo que sea con tal de estar ocupada —digo dirigiéndome hacia el refrigerador.

En el segundo estante hay tres bonitos arreglos florales con el toque Peters. Uno es un enorme ramo de rosas rojas. Probablemente será el de la oficina. Supongo que se trata de un aniversario. Los otros dos son más coloridos, una mezcla otoñal de amarillos, naranjas y rojos con un toque de verdes y blancos: una mezcla elegante de rosas, claveles y margaritas.

Los pongo juntos en una caja, con cuidado de no estropear los delicados pétalos. Tras cargarlos en el asiento posterior del coche, cojo las notas de entrega y me encamino hacia el hospital. No es mi lugar favorito, nunca lo será.

Hoy cruzo el vestíbulo sin toparme con nadie. La entrega es rápida, entro y salgo en menos de dos minutos. De vuelta en el coche, doy al contacto y, entre tantas canciones, suena en la radio justamente «Lo que más duele» de los Rascal Flatts. Me quedo paralizada, los nudillos se me ponen blancos agarrando el volante. Mamá escuchaba esta canción a todas horas cuando yo era pequeña. Hubo un verano en que prácticamente sonaba siempre cuando ponías la radio. Pero ahora, después de haber pasado por tanto, la canción es el interruptor que da rienda suelta a mi desconsuelo. Las palabras penetran los poros de mi alma, liberan emociones que he intentado contener. Solo un aguacero podría intensificar la sensación de este momento.

«*Lo que más duele... Y que quede tanto por decir*», repite una y otra vez. Y cada vez, pienso en lo que le diría a Cory si se encontrara aquí. Si estuviera sentado a mi lado, le ofrecería la libertad. Le dejaría marchar. Le diría que le quiero, que le deseo lo mejor, pero que quizá tendría más suerte y encontraría lo mejor sin mí. Él es una parte importante de lo que ha acabado siendo mi vida, y por esa razón nunca le olvidaré.

Pensaba que reteniéndole recuperaríamos el amor loco, profundo y arrollador. Pensaba que nuestra relación solo había encontrado un bache. No obstante, ahora sé qué se siente cuando se acaba el amor. No es lo mismo estar enamorado que querer a alguien por el gran papel que representa en tu vida.

Seco mis lágrimas calientes y escucho el último verso. Termina la canción. Comienza una nueva revelación.

Debería haberle dejado marchar. Yo sentía en mi corazón que nos distanciábamos, y Cory... creo que también lo sentía. Nuestra relación se había vuelto demasiado cómoda, tanto que al final resultaba incómoda.

Esta reflexión no me ayuda necesariamente a sentirme mejor o peor acerca de lo que sucedió, pero llena los vacíos. Cuando comparo los recuerdos más antiguos de nuestra relación con los finales, la diferencia está en una cegadora luz roja. Ojalá hubiera visto la señal de alarma cinco meses antes.

Saco de la guantera un paquetito de pañuelos de papel y me seco los ojos con cuidado. A estas alturas ya ha desaparecido el maquillaje que me he aplicado esta mañana. Lo mejor que puedo hacer es limpiarlo e intentar estar presentable para entrar a dejar el jarrón de rosas en una oficina con todo el mundo vestido probablemente de traje.

Al comprobar la dirección la reconozco como un concesionario de coches en las afueras de la ciudad, no demasiado lejos de casa. Bajo la ventana confiando en que el aire ponga cierto remedio al rostro enrojecido y lleno de manchas que me ha quedado.

Mientras tomo de nuevo la calle, apago la radio. Una sola sesión de terapia musical es suficiente por hoy. Mientras atravieso la ciudad, el viento levanta mi pelo rubio y me da en la cara. Me lo retiro tras las orejas mientras intento mantener la mente despejada.

Unos minutos después, estoy entrando en la corta calzada que lleva al único concesionario de coches de la ciudad. No se puede comparar con los enormes locales de una gran ciudad, pero mantiene cierta actividad gracias a los granjeros que compran furgonetas para las granjas y a la élite local que cambia de modelo cada uno o dos años.

Dirijo una mirada a mi reflejo en el retrovisor, tomándome unos pocos segundos para pasar una vez más el dedo envuelto en el pañuelo bajo los ojos. La máscara a prueba de agua es maravillosa hasta que intentas retirarla de tu piel.

He tenido suerte con esta entrega. La joven que me saluda en la puerta es la misma que ha encargado las flores. La reconozco. Iba un par de cursos por delante en el instituto. Resulta que está casada y espera un bebé. Es interesante cómo nuestras vidas siguen caminos bien diferentes.

Mientras inicio el trayecto de vuelta con el coche, veo la propiedad de Sam en la distancia. Algo se remueve en mi interior, algo similar a un furor bullendo a fuego lento. La escena que recordé la otra noche lo encendió, pero el hecho de que él no haya intentado contactar conmigo lo ha propagado, lentamente, destruyendo pequeños fragmentos de esperanza. No he querido hablar con él. No le habría contestado, pero quisiera saber qué piensa de mí. Quisiera oír el sufrimiento en su voz mientras ruega otra oportunidad. Básicamente, quisiera saber que se siente tan jodido como yo, como aún me siento. Nunca he sido vengativa, pero estos últimos meses me están poniendo a prueba. Tal vez sea la manera en que el mundo se venga de mí. No pensaba que él me dejara en paz tan fácilmente.

Estaciono delante de la floristería y cuento despacio hasta diez, respirando hondo con refrescantes inspiraciones después de cada número. *Uno... dos... tres...* Los coches pasan mientras yo agarro la parte superior del volante como si fuera mi cuerda de salvamento. Intento leer las expresiones en los rostros de los peatones. ¿Tienen un día bueno, malo o solo regular? A diario nos encontramos con gente sin dedicar demasiada atención a lo que pasa por sus cabezas. Es un mundo lleno de gente, pero solitario.

Después de no sé cuánto rato, salgo del coche, tomando un par de segundos adicionales para absorber el aire fresco. Frío y vigorizante..., exactamente lo que necesito. Definitivamente, han sido unos días agotadores emocionalmente.

En cuanto abro la puerta, me paro en seco. Hace meses que no la he visto. No me ha llamado ni ha pasado a verme. Todo nuestro contacto cesó tras su visita en el hospital, pero ahora se encuentra a escasos metros repasando un catálogo de arreglos florales con la señorita Peters. Tiene la misma melena castaña hasta los hombros de siempre, con reflejos caramelo. Madison. La reconocería en cualquier sitio.

Me acerco a ella desde detrás, andando sin hacer ruido, temerosa de que huya si me ve, porque eso es lo que ha estado haciendo en los últimos tiempos. En realidad nunca he intentado ir en su busca, porque resulta obvio que ella no ha querido formar parte de mi vida. El rechazo es un coñazo.

La señorita Peters dice algo que no consigo oír y le da una palmadita en el hombro, desapareciendo a continuación por la trastienda. Madison continúa de espaldas a mí. Así ha sido desde que he entrado, pero ahora que la señorita Peters no acapara su atención, desplaza la mirada para inspeccionar la exhibición de vasijas que rodean la tienda antes de reparar en mí. De hecho, su vista pasa de largo un momento antes de regresar con brusquedad.

—Rachel —pronuncia mi nombre, cruzando los brazos sobre su vientre.

Lo que yo no podía ver antes por su posición era su vientre hinchado. No hinchado por comer —demasiadas— galletas, sino más bien grande porque ahí-dentro-hay-un-ser-vivo. Lo único que puedo hacer es permanecer mirándola, no su rostro, sino cómo toda ella ha engordado. Noto un horrible agujero negro en medio del pecho. ¿Por qué iba a querer Madison pasar por una experiencia así sin mencionármelo siquiera? Seguramente esta es la peor parte. Era mi mejor amiga, y pensaba que yo también para ella. Hermanas. Éramos como hermanas.

—¿Qué haces aquí? —pregunta por fin, recuperando la compostura.

El agujero negro sigue creciendo. No ha preguntado *¿Cómo estás?* o *¿Cómo te va?* No es más que una desconocida con rostro familiar.

—Trabajo aquí —digo medio atragantándome.

—Oh, no lo sabía.

Actúa como si encontrarnos aquí en la misma estancia fuera lo peor que pudiera pasarle.

—Intenté llamarte un par de veces. No me devolviste las llamadas —suelto.

Mamá diría que una chica agradable del Medio Oeste debería pasar esto por alto, sonreír y seguir andando. Pero Madison me ha lastimado. Estuve enferma, triste e indefensa, y dejó que me curara yo solita mis propias heridas. Eso no es propio de tu mejor amiga. No es propio de ninguna amiga.

Retrocede un paso hasta darse con el mostrador.

—No sabía qué decir, Rachel. ¿Qué quieres que diga?

—No necesitaba que dijeras nada. Solo necesitaba que estuvieras ahí, saber que podía contar contigo. Eso es lo que hacen las amigas, ¿vale?

Baja la vista, y cuando la alza de nuevo, sus ojos están llenos de lágrimas no derramadas. La sangre del alma.

—Lo lamento muchísimo —solloza—. Hay cosas que todos deseamos retirar, y en mi caso, lo que te hice será siempre algo que querré borrar.

—¿De qué hablas? Ayúdame a entender, porque ahora mismo no comprendo. ¿Cuesta tanto coger el teléfono?

Ahora mi rostro parece el suyo, surcado de lágrimas. Juro que alguien ha cogido una bola con púas y me la ha insertado en el corazón. Y cada vez que me muevo, lo perfora más. Duele un poco más. No pueden ir mal muchas más cosas en mi vida. Dentro de mí no queda mucho por destrozar.

—No quiero que me odies. Además, he oído que ahora estás con Sam —dice en voz baja, pasando la mano sobre su vientre—. Mereces ser feliz.

Esa bola dolorosa en mi pecho acaba de moverse un poco más. El corte es profundo, insoportable.

—Estaba con Sam —aclaro—. Resulta que hay gente que no es lo que parece.

—¿Qué quieres decir?

Me observa entrecerrando sus ojos. Me percato de cuánto revela verdaderamente la mirada de una persona.

—¿Te importa en realidad? —pregunto cruzando los brazos sobre el pecho.

Sueno como una furcia, pero creo que estoy en mi derecho.

Una única lágrima surca su mejilla.

—Dios, me importa más de lo que imaginas. ¿No lo entiendes, Rachel? Por eso me mantuve apartada. Porque me importa.

Ya no aguanto tanta confusión. Alguien me ha hecho dar vueltas y vueltas y luego me ha dejado suelta aquí. Toda esta jornada debería evaporarse.

—Me mintió, ¿vale? Estaba ahí la noche del accidente y no me lo dijo.

Madison abre mucho los ojos.

—¿Has recordado?

—Solo partes. Recuerdo conducir hacia la fiesta. Recuerdo correr por un prado y chocar con Sam. Cory nos encontró. Por eso estaba tan enfadado conmigo esa noche.

Madison traga saliva visiblemente, apoya las manos en el mostrador.

—¿No recuerdas por qué corrías?

Después de todo lo que he dicho, lo último que esperaba era que se centrara en esto.

—No, no recuerdo esa parte. No sé si importa mucho en realidad.

Ella mira hacia la ventana. Le tiembla todo el cuerpo.

—Lo siento.

—No es culpa tuya.

Le saltan las lágrimas. Después de todo, me entristece.

—Debería marcharme. Tengo una cita con el doctor esta tarde.

Asiento mientras bordeo el mostrador para guardar en el cajón las notas de entrega.

—¿Para cuándo esperas?

Hay una pausa..., una pausa larga pero audible.

—Para febrero.

—No sabía que salieras con alguien.

—Nada serio en realidad.

Se ríe, pero sigue llorando. Es una de las cosas más tristes que he oído. Casi me entran ganas de perdonarla por todo lo sucedido, o lo no sucedido, en los últimos meses. Yo tengo mi propia mierda, y ella la suya. Sencillamente, no sé quién está más hundida.

Mientras regreso a la parte del mostrador donde está Madison, encuentro a la señorita Peters escudriñando desde la ventanita situada entre la trastienda y la sala de ventas. Me pregunto cuánto alcanza a oír de todo esto, o si solo está esperando a que acabemos. No importa. Creo que para ahora ya sabe que mi vida transcurre un poco por debajo del nivel normal.

—Por si sirve de algo, me alegro de verte. Ojalá hubiera sucedido antes —digo.

—Sí, yo también me alegro.

Si hubiéramos mantenido esta conversación meses atrás, le habría dado un abrazo al despedirnos. Ahora no parece el gesto indicado. Ya no estoy segura de qué es lo correcto.

—Te dejo, no quiero retenerte. Ya dirás algo, ¿de acuerdo?

—Me tengo que ir, de verdad —solloza, pasando junto a mí en dirección a la puerta.

Me quedo sin habla. Otra persona más que desaparece. Otra decepción. Otra oscura nube de recuerdos cubriendo mi cielo.

28

El fuego crepita al otro lado de la habitación mientras me tapo las piernas con mi manta de lana favorita. Mamá ya se ha ido a la cama, la casa está en silencio. Mi noche de viernes ideal no ha sido siempre así, pero es lo que hay ahora.

La única manera de evadirme a un lugar con alegría asegurada es perderme en un libro. Si quiero reír es fácil encontrar uno con el que lograrlo. En caso de querer llorar, también puedo encontrar un libro para eso. Un libro bien escrito es tan poderoso como un abrazo al final de un largo día. Mi madre tiene una fe ciega en la combinación de libro y copa de vino antes de irse a la cama. No es de extrañar que siempre tenga ese aspecto de haber descansado bien.

La semana ha terminado sin más visitas sorpresa. No he hablado con Madison desde el lunes, aunque no esperaba que nuestro encontronazo fuera a cambiar algo. Nuestra amistad es cosa del pasado; la confianza, también. La sensación de poder contar con tu amiga pase lo que pase se esfumó tiempo atrás. Mejor así.

Y Sam..., aún hay silencio de radio en ese sector. Ya se me ha pasado parte del enfado, pero la soledad se ha colado ocupando poco a poco ese sitio. Cuando le dije que no pensaba que yo significara algo serio para él, no hablaba literalmente. Intentaba lastimarle tal como había hecho él, pero pasados estos días empiezo a creérmelo un poco. Si nuestra relación fuera para Sam algo más que otra aventura, ¿no habría peleado un poco pese a no ver posibilidades de que yo le aceptara?

Esa parte es la que no entiendo. ¿Por qué no ha intentado un sutil contacto? Cory tampoco peleó por mí. Tal vez no merezca que peleen por mí.

Es en estos momentos cuando me siento más sola, cuando pienso demasiado. Es entonces cuando sé que ha llegado el momento de abrir un libro y sumergirme en el drama vital de otra persona. Prefiero los dramas como observadora.

El móvil vibra encima de la mesa de centro. Aparte de mamá y la señorita Peters ya prácticamente no llama nadie.

—Hola —respondo dejando el libro sobre mi pierna.

—¿Te he despertado?

Me enderezo al oír la voz de Kate.

—Oh, no, solo leía un libro.

Se ríe.

—Contrólate, Rachel, que es viernes noche.

No me queda otro remedio que relajarme. Kate tiene ese poder sobre mí.

—No hay mucho que hacer por aquí en esta época del año. De hecho, me entran ganas de volver a la universidad ahora mismo.

—¡Oh! No hables así o voy a tener que ir ahí a buscarte. ¿Estás al menos acurrucada junto a Sam?

Al oír su nombre se me cae el alma a los pies. Un largo desplome en picado.

—Lo hemos dejado. De hecho, no sé siquiera si lo hemos dejado en realidad, porque tampoco estoy segura de que estuviéramos juntos.

—Oh, Dios mío, ¿qué ha pasado?

—He estado recordando fragmentos del accidente. La cuestión es que él se encontraba allí. Estaba en la fiesta aquella noche, y es el motivo de que Cory y yo nos peleáramos.

Kate suelta un aspaviento lo bastante fuerte como para que yo lo oiga por el teléfono.

—¿Qué? Estás de broma, ¿verdad? ¿Por qué no iba a contártelo?

—Ojalá lo supiera.

—Guau. No sé qué decir.

Habla en voz baja, tanto que casi no la oigo bien.

—Estoy intentando no pensar demasiado en eso ahora mismo.

—Sam no es solo «eso», así que no creo que vaya a ser tan fácil.

Tiene razón. Sé que está en lo cierto, pero la única manera de superar el día a día es repetirme que esto es un nuevo bache por el que tengo que pasar. Debo creer en que aún hay algo o alguien ahí fuera para mí. Que mi destino no es la soledad.

—Lo sé. Pensaba que, fingiendo que todo iba bien, funcionaría al final, ya me entiendes.

—Oh, lo sé, pero las cosas no van así en realidad. Puedes enfrentarte a ellas o puedes enterrarlas. Pero permíteme que te lo diga, cuando afloran a la superficie, y ese día llega, se presentan con más furia, mucho más turbulentas.

Sonaría ridículo dicho por otra persona, pero Kate es una especie de enciclopedia de la devastación. Ha pasado por mucho, aunque viéndola ahora nunca lo adivinarías.

—Saldré de esto finalmente. Es solo que tengo demasiadas cosas en la cabeza justo ahora. Tantas que me cuesta ver con claridad.

—¿Ha pasado algo más?

Suspiro, hundiéndome de nuevo en el cojín del sofá.

—Por fin me topé con Madison. Creo que está aún peor que yo, embarazada y todo.

—¡Qué locura! ¿Crees que te evitaba porque pensaba que iba a defraudarte al darte la noticia? Quiero decir, a Emery, mi antigua compañera de habitación, le preocupaba contárselo a todo el mundo por ese mismo motivo.

—No sé. Todo me resultaba desconcertante, es como si ya no mirara a la misma persona.

—Qué rabia. Pero tus verdaderos amigos siguen a tu lado cuando atraviesas por problemas en la vida. Deberías haber podido contar con ella.

—¿Igual que tú tenías a Beau?

—¡Exacto!

—No sé. Tengo la impresión de que las cosas deberán mejorar en algún momento. Por lo menos no pueden empeorar.

—¿Recuerdas la servilleta que te di cuando nos vimos en la cafetería? No olvides esas palabras, pase lo que pase —me dice con calma.

Hasta este instante había olvidado por completo la servilleta. Pasaron demasiadas cosas cuando nos fuimos de la cafetería aquel día, con lo cual nunca la saqué del bolsillo de la cazadora de cuero.

—Lo haré —contesto, intentando recordar dónde dejé la prenda.

No me la he vuelto a poner.

—Persevera, Rachel. Consultaré mi horario de trabajo para ver si podemos organizar otro encuentro de chicas pronto.

—Me encantaría.

—En fin, tengo que dejarte. Beau acaba de entrar por la puerta. Dice que tiene una sorpresa para mí.

—Qué suerte tienes. No lo olvides nunca.

Se queda callada. No suele sucederle.

—No dudes en llamarme si necesitas algo.
—Lo haré. Pasad una buena noche.
—Y tú también. Espero que el libro sea bueno.

Mientras cuelgo el teléfono, me levanto del sofá y subo corriendo las escaleras, confiando en que la servilleta siga metida en el bolsillo de la cazadora. Por suerte, la prenda se encuentra en su sitio, colgada detrás de la puerta. Introduzco los dedos en el bolsillo derecho y doy un suspiro de alivio al palpar el papel. Lo saco y lo desdoblo con cuidado. Las palabras me dejan sin respiración.

> Todas las personas merecen felicidad,
> sin importar lo que hayan hecho o lo que les hayan hecho.
> Una gran persona me dijo una vez que cada día
> debería merecer al menos una sonrisa.
> No es siempre fácil, pero es verdad.

Lo pongo en el tablón de anuncios y regreso a la planta baja para acabar el libro, consciente del gesto que eleva mis labios por primera vez en esta semana.

—Rachel, ¿por qué no vas a la cama?

Debo de haberme quedado dormida leyendo, porque en este momento papá se encuentra de pie ante mí. Aún va de traje, pero su corbata cuelga suelta de su cuello.

Bostezo y advierto la llamita que arde todavía en la chimenea. Eso no le va a hacer gracia a mi padre.

—¿Qué hora es?
—Las doce pasadas —contesta arrodillándose para apagar el fuego—. ¿Lleva mucho tu madre en la cama?
—Subió hace horas.

Papá asiente sin mover para nada el cuerpo. A menudo me he preguntado qué hace realmente cuando se queda trabajando hasta tarde. ¿Puede haber tanto que hacer en el despacho, o alguna otra cosa le retiene a altas horas de la noche? A veces, cuando he podido verle volver a casa, detecto algo así como un sentimiento de culpa escrito en su rostro. Juraría que una noche advertí la fragancia de un perfume de mujer. Mamá no lo ve o no quiere verlo. Hasta yo misma lo he negado durante muchísimo tiempo.

—¿Lo llevas bien? —me pregunta de buenas a primeras.

—Las cosas no podían ir peor —respondo con sinceridad.

Mira hacia atrás por encima del hombro.

—Tu madre dijo que recordaste parte del accidente. Eso debería ser de ayuda si alguna vez la policía decide presentar cargos o si interponen alguna demanda.

No debería sorprenderme su comentario. Con él todo se reduce siempre a legalidades. No es algo que tenga que ver conmigo, ni tampoco con mamá; solo formamos parte del paquete. El paquete que necesita para presentarse como el hombre perfecto.

Me siento y dejo caer mis pies desde el extremo del sofá.

—Me voy a la cama.

—De acuerdo —masculla volviendo a centrar la atención en la pequeña llama.

Mis gruesos calcetines de lana apenas hacen ruido contra las maderas del suelo. Esta casa parece solo una descomunal caja vacía. En realidad nunca ha parecido un hogar. A veces, cuando papá no está aquí, mamá y yo fingimos que lo es. Pero no es cierto. Nunca lo será.

29

Lo que ocurre con las floristerías en otoño es que el negocio va decayendo poco a poco. Las bodas escasean y se celebran cada vez más distanciadas. Sigue habiendo aniversarios y funerales, pero no requieren tanto trabajo por nuestra parte. Echo de menos estar ocupada, me ayuda a mantener la mente en su sitio.

—¡Si quieres salir pronto hoy, adelante! —grita la señorita Peters desde el interior de la sección refrigerada.

¿Quiero? No. ¿Pienso que le sale a cuenta pagarme un sueldo ahora mismo? No.

—¿Quiere que haga alguna otra cosa antes de que me vaya?

—Si pudieras barrer la sala de exposición, creo que me las arreglaré con lo demás —contesta saliendo con un montón de rosas bajo el brazo.

Cierra la puerta del refrigerador con un movimiento de cadera. Nunca he visto a nadie trabajar tan duro como ella, ni siquiera a mi padre.

—Ahora mismo.

Barrer no es mi actividad favorita aquí por todas las espinas pequeñas y los trozos de purpurina que siempre parecen acabar en el suelo de baldosas. Si dependiera de mí, probablemente pasaría la aspiradora y daría buena cuenta de mis pequeños enemigos.

Ya casi he acabado esta última tarea del día cuando oigo la puerta. Es otra cosa de las floristerías: la gente no entra y sale como en la tienda de ultramarinos o la gasolinera. Puedes pasar horas sin ver a nadie.

Mirando hacia atrás por encima del hombro, descubro a Madison de pie casi pegada a la puerta.

—Eh, Madison, ¿en qué te puedo ayudar? —pregunto.

Se acerca hasta mí como un gato a un ratón.

—Me preguntaba si tienes tiempo para hablar. En algún lugar privado.

Su propuesta me desconcierta, pero al mismo tiempo despierta mi interés.

—Salgo del trabajo en cuanto acabe esto. Si quieres esperar un momento...

—Sí, me va bien.

Suena asustada y vulnerable, justo como no quieres que alguien suene cuando propone hablar contigo de algo.

—¿Va bien el embarazo? —pregunto.

El bulto del bebé bajo su gabardina negra es aparente, pero eso no significa mucho.

—Todo bien —responde con una leve sonrisa—. Esperaré fuera.

La observo, temerosa de que vaya a marcharse antes de contarme aquello que ha venido a decir. Es el barrido más rápido de la historia. Tal vez le extrañe mi comportamiento a la señorita Peters, pero no dice nada. Cuando está diseñando un arreglo floral, se queda por completo ensimismada en ello. Coloca cada flor una a una entrecerrando los ojos, y luego retrocede unos pasos para observar. Repite estos movimientos una y otra vez hasta que el jarrón queda lleno.

Está claro que no me presta ninguna atención.

Ficho y me pongo el anorak negro sin hacer ruido. Han anunciado que podríamos tener la primera nevada de la temporada esta noche. No aguanto el frío, pero me encanta estar sentada dentro de una casa calentita junto al fuego observando caer pequeños copos blancos.

Cuando salgo a la acera, Madison está con la espalda apoyada en el edificio de ladrillo. Observa pasar los coches, pero no creo que los vea en realidad.

—Estoy lista —anuncio.

—Mejor si vamos a algún sitio privado.

Le tiembla la voz igual que vibra un muro junto a la vía cuando pasa un tren. Me está acojonando de miedo.

—¿Privado como un café o privado como mi coche?

—El coche —responde apartándose de la pared.

Meto la mano en el bolsillo, saco las llaves y aprieto con el pulgar el botón de apertura. Echo un vistazo y advierto que ella ya se dirige hacia el asiento del pasajero de mi pequeño vehículo. Sea lo que sea, se muere de ganas de soltarlo.

Bajo del bordillo y miro a ambas direcciones antes de salir a la calzada. Abro la puerta sin tener idea de en qué me estoy metiendo, pero ya noto el estómago revuelto.

—No vamos a ningún sitio, ¿verdad? —pregunta Madison interrumpiendo mi trance.

Bajo la mirada y advierto la hebilla del cinturón de seguridad en mi mano. La he cogido por nerviosismo o por hábito.

—No. Es la costumbre, supongo —contesto soltándola y doblando las manos sobre el regazo—. ¿De qué querías hablar?

Concentra la mirada en el exterior de la ventana y se aclara la garganta.

—De hecho, son dos cosas.

Le tiembla el labio.

Es como observar un choque de coches, o tal vez solo sea un coche abalanzándose sobre mí.

—De acuerdo.

—Voy a empezar por decir que lo siento. Sé que no va a ser suficiente, pero lo lamento muchísimo.

Solo puedo seguir mirándola.

—Yo estaba allí la noche de la fiesta. En ningún momento me uní al grupo, o sea que nadie me vio. Bien, a excepción de dos personas.

Hace una pausa y se tapa la boca con su pequeña mano huesuda antes de continuar.

—Fui con Sam. De tanto en tanto salía con él cuando quería divertirme un rato.

Fijo la mirada en su vientre redondo. El bebé de Sam. Lleva en su vientre al bebé de Sam.

—¿Por qué no me lo contó? —sollozo yo, notando el peso de meses de desengaño abrumándome.

¿Ha sido esto alguna especie de broma enfermiza entre ellos? Si su misión era hacerme daño, lo han logrado.

Se encoge de hombros.

—No creo que él lo considerara algo importante. Era solo pasar el rato, ya me entiendes.

—¿Y qué piensa del bebé?

Junta las cejas mientras se pasa los dedos sobre el vientre hinchado.

—No sabe nada del bebé.

Ese hecho no debería aliviarme, pero por algún motivo me calma. Al menos sé que no se acostó conmigo a sabiendas de que iba a tener un bebé con mi antigua mejor amiga. Una vez la rabia potencial contra Sam queda aplacada, mi decepción con Madison entra en ebullición.

—¿Cómo puedes no contarle que va a ser padre?

Sus ojos se agrandan hasta doblar el tamaño.

—No es suyo, no es de Sam.

—¿No?

Esas conversaciones en las que sientes que no llegas a ninguna parte..., pues bien, esta es una de ellas.

Dobla los codos sobre el regazo y entierra las manos en el pelo. Ni un centímetro de su rostro queda visible.

—Esa noche... tú me viste. Parecías destrozada..., esa mirada en tus ojos. Lo siento tanto.

Debe de estar hablando de la persona equivocada. Yo recordaría haberme enfadado con Madison. Habría sentido algo al volver a verla en el hospital.

—Sigo sin entender.

—Estaba con Cory... en el bosque. Estábamos enrollándonos, y tú apareciste, seguramente porque le estabas buscando. Te vi, pero él no. Después saliste corriendo, y yo mandé un mensaje a Sam diciéndole que debía ir en tu busca.

Me he quedado sin corazón. Tiene que ser eso, porque juro que no late. También deben faltarme los pulmones, porque no puedo respirar. Siento, pero no estoy viva. Estoy demasiado destrozada como para sentirme destrozada. Mi novio y mi mejor amiga. El que tanto me había prometido, la que siempre había considerado una hermana de por vida. Esto no está bien. ¿Cómo coño se les pasó alguna vez por la cabeza que esto podía estar bien?

—¿Durante cuánto tiempo? ¿Cuántas veces te habías «enrollado» con mi novio?

Las palabras se me escapan sin tiempo de pensarlas siquiera.

Solloza. Madison solloza sin control sobre las palmas de las manos. No me da lástima, ni una pizca.

—Unos pocos meses. Desde las navidades anteriores, cuando coincidimos en una fiesta. Sucedió solo cuando tú no estabas por allí.

Estoy enfadada.

Herida.

Furiosa.

Cabreada.

—Gracias por mantenerlo en la intimidad —refunfuño, y mi voz rezuma el poco sarcasmo que queda en mí.

—No fue mi intención que sucediera. Cory estaba comprometido contigo, pero una noche estábamos hablando y dijo que las cosas ya no eran lo mismo.

Dijo que te había pedido dejarlo. Yo sabía que seguíais juntos, pero ahí delante estaba Cory. Estaba enamorada de él desde el instituto.

Sigue llorando. No se merece desahogar así sus emociones.

—¿Por qué me cuentas ahora esto? ¿Por qué no has pasado de todo?

—¿No lo entiendes? El bebé es de Cory. No voy a ser capaz de ocultarlo mucho más tiempo. Mi madre piensa que me acuesto con cualquiera porque no le he dicho el nombre del padre. Me mandó a pasar una temporada con mi tía para evitar las habladurías de la gente, pero ahora que he regresado la gente hablará.

La oigo, pero pienso que he dejado de escuchar en cuanto ha dicho «*El bebé es de Cory*». Una mierda así no sucede en la vida real. Es más bien una escena extraída de un guion de culebrón cutre. No es mi vida. Se supone que esto no puede pasarme a mí.

—Por favor, dime que estás mintiendo —ruego, negando frenética con la cabeza.

Madison alza la mirada, revelando sus ojos rojos e hinchados.

—Lo siento. Cuánto lo siento.

Por eso corría yo esa noche. Huía de ellos, escapaba de la monstruosidad. Y Sam acudió a salvarme. Cory y yo no nos peleábamos porque él me encontrara en brazos de Sam. Discutíamos porque lo había pillado con mi mejor amiga. Él me hizo correr, y fui a parar a los brazos seguros de Sam. No fue culpa mía. En absoluto.

—Sal. De. Mi. Coche. ¡Lárgate!

Todo mi ser se estremece de rabia.

Madison da un respingo y busca a tientas la manilla de la puerta. Esto no es un simple choque entre dos coches..., es un choque múltiple en cadena. Cuando abre la puerta por fin, se vuelve una vez más para dedicarme una última mirada.

—Nunca me acosté con Sam. Creo que deberías saberlo.

—Lárgate. Por favor.

Mi voz suena más calmada, menos furiosa. Solo hay un lugar al que quiero ir ahora mismo, y no puedo hacerlo con su pierna colgando de mi coche.

—Lo siento —susurra, desapareciendo bajo la luz mortecina del anochecer.

Permanezco sentada mirando por el parabrisas, observando los primeros copos blancos que caen del cielo. No son gran cosa si miras desde la distancia, pero de cerca tienen otro diseño. Dicen que no hay dos copos de nieve iguales, algo asombroso si te paras a pensarlo.

Intento perderme en su diseño, en su complejidad, pero no funciona. Cada copo de nieve es una visión de Cory, y luego una visión de Cory y Madison juntos, y me pongo enferma. Me da asco. ¿Cómo dos personas que supuestamente están ahí para respaldarte te hacen la mayor putada imaginable? Yo jamás sería capaz de algo tan cruel. ¿Qué mierda de placer puede haber en eso?

Los coches empiezan a desaparecer. Una vez cierran los negocios, el centro se convierte en una ciudad fantasma. La poca gente que se demora por aquí observa mi coche de soslayo. No me he mirado en el espejo, pero supongo que estoy hecha un asco. Me siento hecha un asco.

Después de lo que parecen horas, doy al contacto y arranco el coche. Tal vez no debiera conducir, pero sé exactamente a dónde voy, tengo grabado en mi recuerdo el camino para llegar hasta allí. Es una de las mejores cosas de vivir en una ciudad pequeña, puedes conducir casi a cualquier sitio con el piloto automático.

30

Un corto camino de tierra lleva hasta los campos. Es fácil recorrerlo en este momento, pero cuando las nevadas se hagan habituales cada semana será imposible. Mis pies no están tan cansados como para no andar por ahí, pero sí mi mente. Estoy agotada. Me han exprimido toda la vida, ya no me siento humana.

Dejo el coche estacionado y apago el motor. Camino de forma automática hasta la hilera de árboles, apoyo la espalda en mi roble favorito y me dejo caer hasta el suelo. Hace un frío glacial, pero ni me inmuto. Ya nada puede perturbarme.

No llevo gorro. Ni guantes. Ni botas. Pero quiero estar aquí fuera más que en cualquier otro sitio. El frío me espabila. Me hace sentir que esto es cualquier cosa menos un sueño.

Descanso la cabeza en la áspera corteza y alzo la vista al cielo nocturno. Las estrellas quedan ocultas tras las nubes, una pena, porque podría pasar horas nombrándolas. Una vez descartada esa opción, dejo que se cierren mis ojos, y mi mente empieza a vagar... Debería haberlos mantenido cerrados.

La fiesta es exactamente lo que quería evitar. Un puñado de compañeros del antiguo instituto hasta arriba de alcohol y arrastrando las palabras, unos pocos incluso metiéndose mano. Cory ha desaparecido hace más de veinte minutos para ir a buscar bebidas. De haberme tomado ya algunas copas podría pasarlo por alto, ponerme ciega, pero hoy no puedo. Solo quiero que Cory vuelva para poder marcharnos.

—Eh, Rachel, ¿dónde anda Cory?

Es Kyler. Cory salía mucho con él en el insti. Un tipo agradable pero con poco sentido común.

—Ha ido a buscar algo de beber. ¿Qué tal te trata Northern Iowa?

—Bien. No va mal —responde frotándose la nuca—. Oye, tengo en la nevera todo lo necesario para hacer lemon drops. ¿Quieres un chupito?

Vuelvo a recorrer la multitud con la mirada. Ni rastro de Cory.

—¿Por qué no? —respondo.

Al menos el alcohol me ayudará a tolerar esta escena.

Mientras ando detrás de Kyler hasta la parte trasera de su camioneta, me siguen numerosos pares de ojos. No es anormal..., sucede a menudo, sobre todo cuando estoy con Cory. No obstante, esta noche parece diferente, y no sabría decir por qué.

—No se lo digas a nadie, pero la única razón de que traiga toda esta mierda es conseguir que me hablen las chicas. Les preparo un par de chupitos y me cuentan cualquier cosa que yo quiera oír.

Le observo llenar uno de los vasitos baratos que siempre trae consigo.

—Ya veo, Kyler.

—Algunos de nosotros no llevamos saliendo con la misma chica desde el primer año de instituto. Necesitamos toda la ayuda necesaria.

—Hay cosas que no cambian nunca, ¿cierto, Kyler?

—Tú no has cambiado —comenta, mirándome fijamente a los ojos—. Pon la muñeca.

No es la primera vez que tomo un chupito con Kyler. Conozco la rutina. Me humedezco la muñeca con la lengua y él emplea un pequeño azucarero para verter azúcar ahí. Luego me deja una rodaja de limón en la mano izquierda y el vasito lleno de vodka en la derecha.

—Si no fueras la chica de Cory, te permitiría poner el azúcar en mis abdominales.

—Qué lástima perdérmelo —respondo lamiendo el azúcar de la muñeca.

Lo empujo rápidamente con el chupito y luego me pongo el limón entre los dientes. Me estremezco. No es una de mis bebidas favoritas, pero es mejor que la cerveza de barril que por lo general tienen aquí.

Tyler sonríe.

—¿Quieres otro?

—No —contesto, devolviéndole el vaso—. Debo encontrar a Cory.

—Rachel, yo...

Levanto la mano y me voy andando.

—Adiós, Kyler. Me alegro de verte.

Después de recorrer todo el perímetro sigo sin encontrarle, de modo que me alejo un poco en dirección al grupo de árboles. Es poco probable que esté ahí, pero ya he mirado por todas partes. Está oscuro, demasiado oscuro. Ando primero bordeando los árboles, asustada de caminar entre ellos. Tropiezo con ramas y con Dios sabe qué otras cosas que la gente ha dejado ahí.

Cuando llego al extremo más alejado, el que nunca ves desde la fiesta, unos gemidos femeninos llenan la noche, tranquila por lo demás. Cruzo la primera hilera de árboles, por curiosidad más que por otra cosa. Los gemidos se intensifican, y ahora oigo el susurro masculino que los acompaña. Atraviesa otra línea de árboles, me digo. Una más.

De inmediato deseo no haberlo hecho. Cory viste el polo azul claro que le regalé por su cumpleaños, pero lo lleva arremangado por la espalda. Los shorts y los calzoncillos están por los tobillos. No le veo la cara, pero sé que es él. Unas piernas delgadas y desnudas rodean su cintura.

Sea quien sea, la odio. Quiero arrancarle el pelo del cuero cabelludo y hacérselo tragar. Los ojos se me llenan de lágrimas y doy un par de pasos más sin hacer ruido. Entonces Cory desplaza los labios hasta el cuello de ella y me ofrece una visión perfecta de su rostro. Me quedo horrorizada. Atónita. Siento asco. Nunca pensé que, entre todas las personas en este mundo, ella fuera a hacerme esto. Nunca.

Bajo la escasa luz de luna que brilla a través de los árboles, veo sus ojos cerrados. Quiero que los abra y me vea. Quiero que vea lo que me ha hecho.

La traición de Cory duele.

La traición de Madison duele.

Ni en un millón de años hubiera imaginado que pudiera pasar esto.

Madison le rodea los hombros y abre los ojos. Yo sigo ahí esperando, y no tarda mucho en descubrirme. Apuesto a que mi cara se parece mucho a la que pone ella. Horrorizada. Triste. La única diferencia es que la mía lleva una capa de asco más densa encima.

Separa los labios. No sé si dominada por el placer o para llamarme desde las sombras. Ninguna de las opciones es algo que quiera quedarme a presenciar, por lo tanto echo a correr. No hacia los coches aparcados o hacia el núcleo de la fiesta, sino en dirección contraria. Lejos, lejos de todo. Lejos de la vida que he estado viviendo.

Se ha llenado el último agujero. La secuencia de sucesos forma una serie ordenada, aunque no tenga sentido necesariamente. Madison dijo que empezó por Navidad. Es siempre una época ajetreada, pero este último año hice un pequeño viaje para ir a esquiar con la familia de mi madre. Tres días..., eso fue todo.

Pensaba que conocía a Cory. Pensaba que conocía a Madison. Nunca me había equivocado tanto. Nunca. La profundidad de la traición recorre mi piel y penetra en mis venas. No sé si alguna vez lo superaré. Nuestras relaciones se basan en la confianza, y casi todas mis relaciones se han roto. ¿Cómo se supone que te recuperas de eso?

—¿Qué haces aquí? Hace un frío que pela.

No respondo. No abro los ojos. Intento con gran esfuerzo no sentir, y si miro a Sam eso es precisamente lo que va a suceder. Sam no apareció aquella noche con malas intenciones. No venía a arruinar mi relación con Cory. Estaba allí con Madison y, en definitiva, acudió a salvarme.

Sam me ha protegido durante meses... de esto. Tal vez debiera estarle agradecida, porque habría sido imposible encajar algo así al mismo tiempo que la muerte de Cory.

Eso no significa que vaya a perdonarle por ocultarme cosas durante tanto tiempo... No puedo.

Estira sus fuertes brazos y me levanta para pegarme a su cálido cuerpo. Mantengo los ojos cerrados, demasiado cansados e hinchados de llorar como para mirar siquiera a dónde vamos. Su calzado hace crujir a paso rápido la nieve recién caída.

—¿Qué ha pasado? —pregunta sin dejar de andar a buen ritmo.

Algo me dice que si pronuncio su nombre, entenderá. Madison. Lo captará. Tal vez no sepa lo del bebé, pero estaba enterado de lo que había entre ellos. Me pregunto si pensaba decírmelo alguna vez. ¿Se da cuenta de lo estúpida que me siento con todo esto? Debería haberme percatado. Tal vez lo hice y, sencillamente, no quería admitirlo.

—Madison —susurro, enterrando el rostro en su cazadora de cuero negro.

Por primera vez desde que me ha levantado del suelo, sus pasos se ralentizan. Sus brazos me estrechan con más fuerza, si ello es posible. Yo estaba en lo cierto; él sabe, y no solo eso, siente. Su corazón late al mismo ritmo que el mío. Sabía cuánto me dolería esto. Me mantuvo en una jaula para protegerme. Intentó proteger mis ideales acerca del amor, y al hacerlo, tal vez los ha fortalecido. Cory quizá rompiera cada uno de mis ideales, pero Sam los ha salvado sacrificándose por mí.

La relación que hemos tenido, la que creamos, era importante para él. Por fin me tenía, o al menos la mayor parte de mí. Debería haber sabido que ocultándome la verdad ponía en riesgo todo lo demás. No quiero malentendidos..., estoy cabreada con él. Casi deseo haber oído la verdad de sus labios, no de los de Madison, pero es fácil decirlo ahora, una vez pasado el impacto inicial.

Mi rabia se desplaza de Sam a Cory y Madison... y a mí misma. ¿Cómo no pude ver lo que estaba sucediendo? Básicamente, estaba comportándome como mi madre, estaba convirtiéndome en el tipo de mujer que no quería ser.

Nos movemos de nuevo deprisa a través de la nieve. El frío ya no me preocupa; estoy demasiado entumecida, demasiado desprotegida.

Debo de haberme quedado un momento dormida; mi mente disfruta de un aplazamiento temporal de la pena. Cuando me despierto Sam está subiendo un tramo de escaleras. Las pesadas botas resuenan en la escalera metálica. El olor a cedro. Debería saber que no me llevaba a mi casa.

Se arrodilla, gira el pomo y empuja la puerta para abrirla.

—Hay que quitarte esa ropa. Estás empapada.

Un escalofrío recorre todo mi cuerpo. Tengo entumecidos los pies y las manos. Mi energía se agota. No estoy en posición de discutir. Si lo estuviera, le pediría que me bajara al suelo. Le diría que entiendo lo que hizo, pero eso no significa que le perdone. La confianza es delicada. Una vez rota, es duro recomponerla.

Me deja sobre el borde de la cama. Estoy muy débil, pero utiliza su torso para mantenerme incorporada. Lo primero que retira es mi anorak empapado, seguido de mi jersey. Creo que a continuación le toca al sujetador, pero no estoy segura. Estoy tan cansada, tan débil...

—Bien, voy a tumbarte. Tenemos que sacarte estos vaqueros mojados.

Me echa hacia atrás con delicadeza, retira mis zapatos y poco a poco me quita los pantalones empapados. Su suave edredón me arrulla..., solo quiero dormir. Y hay veces, como ahora, en las que nunca querría despertarme.

—Aguanta conmigo, cariño. Tenemos que meterte debajo de las mantas.

Le oigo moviéndose por la habitación, pero lo único que quiero es formar un ovillo y dejar que el día acabe.

La cama se mueve debajo de mi cuerpo, y luego me encuentro de nuevo en sus brazos. Esta vez no me lleva lejos, me echa en el centro del colchón. Imagino que Sam tirará el edredón sobre mí y me dejará dormir, pero el colchón se hunde también al lado. Su pecho parece fuego pegado a mi columna, igual que sus piernas enredándose con las mías. Lo único que nos separa cuando nos envuelve con el edredón son sus *shorts* deportivos.

—Duérmete —susurra contra mi cabello.

Y eso hago. Me quedo dormida tan rápido como me he desmoronado antes.

31

Me despierto en la misma posición con la que me he quedado dormida. El cuerpo cálido de Sam sigue estrechamente fundido con el mío. Tiene los labios pegados a mi nuca. Permanecen ahí sencillamente, proporcionando una forma adicional de bienestar... sin besarme en realidad. Pero Sam me hace saber que está ahí, por si tengo alguna duda.

Desplazo los pies por las sábanas de algodón, notando la sensación del suave hilo contra mi piel. Rozo los antebrazos de Sam con los dedos y siento un hormigueo.

—¿Estás despierta? —pregunta, aún con los labios pegados a mi piel.

—Mmm, más o menos —murmuro intentando soltarme de él.

No voy a negar que mi cuerpo todavía reacciona al contacto con Sam, pero no puedo actuar en consecuencia. Han sucedido demasiadas cosas.

Me agarra con más fuerza, sujetándome contra su pecho.

—¿Qué te crees que estás haciendo?

—Irme a casa.

Me meneo sin suerte.

—No vas a ningún lado hasta que hablemos.

Frustrada, dejo de oponer resistencia. Tampoco tengo energía. Escucharé como pide, pero luego me marcharé.

—Habla —digo enrollando las sábanas entre mis dedos.

—No podía contártelo —suelta—. Piensa en ello, Rachel. Si hubiera dicho: «Oh, por cierto, estaba ahí la noche del accidente y el motivo de que estuvieras enfadada era que pillaste a tu novio y a tu mejor amiga montándoselo a tus espaldas», ¿qué habrías contestado?

Encojo los hombros. Con sinceridad, me habría costado creerle sin poder verlo con mis propios ojos. Me habría costado tragarme algo así.

—Te he concedido espacio, pero ahora vas a escucharme. —Inspira hondo—. Lo que teníamos, esto que tenemos, significa todo para mí. Detesto que pienses tan solo por un minuto que no es así. Nunca haría lo que hizo Cory. Solo pensarlo me da asco. Iba a contártelo... esa mañana cuando recordaste que yo me encontraba allí aquella noche. La cuestión es que no había una manera fácil de decírtelo.

Su voz está cargada de una tremenda tristeza y pesar. No me siento mal por mi forma de reaccionar aquella mañana, pero él debería habérmelo contado hace mucho, fuera cual fuese el resultado.

—¿Cuánto hacía que lo sabías... antes de esa noche?

Conteniendo la respiración, cuento los segundos que tarda en responder. Esto va a ser determinante en nuestra relación para decidir si seguir adelante o separarnos. Si lo sabía desde mucho antes de aquella noche y no me lo había dicho...

—No lo sabía —contesta, estrechándome con fuerza entre sus brazos—. Lo juro por Dios, no lo sabía. Madison me llamó y apenas entendí una palabra de lo que dijo a excepción de tu nombre. Luego mencionó algo acerca de cómo la habías pillado con Cory, y me cabreé un montón. No por mí, sino por ti.

Cerrando los ojos, suelto una exclamación contenida.

—Nunca estuviste con Lidia, ¿verdad?

Se ríe nervioso.

—Hablé con ella esa noche, pero eso fue todo. No quería explicar todo el asunto de Madison sin explicar primero todo lo demás.

Me disgusta que haya estado viendo a Madison, en el plan que fuera. ¿Le mostraba el mismo afecto que a mí en este instante? ¿Le hablaba de su padre y su madre, de sus conflictos? ¿Sentía algo por ella?

Sam desliza la mano por mi cadera, acariciando mi costado con sus cálidos dedos.

—Sé qué estás pensando... Madison y yo salimos unas cuantas veces. Éramos una especie de amigos sin líos románticos ni de otro tipo. Era por pasar el rato..., nada más. Nunca me acosté con ella.

—No necesito escuchar nada más.

—Sí lo necesitas.

De pronto se aparta lo suficiente para poder colocarme boca arriba. Por primera vez esta mañana, le veo el rostro. Sus preciosos ojos, tan cansados aún, me observan.

—Esta manera de estar aquí echado contigo justo ahora, nunca compartí nada parecido con ella. Nadie ha estado jamás en esta cama. Nadie ha estado aquí —explica tomando mi mano para apoyarla en su pecho—. Mi corazón late de este modo solo cuando estoy contigo. Te amo, Rachel. Solo estoy enamorado de ti.

Habla muy seguro, y creo que yo también estoy segura... de amarle. Cuando alguien ha visto lo peor de ti, pero te mira como me está mirando él ahora mismo..., eso es amor en su forma más pura. Le amo por la manera en que me ama, la manera en que me ha traído desde donde me encontraba hasta donde me hallo ahora. Le amo por su forma de ser: amable, protector, siempre ahí. Amo amarle, así de sencillo.

—Yo también te amo.

Levanta la cabeza de la almohada para tocar mi hombro con sus labios cálidos. A continuación dibuja una línea de besos hasta la base de mi cuello, con un cosquilleo que hace que me retuerza en sus brazos.

—Vaya susto me diste anoche —dice besándome debajo de la oreja.

Se lo permito.

—No era consciente del rato que llevaba allí. Me puse tan frenética que pensaba que iba a perder la cabeza del todo.

Sam extiende la mano sobre mi estómago desnudo, siguiendo con la punta de los dedos el contorno de mi ombligo.

—Deberías haberme llamado. Habría venido a buscarte.

Después de hablar con Madison ayer, el dolor en mi corazón era atroz. Con todas las voces aullando en mi cabeza, era imposible apelar a la razón. Ni siquiera sé si la razón aún existe.

—No pensaba con claridad. No podía.

Se inclina y roza mis labios con delicadeza. Se separa despacio sin apartar los ojos de mi rostro en ningún momento. No pensaba que volvería a estar con él de este modo.

—Creía de verdad que me habías dejado para siempre. Pensaba que lo nuestro había acabado —confiesa.

—No creo que eso sea posible. Siempre regreso a ti de un modo u otro, pero, Sam, debo poder confiar en ti. Si hay algo más que...

Toma mi rostro entre sus grandes manos.

—No hay nada más..., nada concerniente a ti o a nosotros. Te he ocultado cosas solo para protegerte. Conocía el motivo de que huyeras esa noche, pero no quería ser la persona que te lo explicara. Por más que te quiera, no iba a empañar lo que sentías por Cory. No sin él presente para defenderse.

Lo que dice tiene sentido. Creo que si se volvieran las tornas y yo supiera lo mismo sobre alguien a quien Sam amara, me habría resultado difícil confesárselo. ¿Tiene sentido cuando la persona que ha obrado mal ya no se encuentra aquí? Se convierte en otra carga de dolor que soportar, y nadie quiere ver a un ser querido pasando por eso.

Aún hay una cosa que no he recordado de esa noche. No consigo entender el motivo por el que permití que Cory subiera a mi coche. Ahora soy una persona diferente a la de ese momento, pero creo que le habría dicho que se buscara la vida para regresar a casa. De hecho, estoy convencida de ello.

—¿Cómo acabó Cory en mi coche? ¿Seguías tú por allí en ese momento?

—Después de que nos descubriera, intentó pelearse conmigo, hasta que tú soltaste que sabías lo de él y Madison. Entonces lo dejó. Se quedó callado del todo, y tú me pediste que te acompañara hasta el coche. Dios, Rachel, intenté convencerte de que me dejaras llevarte a casa, pero no insistí lo suficiente. Siempre has sido muy tozuda —se apresura a decir, pasándome los pulgares por el cuello—. Seguí allí hasta que subiste al coche, y una vez arrancaste y te pusiste en marcha lentamente, pensé que todo estaba bien y que te llamaría por la mañana para ver cómo te encontrabas. Vi cómo te parabas al final de la pista de tierra, y entonces él se metió de un brinco en el lado del pasajero. No esperaba que siguieras conduciendo con él, pero poco podía hacer yo.

Cierro los ojos y asiento con mi rostro entre sus manos. Todo mi mundo giraba en torno a Cory. Por lo que recuerdo, esa noche me quedé totalmente destrozada al enterarme de lo que él había hecho, pero yo le amaba. Aunque no fuera a darle una segunda oportunidad —no después de verle con Madison—, sí me hubiera gustado oír una explicación suya. Habría querido saber por qué.

—Son tantas cosas que ojalá hubieran sucedido de otra manera o no hubieran pasado jamás, pero creo que el final de todo sería el mismo, pienso que el final siempre habría sido tú y yo.

Me besa la frente. Cada mejilla. La hendidura en mi barbilla. La punta de la nariz.

—Confío en que siempre creas eso.

Creo de verdad que todos nosotros tenemos una persona para la que estamos hechos. Siempre hay un motivo que me lleva de regreso a Sam. Sabiendo lo que sé ahora, me pregunto cuánto habríamos tardado Cory y yo en romper.

¿Habría encontrado la manera de volver al lado de Sam? ¿Habría venido él en mi busca?

Recuerdo a Madison sentada en mi coche, cuando me contó que había estado saliendo con Sam. Yo no podía dejar de pensar en el niño que lleva en su vientre, y odiaba la idea de que fuera de él. Con franqueza, era más doloroso pensar en Sam haciéndole un bebé que pensar en Cory y Madison juntos. Tal vez el motivo solo sea el momento de mi vida en que me encuentro ahora..., las relaciones que he reavivado.

—¿Puedo contarte algo? —pregunto peinando su largo flequillo con mis dedos.

—Puedes contarme lo que quieras.

—Cuando Madison empezó a explicarme que había estado saliendo contigo, pensé que el bebé era tuyo. Esa idea fue demoledora de verdad.

Entonces se coloca encima de mí, con nuestros cuerpos perfectamente alineados.

—Oh, cielo, no podría ni pensar en algo así con ella. Además, creo que para Madison yo era una mera distracción.

—¿De Cory?

—Sí —responde, besándome la punta de la nariz—. Para los dos era una distracción.

Aún me asombra el hecho de que yo le haya gustado a Sam durante todos estos años. Me pregunto cuánto tiempo habría esperado él. Ahora ya no importa, supongo, porque estamos aquí.

—Gracias, Sam.

—¿Por qué?

—Por ayudarme a salir de todo esto.

Me da un profundo beso, introduciendo la lengua entre la unión de mis labios. Sus movimientos son urgentes, pero estamos sincronizados, nuestras lenguas danzan al ritmo de la melodiosa canción de nuestros corazones.

En el segundo en que Sam retrocede, echo de menos su contacto.

—Voy a decir esto de nuevo, y confío en que esta vez te lo tomes de otra manera. —Hace una pausa para que nuestras miradas se encuentren—. Siempre cuidaré de ti.

Lo hará, sé que lo hará.

La clave para una vida feliz y gratificante está en ser capaz de perdonar cuando los demonios se dan a conocer a través de otros. He tenido un par de semanas para asimilar lo que averigüé sobre Cory y Madison. Mi rabia se ha desvanecido, y una tristeza abrumadora ha ocupado su lugar. Va a nacer un bebé que nunca conocerá a su padre, y por mucho que quiera odiar a Madison, no puedo. Va a ser madre..., una madre joven sin nadie que la ayude.

Por algún motivo, necesito decirle que no le deseo nada malo. Lo hecho, hecho está..., soy consciente de ello, y estoy bastante convencida de que ella también lo sabe.

—¿Estás segura de que quieres hacer esto? —pregunta Sam, cubriendo mi mano con la suya.

Le dedico una sonrisa, si bien es cierto que un poco forzada, pues noto el nerviosismo como mariposas enloquecidas en mi estómago.

—Creo que debo hacerlo.

Cuando aparece la casa de Madison se me acelera el pulso. Igual que yo, desde que nació ha vivido en el mismo lugar: una vivienda colonial azul celeste de una planta con postigos negros. Siempre he pensado que era bonita, como uno de esos hogares perfectos que aparecen en las telecomedias de media hora, pero aquí suceden cosas de la vida real.

Sam aparca en la calle pero permanece sentado en silencio a mi lado. Sabe cómo funciono, cómo lo repienso todo. He ensayado lo que voy a decir una y otra vez durante el último par de días, pero sé que, tan pronto como la vea, todo se irá al traste.

—Espera aquí, no te preocupes —digo cogiendo el sobre de papel Manila del asiento posterior—. Tardaré unos minutos.

—Tómate tu tiempo.

Subo el bordillo y me dirijo lentamente hacia la puerta blanca. Tengo que recordarme que no pare de caminar, que haga lo que he venido a hacer aquí.

Sin darme tiempo a pensar, llamo a la puerta de madera, rogando que esté en casa para no tener que pasar de nuevo por todo este proceso. Cuando estoy a punto de volver a dar con mis nudillos en la madera, la puerta se abre.

Es Janet, la madre de Madison. Se queda boquiabierta al ver que se trata de mí, pero se recupera enseguida. Está enterada de todo.

—Hola, Rachel, hace mucho que no te veo.

—Hola, Janet. ¿Está Madison en casa?

Vacila. Su pecho sube y baja ostensiblemente.

—Déjame mirar. Vuelvo enseguida.

En vez de invitarme a entrar, cierra la puerta. Janet sabe que Madison está en casa y, ahora mismo, probablemente estén hablando sobre si es buena idea salir a mi encuentro. No sé si yo saldría en esta situación.

La puerta vuelve a abrirse un par de minutos después. No es Janet en esta ocasión..., es Madison. Parece aterrada, y apostaría a que ha estado llorando.

—Hola —digo, intentando romper la tensión.

Tal vez eso no sea posible, pero quizá pueda aliviarla un poco.

—Hola —responde, apoyando una mano en su estómago.

—He venido a darte esto.

Le tiendo el sobre de papel Manila. Lo coge con cuidado inspeccionándolo con desconfianza. Antes de subir al coche para venir aquí, he decidido ser elegante; no voy a rememorar todo lo que salió mal, porque no va a enmendar esto.

—Creo que te servirán a ti más que a mí —añado.

—¿Qué es? —pregunta pasando la punta de los dedos por la parte superior.

—Puedes abrirlo —le respondo.

Por la manera en que me mira, cualquiera pensaría que acabo de poner fuego en sus manos.

—No es nada malo, lo prometo —añado.

Mordiéndose el labio inferior, la observo abrirlo y sacar las fotografías. Repasa las primeras y los ojos se le llenan de lágrimas.

—¿Por qué me las das? ¿No quieres quedártelas?

Mis emociones me desbordan. Iba a intentar ser fuerte, contenerme, pero no es posible. No después de todo lo que ha pasado en estos últimos meses. Había días en que pensaba que no sería capaz de avanzar, días en que no quería avanzar, pero lo he hecho. Ser capaz de hacerlo demuestra cuánto he madurado.

—He guardado algunas de nosotros, pero pensaba que deberías tener estas... para la criatura. Él o ella debería saber quién era su padre. Debería ver su sonrisa, porque es inolvidable. Sé que yo nunca la olvidaré.

Las lágrimas surcan sus mejillas, pero las seca apresuradamente mientras mira una foto tras otra de Cory en el instituto. En algunas está contento, sonriente, y en otras pensativo, meditabundo. Es como me gustaría que lo recordaran.

—No puedo creer que hagas esto... después de todo.

—El bebé no tiene la culpa de lo que pasara entre nosotras —sollozo, mirando su vientre protuberante.

—Ojalá pudiera dar marcha atrás. Lo siento, Rachel. Era joven y...

—Nunca olvidaré lo que pasó, pero te perdono. No creo que fuera capaz hace un par de años, pero debo hacerlo. Es imposible que avance si me quedo en esto —explico.

Es la verdad. Ella supuso una parte importante en mi vida durante un tiempo, y es imposible odiarla por mucho daño que me haya hecho.

Sigue mirándome, continúo hablando:

—Es imposible regresar a lo que éramos ni nada que se le parezca, pero necesito que sepas que no estoy enfadada. Ya no.

Asiente, metiendo de nuevo las fotos en el sobre.

—Es lo único que esperaba..., tu perdón.

—De todos modos, tengo que marcharme. Me están esperando.

Hago un gesto en dirección al Camaro de Sam aparcado en la calle.

—Gracias una vez más por esto —dice agitando el sobre—. Por todo.

—Cuídate, Madison.

Sin más palabras, regreso andando hacia el coche, sintiéndome más ligera que en meses. Lo tengo todo más claro ahora, y lo mejor de toda esta película se encuentra en este instante ante mí. Es un sueño de chico con su gorrita gris, el pelo rubio saliendo por debajo y su característica cazadora de cuero negro. No hay palabras que describan cuánto quiero a este tío.

Abro la portezuela del pasajero y me acomodo en el asiento de cuero.

—¿Cómo ha ido? —pregunta antes de darme oportunidad de cerrar la puerta.

—Bien. Pero me alegro de que haya acabado, ¿sabes?

—Estoy orgulloso de ti. No creo que yo hubiera sido capaz de algo así —dice dándome un apretón en la rodilla.

—Las cosas más difíciles en la vida pueden ser las más gratificantes.

—Esperarte todos estos años ha sido lo más doloroso y frustrante de mi vida, pero lo que tengo ahora hace que haya merecido la pena.

El Camaro se detiene junto al gran taller donde vive y trabaja Sam. He estado pasando más noches aquí que en mi casa, pero si estoy con Sam me siento como en casa.

—¿Quieres que te prepare la cena? —pregunta.

Mis labios esbozan una sonrisa.

—Depende. Diría que tengo debilidad por la pizza vegetal que pides.

Se inclina por encima del cuadro de marchas para darme en la mejilla un beso ligero como una pluma.

—Quieras lo que quieras, cuenta con ello.

Creo que Dios ha creado las estrellas para conseguir creyentes entre todos nosotros. Pero la intensidad con la que brillan en el cielo..., eso depende de nosotros.

Epílogo

Tres años y medio después...

Lo que sucede con las ciudades pequeñas es que siempre añoras algo de ellas, pese a convencerte de que quieres perderte en un lugar mayor. Durante los tres últimos años he pasado en la ciudad la mayoría de meses, volviendo a casa para las semanas cálidas de verano. El último día de clase siempre ha sido algo que esperas con ilusión, ese momento en que por fin tienes más tiempo para pasarlo en el lugar que adoras. Y esta vez por fin ya he obtenido mi título, lo cual significa que el traslado es permanente.

Me he especializado en diseño, y en cuanto enseñé a la señorita Peters el trabajo realizado, me ofreció un trabajo a jornada completa. Por el momento seguiré haciendo reparto, pero también ayudaré en las bodas y los acontecimientos especiales, algo que me tiene entusiasmada. Tiene cierta gracia el que una tragedia me haya brindado una salida profesional. El diseño era lo último que tenía en mente el primer año de universidad.

He visto a Madison un par de veces cuando he vuelto de vacaciones. Solo hemos intercambiado un par de saludos breves; es lo único que podemos hacer después de todo lo que pasó entre nosotras.

La primera vez que vi a su hijo, Peyton, el corazón se me fue a los pies. Es clavado a Cory, con los mismos hoyuelos y abundante pelo ondulado. Me sonrió una vez cuando estaba en brazos de su mamá, y al instante se me empañaron los ojos mientras le devolvía la sonrisa. Se les ve bastante felices. Creo que todos hemos crecido y pasado página.

Mientras coloco las últimas cosas en mi habitación, el sonido familiar de un motor suena cada vez más fuerte a medida que se acerca a mi casa. Hace dos semanas que no veo a Sam, toda una eternidad para mí. Cuando decidí retomar los estudios después de mi año sabático, Sam era lo único que me hizo pensármelo. Pero él no me pidió que me quedara. De hecho, me animó con sutileza. No porque deseara mi marcha, sino porque me quería lo suficiente como para dejarme ir.

Bajo corriendo las escaleras y salgo al porche de la entrada. Llevamos meses hablando de este día. El día en que concluirá nuestra relación de fin de semana y de vacaciones de verano..., un gran alivio para ambos.

Su moto se detiene ante las escaleras de nuestro viejo porche de madera y él planta los pies con firmeza en el suelo. Parece toda una estrella de cine con sus vaqueros gastados y agujereados, su camiseta negra y sus botas de motorista. Hay ocasiones cuando le miro en que no puedo creer que me pertenezca.

Doy unos pasos más hasta el extremo del porche. Es un momento de tensa observación, le devoro con los ojos y él me absorbe con su mirada. Después de tantos años, verle aún tiene ese efecto sobre mí: la sensación de me-corta-la-respiración, no-puede-ser-mío-de-verdad. Aunque empiece a perder intensidad algún día, él seguirá siendo mi chico para toda la eternidad.

Desciendo un escalón mientras él baja el pie de apoyo. Con el segundo escalón, él desmonta de la moto. Dobla los dedos; sé que se muere de ganas de tocarme. Y con el tercer escalón se encuentra ya justo de pie ante mí. Me saca varios centímetros, pero como estoy en la escalera, nuestras narices quedan a la misa altura, tenemos los labios perfectamente alineados. Si me adelantara un pelín obtendría ese beso que llevo días anhelando.

—¿Me has echado de menos? —pregunta recorriendo con sus dedos mis brazos desnudos.

Cerrando los ojos, me inclino hacia atrás, dejando que mi larga cabellera caiga por mi espalda como una cascada.

—Quizás un poco.

—¿Solo un poco?

Baja hasta la base de mi cuello su boca suave y tierna... Me hace ansiar más.

—Tal vez baste con esto entonces —añade murmurando contra mi piel.

—¿De veras? —pregunto mirándole fijamente a los ojos.

Asiente, mordiéndose el labio inferior. Si mi madre no se encontrara en casa ahora mismo, juro por Dios que me lo llevaría al piso de arriba. Esto que hace no es justo.

—He estado contando las horas desde que te vi hace doce días —le recrimino—. Como tenga que esperar tanto tiempo otra vez, creo que me volveré loca.

Se ríe, cogiéndome por las caderas para atraerme hacia él.

—Si me dejas de nuevo doce días..., pero qué digo, de hecho eso no va a pasar nunca.

El sol empieza a ponerse en el horizonte mientras se inclina para besarme. Roza mi labio inferior y luego hace lo mismo con el superior. Aunque no me haya visto en días, sus movimientos son controlados mientras saborea mi boca. Va poco a poco, tal como hace siempre el amor cuando lleva un tiempo sin verme a diario. Introduce la lengua a través de mis labios mientras sube y baja las manos por toda la longitud de mi columna. Noto cada parte de él contra mí, y también la humedad consiguiente entre mis piernas. Hace tanto tiempo.

Se aparta antes de llegar demasiado lejos, apoyando su frente contra la mía.

—Acabaremos esto después.

—¿No podemos ir a tu casa ahora? —pregunto haciendo un puchero, haciendo todo lo posible para convencerle.

Gimiendo, pone unos centímetros de separación entre nuestros cuerpos.

—No me tientes. Hay algo que quiero darte antes de pasar a otra cosa.

Me apoyo en su pecho y alzo la vista a sus ojos.

—No tenías que comprarme nada.

—Confía en mí, cielo, creo que te va a gustar —comenta levantándome del escalón.

Sam y yo no somos muy dados a hacernos regalos. Nuestra relación no va de eso.

Le sigo de cerca, y cuando llegamos a la moto le permito que me ponga su casco. Llevamos cientos de veces montando en esta moto suya desde la primera vez. Creo que me encanta tanto como a él.

—¿Lista? —pregunta cuando ya hemos ocupado nuestros puestos habituales.

—Salgamos de aquí —respondo, rodeándole fuertemente con mis brazos.

Es probable que no sea necesario agarrarme así a él, pero es una de las razones por las que disfruto tanto de estas escapadas.

Estamos a finales de mayo y el aire es húmedo, pero con el avance de la moto a toda velocidad por la autopista, la brisa refresca mi piel expuesta. Es lo más tonificante del mundo..., nosotros dos en la carretera. En algún momento, este verano planeamos tomarnos una semana y viajar por algunos estados. Me muero de ganas.

Esperaba tomar rumbo hacia el lago, o tal vez dar un simple paseo por algunos pueblos hasta que fuera hora de volver, pero Sam me sorprende doblando por la estrecha pista de tierra que lleva a los campos. Se detiene, justo en medio de la hierba, y nos quedamos ahí sentados un rato, disfrutando de la vista.

—Podríamos haber andado, ya me entiendes.

Vuelve la vista, con una enorme sonrisa en el rostro.

—Venga, baja.

Desciendo de un brinco y me quito el casco, alisándome el pelo. Él desmonta y saca el pie de apoyo, luego me coge la mano.

—Ven conmigo.

Quiero preguntarle de qué va esta sorpresa, pero, claro, entonces dejaría de serlo. Además, conociendo a Sam, sé que no va a contarme nada hasta que llegue el momento. Es parte del motivo de que le quiera..., es impredecible.

El sol casi ha desaparecido del todo por el horizonte; solo queda un resplandor naranja. Es una vista hermosa, sobrecogedora, sobre todo por el hecho de compartirla con alguien que significa tanto para ti.

Cuando llegamos a la hilera de árboles que bordea un lado del riachuelo, distingo la tienda de Sam y una única silla plegable ubicada junto a la fogata sin encender.

—¿Vamos a acampar? —pregunto tirándole de la manga.

—Tú sígueme.

Tira de mí y nos lleva cerca del campamento. Hemos pasado muchas noches estivales aquí disfrutando del sonido de los grillos y la luz de las luciérnagas. Estoy convencida de que el paraíso será así.

—Toma asiento —dice una vez nos hallamos junto a la silla.

—Vale.

Mi tono es tranquilo, pero noto el revoloteo de unas cuantas mariposas haciendo horas extras en mi estómago. No es como las otras veces que me ha traído hasta aquí..., no parece el Sam de siempre. Le observo en silencio encendiendo el fuego y me recuesto para admirar su destreza. Alguien podría argüir que tal vez haga demasiado calor para esto, pero la visión de la brillante llama y los sonidos crepitantes merecen la pena.

—¿Rachel?

—¿Sí? —pregunto observándole mientras se vuelve por completo hacia mí.

Es la estrella más brillante en mi cielo, de verdad. Se arrodilla sobre una pierna ante mí, estrechándome los muslos con delicadeza. Mi corazón brinca en el pecho. He visto esto en el cine docenas de veces, pero nunca pensé que en realidad pudiera pasarme a mí. Se lleva la mano hacia atrás para sacar un pedazo de papel enrollado... No es exactamente lo que esperaba.

—¿Qué dirías si te explico que estos campos son nuestros?

—Sé que son nuestros.

Ladea la cabeza con una sonrisa nerviosa jugando en su rostro.

—Quiero decir nuestros de verdad. Me refiero a que he comprado este terreno.

Desenrolla el papel y me enseña la escritura de este trozo de tierra, con su nombre orgullosamente inscrito en lo alto.

Me quedo boquiabierta. Este lugar significa felicidad. Es el lugar donde vi a Sam por primera vez, y también desempeñó un papel crucial en hacer renacer nuestra amistad. Es un símbolo de nuestra relación. El pegamento que nos une y nos mantiene juntos.

—¿No estás de broma? —pregunto inclinándome para acercarme a él.

—Quiero construir una casa aquí contigo —dice tomando mi rostro entre sus manos—. Y después de eso, cuando haya una casa a la que podamos llamar nuestro hogar, voy a casarme contigo y tener bebés. Muchos críos que observen estrellas y atrapen luciérnagas —añade besándome, apoyando después su frente en la mía—. ¿Pasarías el resto de tu vida en estos campos conmigo? Tal vez nunca seamos ricos, cielo, pero te prometo una cosa: haré cuanto pueda para que no necesites nada más.

Una lágrima solitaria desciende por mi mejilla. Vivir en medio de la nada tal vez no sea el sueño de mucha gente, pero para mí la vida consiste precisamente en esto.

—Sam, con tal de estar siempre contigo, dormiría en esa tienda cada noche.

Él sigue el contorno de mi labio inferior con la base del pulgar.

—Pocas chicas dirían eso.

Le beso el pulgar, dejando que mis labios se detengan ahí.

—Ninguna otra chica va a pasar el resto de su vida con Sam Shea.

—Levántate —me pide.

Ni siquiera pregunto para qué. Después de todo lo que acaba de decir, mi corazón y mi mente se han derretido. Cuando estoy en pie, me rodea la cintura con el brazo para acercarme hacia él. Entonces se sienta en la silla, y a mí no me queda otro remedio que ocupar su regazo. Y no es algo de lo que vaya a quejarme.

—Así está mejor —comenta besándome en la espalda.

Descanso la cabeza en su fuerte hombro.

—¿Hay algún motivo para que haya solo una silla?
—Tal vez.

Oigo la sonrisa en su voz. Sus brazos me estrechan un poco más.

Permanecemos sentados en silencio, ambos alzando la vista a las estrellas brillantes. Este momento me recuerda a otros muchos.

—Podríamos poner una claraboya en la habitación —dice.
—¿Por qué?
—Para poder mirar las estrellas cuando queramos.

Volviendo la cabeza, beso un lado de su mentón.

—Eso me gustaría.
—¿Y qué me dices de bebés? —pregunta recorriendo mi cuello con sus labios.

Cierro los ojos, deleitándome en su contacto. Juro que si no encontramos pronto una cama, voy a dejarle desnudo aquí mismo.

—¿Qué pasa con los bebés?
—¿Cuántos?

Otro beso. Me estoy fundiendo. Gimo mientras sus dedos ascienden por mi muslo desnudo. Este vestido de tirantes ha sido una buena ocurrencia.

—Dos, tal vez tres.

Otro beso.

—Al menos dos —acepta él—. ¿Y qué hay de un perro?

Separo las piernas, y desliza el dedo dentro de mis bragas.

—Sí.

Recorre con el dedo lo alto de mis muslos, explorándolo todo a excepción del lugar donde de verdad lo necesito.

—Sam —gimoteo.
—¿Mmm?

Está sonriendo..., lo oigo.

—La cama. Ahora.

Se ríe al tiempo que nos levanta a ambos de la silla. Me deja en pie para llevarme hasta la tienda y aparta con cuidado la puerta para entrar. No tardo nada en meterme dentro y tumbarme a esperarlo sobre la colchoneta.

Observo mientras entra gateando y se apresura a subir la cremallera de la puerta. Se acerca hasta mí como un tigre a su presa, sin apartar los ojos en ningún momento. Una vez su cuerpo descansa sobre el mío, se inclina para besarme.

—Te amo —susurra.
—Yo también te amo.

Agradecimientos

En primerísimo lugar, tengo que agradecer a mi marido y mis hijos por ser tan pacientes conmigo cuando necesitaba dedicar tiempo a mis amigos imaginarios. Vuestro constante apoyo me permite hacer lo que hago.

También me gustaría agradecer a la familia y mis amigos por haber sido más que comprensivos y por todo su apoyo. No podría haberlo hecho sin vosotros.

A mis lectoras beta: Autumn, Melissa, Bridget, Jennifer, Toski, Ashley, Lisa, Elizabeth, Michelle y Laura. Vuestros comentarios me han ayudado una barbaridad con este texto. Decir *Gracias* no parece suficiente.

Jessica, eres una *rock star*. Me has ayudado muchísimo con mi escritura y nos hemos hecho grandes amigas trabajando. Pronto te toca a ti.

A mi editora, Madison, gracias por soportarme incluso cuando quiero usar clichés y cosas así. Prometo provocar esas escurridizas mariposas en el estómago con mi próximo proyecto.

A mi agente, Jill, sin cuyo asesoramiento Drake y Emery no existirían. Gracias por exigirme más.

Y por último, pero no por ello menos importante, a las lectoras y las blogueras que han apoyado mi obra, ¡GRACIAS! Nunca pensé que llegaría hasta aquí, y os lo debo a vosotras.